반구대
고래길

반구대 고래길

2015년 5월 20일 초판 인쇄
2015년 5월 24일 초판 발행

지은이 김옥주 | **펴낸이** 이찬규 | **펴낸곳** 북코리아
등록번호 제03-01240호 | **전화** 02-704-7840 | **팩스** 02-704-7848
이메일 sunhaksa@korea.com | **홈페이지** www.북코리아.kr
주소 462-807 경기도 성남시 중원구 사기막골로 45번길 14 A동 1007호
ISBN 978-89-6324-391-7(03810)

값 13,000원

소설로 읽는 코리안신대륙발견론

반구대 고래길

김옥주 장편소설

북코리아

"귀신고래다, 귀신고래!"

"바예나 그리스! 바예나 그리스!"

보트에 탄 승객들은 일제히 보트의 우현을 바라보았다.

세 마리의 귀신고래가 보트 쪽으로 다가오며 숨구멍으로 물을 뿜어 올리고 있었다.

라구나 산이그나시오(Laguna San Ignacio).

멕시코 태평양 연안, 바하칼리포르니아(Baja California) 반도의 귀신고래가 드나드는 라구나(laguna, 석호(潟湖)). 섬들이 둘러싸다시피 한 라구나는 잔잔하기 이를 데 없어 뱃멀미라는 낱말은 잊어버려도 좋다.

독일과 미국, 프랑스, 캐나다, 그리고 한국에서 온 귀신고래 투어에 나선 여덟 명의 승객과 안내인, 그리고 보트잡이. 열 명의 승객을 태운 소형 보트가 15분쯤 바다로 나갔을까. 바로 그 순간이었다. 아니 바로 그 순간부터 귀신고래는 우리들 곁에 머물렀다. 여기서 불쑥, 저기서 불쑥, 보트 가까이, 보트 아래로 귀신고래가 다가왔다 멀어졌다 한다. 수백 마리의 귀신고래가 살고 있다는 산 이그나시오다.

얼마나 여러 번 머릿그림을 그려본 장면이었나. 눈앞에 귀신고래가 나타나면 어떤 느낌일까. 느낌이라는 말로는 도저히 표현할 수 없다. 숨쉬기도 벅차다. 가슴이 마구 쿵쾅거렸다.

귀신고래. 내 고함과 동시에 외친 안내인 에드가의 바예나 그리스. 내가 외친 귀신고래는 멕시코에서 사용하는 스페인어로는 바예나 그리스(ballena gris)였고, 미국에서 온 폴은 그레이 웨일(grey whale)이라 했다. 프랑스어와 독일어로는 뭐라고 했는지 기억이 없다.

귀신고래가 수십 년 전부터 더 이상 나타나지도 않는 한국의 동해 바다에선 꿈도 못 꿀 일이 눈앞에 펼쳐졌다. 카메라 셔터 소리와 귀신고래에 흥분한 사람들의 비명소리가 귀신고래의 숨 쉬는 소리에 섞여 라구나의 잔잔한 바다에 출렁이고 있었다. 귀신고래가 꼬리지느러미를 휘저어 흩뿌려지는 물방울이 동영상을 촬영하는 카메라 렌즈에 묻어도 촬영을 멈출 수가 없다.

귀신고래는 멀리 있어도 알 수 있었다. 잔잔한 해면에 물이 솟아오르는 그곳이 귀신고래가 있는 곳이다. 수많은 캐릭터에 등장하던 물을 뿜어내는 고래의 모습. 그렇지 않아도 잔잔한 바다 표면이 고래가 나타났다 금방 잠수해버린 자리엔 순식간에 잔물결조차 없어져 버렸다. 해면이 그대로 거울이 되어버리는 것이다. 미처 보지 못해도 고래가 나타났다는 걸 바로 그렇게 물결을 다림질해 없애 버린 것처럼 매끄러워진 해면을 보고도 알 수 있었다. 거울이 되어 버린 해면을 바라보면 바다 대신 가슴에 아쉬움이 물결쳤다. 귀신고래를 볼 수 없어서 이는 아쉬움은 아니었다.

귀신고래를 만질 수도 있었다. 이미 이곳에 오기 전에 아이가 고래를 쓰다듬는 동영상은 수없이 되풀이해서 보았었다. 하지만 고래는 우리가 탄 보트의 몇 배의 크기를 가지고도 얼마나 날렵한지 흥분을 가라앉히기도 전에 고래는 멀어졌다. 수없이 많은 기회를 안타깝게 놓쳤다. 다음에 귀신고래가 다가오면 팔부터 뻗치겠노라 마음먹었지만 고래가 다가오면 흥분부터 하느라고 기회를 놓치곤 했다. 오두님이 어떤 심정이었을지 비로소 짐작이 간다.

푸욱 푹!

물을 뿜는 소리가 우렁찼다. 소리를 내며 가까이 나타난 귀신고래는 사람에게 장난을 걸고 있는 듯했다. 머리를 곧추 세울 때 귀신고래의 모습이 가장 뚜렷이 드러났다. 물보라를 일으키며 거꾸로 잠수할 때 마지막으로 미끄러져 들어가는 거대한 고래 꼬리는 아름다움의 극치를 이루었다.

귀신고래는 보트에 탄 우리 모두를 하나로 만들었다. 홀로 가슴에 담아둘 수 없는 감동을 서로 나누어야 했기 때문이다. 국적은 달랐지만 영어로 충분히 의사소통이 되었다. 귀신고래를 뱃전으로 부르려고 보트를 두드리거나 박수를 치기도 했다. 스마트폰을 들여다보았다. 오두님이 부는 돌피리 소리 동영상을 음성 파일로 저장해 두었어야 했다. 고래가 북이나 피리소리를 좋아하기 때문이다. 고래가 가까이 다가올 때마다 보트가 기울이지는 것도 생각 않고 모두가 우르르 뱃전으로 몰려갔다. 고래가 사라지고 나서야 보트가 뒤집힐 뻔했다며 우리가 저지른 과오를 주제로 열띤 반성을 되풀이했다. 보트잡이 하비야와 안내인 에드가는 우리 얘기에 끼어들지 않고 웃고만 있었다. 고래와 더불어 사는 사람들의 여유로움인가. 구명조끼를 입어서가 아니라 그들의 여유로운 웃음 덕분에 우리는 우리의 분별없는 행동이 위태로움으로 이어지지 않는다는 믿음을 공유했다.

라구나 산이그나시오, 멕시코 바하칼리포르니아의 태평양 연안 바다는 예전부터 뱃사람이었던 것처럼 우리를 받아들였다. 귀신고래는 한 마리가, 두 마리가, 때로는 여러 마리가 떼를 지어 유영했다. 내뿜은 물이 바다로 떨어질 땐 종종 무지개가 나타났다. 과연 산이그나시오 바다는 귀신고래의 낙원이었다. 귀신고래의 적인 범고래나 상어도 나타나지 않는 곳이라 한다. 이빨이 없는 수염고래 종류인 귀신고래의 혀를 빼먹는 범고래가 날뛰는 '발설지옥(拔舌地獄)'이 아닌 것이다. 귀신고래 옆에 자주 나타나는 돌고래도 귀신고래를 해치지 않는 동반자일 뿐이다. 사람에게 길들여지지 않은 야생의 고래가 고래 투어를 하는 사람들을 감상하고 있었다.

난 멕시코 바하칼리포르니아 반도에서 두 번째로 귀신고래 낙원을 찾고 있다. 산카를로스의 바이아 막달레나(Bahia Magdalena)에서 이미 귀신고래를 만났다. 내가 사는 곳은 태평양 서안(西岸)의 대한민국 한반도, 귀신고래가 유영하는 곳은 태평양 동안(東岸)의 멕시코 바하칼리포르니아 반도. 한반도에 귀신고래 회유해면인 울산의 앞바다 울산만이 있다면, 그 반대편 바하칼리포르니아 반도에는 산카를로스의 앞바다 바이아 막달레나가 있었다. 울산만의 장생포에는 귀신고래 회유해면이라는 표지석만 흔적으로 남아있는데, 막달레나 만(灣)에는 귀신고래가 자유롭게 노닐고 있다. 추운 베링 해를 떠나 따뜻한 남쪽나라로 헤엄쳐 오던 그 고래길 중에서 귀신고래의 뇌리에는 이제 울산 앞바다는 잊히었다.

귀신고래는 막달레나 만에도 많이 머물지만, 이곳 산이그나시오 석호에는 더욱 많이 노닐고 있다. 세계자연유산으로 등재될 만큼.

막달레나 만과 마주하는 바다가 태평양 건너 동해안 울산만이라면, 막달레나 만 위쪽에 있는 산이그나시오 석호에 해당하는 곳은 울산 위쪽의 포항 영일만이 될 것이다. 고래라 하면 영일만의 구룡포라 했다고 인터뷰한 기사를 읽은 적이 있다. 그래서 요즘도 고래 혼획(混獲)이 곧잘 일어나는지도 모른다. 혼획은 그물을 쳐 놓고 물고기를 기다리는 어로 행위를 말한다. 다른 물고기를 잡으려 그물을 친다 하지만, 사실은 고래를 잡을 의도인 것이다.

20세기 초까지 한국의 동해안도 고래 반 물 반이었다고 했다. 우리나라 사람의 말이 아니라 미국의 고고학자 로이 앤드류스의 기록이었다. 로이 앤드류스라면 생소하지만 영화 인디아나 존스는 익숙하다. 인디아나 존스의 실재 모델이 된 학자가 앤드류스다. 울산 고래박물관에 가면 앤드류스와 인디아나 존스의 동상이 세워져 있다. 그레이 웨일, 회색고래를 앤드류스는 한국계 귀신고래라고 학계에 알렸다. 하지만 울산 앞바다는 극경회유해면이라는 이름만 천연기념물이 되었을 뿐 귀신고래를 더는 볼 수가 없다. 8천 년 전에 반구대 바위에 새겨진 고래 그림도 훼손되어 사라질 위기에 처해 있다.

안타깝다.

답답하다.

나는 말을 잃고 호수같이 잔잔한 바다를 바라보았다. 귀신고래가 좋아서 미국 일리노이주에서 이곳으로 이사를 왔다는 안내인 에드가의 해설이 이어졌다. 고래는 이렇게 잔잔한 바다에서만 볼 수 있다고. 바다가 거칠어지면 귀신고래는 물속으로 들어가서 헤엄을 치다가 숨을 쉴 때만 하늘로 치솟은 그 두 개의 콧구멍만 바다 밖으로 살짝 내밀기 때문에. 물속에 잠수하는 시간은 20여 분.

배를 타고 고래를 볼 수 있는 시간은 정해져 있었다. 고래 투어를 나갈 수 있는 배도 같은 시간엔 열여섯 척까지만 허용이 되었다. 바다에는 우리가 탄 보트를 포함해서 세 척이 떠 있었다. 투어를 하는 보트끼리 가까워졌다 멀어졌다 했다. 자신이 탄 보트가 아니고 다른 보트 가까이로 고래가 다가갈 때도 기꺼이 환호하며 그들의 기쁨에 동참해 주었다.

"고래야, 귀신고래야. 내가 왔다. 대한민국 울산에 살고 있는 최예하가 왔다."

나는 고래고래 고함을 쳤다. 고래가 북소리를, 피리소리를 좋아한다면 내 목소리의 진동에도 친근감을 느끼리라. 보트에 타고 있는 사람들 그 누구도 알아듣지 못하는 한국어지만, 귀신고래는 알아들을 것이다. 수천 년 전부터 '귀신고래'라는 말을 들으며 동해안을 오르내리던 그 귀신고래들의 핏줄이니까.

에드가가 곧 보트의 속력을 높이겠다고 말했다. 약속한 투어 시간이 끝나가고 있었다. 고래투어는 두 시간이다. 시간은 약속되어 있었지만 반드시 고래를 만질 수 있을 것이라 약속은 하지 않았노라는 말을 에드가가 상기시켰다.

결국 귀신고래를 만지지도 못하고 돌아가야 한다.

귀신고래의 살갗이 궁금한 건 아니었다. 감당할 수 없는 그리움이 폭발하는 순간 와락 부둥켜안는 것처럼 고래를 만나고 싶은 간절함이 사무쳤다. 귀신고래를 손으로 터치하는 것이 중요하다던 오두님의 말이 비로소 뼈저리게 와 닿는다. 그건 자유롭게 헤엄치며 반가워하는 귀신고래의 콧구멍과 거대한 꼬리가 바로 손에 닿을 듯 가까이 있기에 절로 생기는 열망이었다.

해변으로 돌아가는 보트에서 우리는 한 가족이 되어 있었다. 국적은 달랐지만 귀신고래가 유영하는 바다를 두고 떠나는 아쉬움을 달래고픈 마음은 모두 같았다. 내가 카알과 일행이 된 얘기가 승선한 사람들을 집중하게 만들었다.

아직 해는 뜨지 않았다.

멕시코 귀신고래 투어를 떠올리면서 예하는 어두운 천장을 뚫어지게 바라보았다. 천장에서는 멕시코의 바하칼리포르니아 반도 앞바다에서 만난 바예나 그리스, 그레이 웨일, 아니 귀신고래가 자신을 찾아온 인간들에게 친근한 인사를 건네고 있다. 사람들이 환호와 박수로 고래에게 답례를 한다. 고래가 일으키는 물결로 배가, 사람이 둥둥 떠다닌다. 물결치는 소리가 들린다. 가슴으로는 귀신고래를 보고, 귀로는 이곳 반구대 대곡천 물소리를 보고 있다. 문풍지를 뚫고 어둠살이 묻어 있는 이른 아침 기운을 실은 물소리를 본다. 옛사람들이 소리를 듣는다고 하지 않고 본다고 한 관음(觀音)이라는 말의 뜻을 알 듯 말 듯하다.

예하는 눈을 감고 자신의 몸이 담긴 공간을 세밀하게 그렸다. 대곡리에 처음 들어온 것도 아니건만 그 어느 때보다도 차분하게 마음을 가라앉히고 공간의 의미를 새겼다.

울산광역시 울주군 언양면 대곡리. 언양에서 경주 방향 35번 국도, 반구대로에서 반구대암각화 이정표를 따라 우회전을 하면 반구대암각화로 가는 반구대안길 길목에 접어들게 된다. 반구대안길을 따라 4킬로미터쯤 오면 암각화박물관이 있다. 고래 모습으로 지은 박물관이다. 박물관 앞의 반구교를 건너서 박물관을 바라보면 거대한 고래 모양이 보이게 된다. 고래 머리가 입구를 지키고 있고, 고래 꼬리가 하늘을 향해 있다. 박물관 문을 열고 들어가는 방문객은 고래 옆구리로 들어가는 기분을 느끼게 될 것이다.

고래와 고래잡이 그림이 새겨져 있는 대곡리암각화는 반구교에서 하류 쪽으로 더 내려가야 한다. 흔히들 말하는 반구대(盤龜臺)는 반구대암각화로 알려진 대곡리암각화에 가기 전, 반구교에서 2백 미터쯤 떨어진 곳에 거북 모습을 한 산봉우리와 바위 절벽을 말한다. 대곡천 물길을 따라 바다로 가는 듯한 거북모양이라는 것이다. 그러니까 비래봉을 등으로 하고, 포은 정몽주의 유허비가 있는 포은대를 머리로 하여 거북처럼 생긴 바위산이다. 비래봉 기슭이 대곡천에 뿌리가 닿아 있는 부분은 깎아지른 절벽이 들어서 있다. 산봉우리 방향으로 좀 더 높이 솟아있는 바위 절벽엔 군데군데 소나무가 뿌리를 내리고 있어 운치를 더해 준다. 산꼭대기에 구름이라도 걸쳐지면 아찔한 현기증과 경외감이 느껴진다. 옛사람의 시처럼 천 길 낭떠러지라는 표현이 어울릴 법한 장관이다.

산봉우리 반대쪽으로 이어진, 평평한 언덕 위가 반구대(盤龜臺)의 대(臺)라는 뜻이 유래된 곳이다. 귀신고래를 만나기 위해 황량하고 광활한 멕시코 바하칼리포르니아 반도의 남쪽을 종단하면서 수많은 대(臺)를 보았다. 거대했다. 땅덩어리가 큰 만큼 대(臺)도 엄청난 크기로 예하를 압도했다. 라파스 공항에서 산이그나시오

해변으로 달리는 700킬로미터 가까운 종단 길은 서울과 부산을 왕복할 만큼 먼 거리였다. 그 머나먼 과정에서 만난 멕시코.

아버지 차에 타면 내비게이션이 길 안내를 한다.

– 5킬로미터 이상 직진하는 길입니다.

바하칼리포르니아 반도에서도 내비게이션이 길 안내를 했다. 430킬로미터 직진 후 좌회전하라고. 멕시코의 내비게이션은 한껏 게으름을 피워도 괜찮았다. 직진만 아니라 직선 도로가 끝없이 이어지는 구간이 한두 곳이 아니었다. 하늘 아래 어떻게 이런 도로가 있을까 입이 다물어지지 않았다. 그 먼 거리를 달리는 동안 변변한 과수원도, 물이 흐르는 강물도, 싱그러운 채소밭도 볼 수 없었다. 눈 앞에 펼쳐진 풍경은 마치 이 땅의 주인은 자신들이라는 듯 굳건히 뿌리를 박고 서 있는 선인장이 연출해냈다. 벌판에도, 산꼭대기에도, 해변에도 온통 선인장이었다. 일부러 심은 듯이 일정한 간격을 유지하고 있는 선인장은 이 땅이 어떤 곳인지 방문객들에게 확실하게 보여주고 있었다. 그런 멕시코 땅을 본 뒤라 이곳 반구대가 더 아름다워 보이는지도 모른다.

반구대 평평한 바위벽은 조선시대 때 이곳에 애정을 가진 수많은 사람들이 글자와 그림을 새겨놓은 곳이다. 반구대는 대곡천 계곡이 얼마나 아름다운 곳인지를 남기고 싶어 한 이들의 자취인 것이다. 가히 옛사람의 바위 신앙이라 할 만한 흔적들이 盤龜(반구)며 玉泉(옥천)이며 하는 바위 각자(刻字)로 남아있다. 옥천선동(玉泉仙洞)으로 여긴 반구대는 그것을 보는 사람이 신선이 된다는 뜻이라 하던가.

예하는 대곡천에서 방바닥이 뜨거운 정자(亭子)로 공간을 옮겼다. 반구대 맞은편에 자리를 잡은 이 정자는 3백 년의 역사를 지녔다. 집청정(集淸亭). 정자를 끼고 대곡천 상류를 따라가면 1.4킬로미터 떨어진 곳에 천전리암각화가 있고, 반대로 하류 쪽으로 1킬로미터 정도 내려가면 대곡리암각화가 있다. 정자에서 양쪽 암각화로 가는 길은 대곡천 물길만큼 굽이굽이 돌아간다. 대한민국 아름다운 하천에 선정된 대곡천이다.

정자 한쪽 옆 대숲은 대곡천 건너편 반구대와 어울려 병풍 속에서 나온 한 폭의 사군자를 이룬다. 대숲을 이웃하여 포은 정몽주, 한강 정구, 회재 이언적을 추모하는 이른바 반구대 삼현을 모시는 사당의 의미로 조선시대로부터 내려온 반구서원(盤龜書院)이 자리하고 있다. 반구서원 앞으로 나 있는 길을 따라 대곡천 하류 쪽으로 5백 미터쯤의 향로봉 기슭 벼룻길을 돌아가면 또 다른 대나무숲이 나타난다. 그 대나무 숲 아래 물가 바위에는 1억 년도 넘는 백악기의 공룡발자국들이 남아 있다.

예하가 누워있는 집청정 정자는 대곡천 물소리에 떠 있는 한 척의 배와 같다. 한옥 문짝들은 문풍지를 매단 황포 돛이 되어 바람소리를 내면서 지금은 극경회유해면이라는 이름만 남아 있는, 고래가 뛰놀던 드넓은 울산 앞바다로 집청정을 떠가게 하는 것 같다.

'절대로 집청정을 남의 손에 넘겨서는 안 돼.'

예하는 몸을 뒤척였다.

심호흡을 두어 번 하고 난 뒤 얼굴을 이불에 파묻었다. 대곡천 물소리는 여전했다. 소리를 듣지 않고 본다는, 관음(觀音)을 제대로 체험하고 있다.

대곡리 계곡의 새벽 물소리는 그렇게 파도소리처럼 문풍지를 때리고 있었다. 계곡에 부는 바람을 따라, 물소리는 울산 앞바다 파도소리처럼 세게 밀려왔다 약하게 밀려오기를 반복했다. 반구대 거북바위산이 바다로 헤엄쳐 가려나 보다. 거북바위산이 느린 걸음으로 1킬로미터 남짓 떨어진 대곡천 하류 쪽의 고래암각화가 있는 곳까지 기어가면서 아침 해가 솟는 것이겠지.

홀로 정자에서 하룻밤을 자보겠노라 결심한 게 잘한 일이다 싶다.

아버지, 어머니와 정자에 누웠을 때는 들리지 않았던 물소리가 홀로 있으니 대곡천변에 텐트라도 친 듯이 가깝게 다가와 귓전을 두드렸다. 집청정(集淸亭), 과연 물 흐르는 소리를 듣는 정자였다. 겨울 바람소리와 어울린 물소리는 뜨거운 방바닥 기운을 송두리째 앗아간 듯 마음을 서늘하게 만든다. 복잡한 생각들이 꼬리를 물었다. 웅크린 채 숨듯이 이불 속에 들어가 있다가 장작불로 달구어진 뜨거운 방바닥 탓에 답답해져 이불을 걷어찼다. 이불 속은 불 속이고, 이불을 차면 오래된 정자의 외풍 때문에 선선했다. 수없이 이불을 덮었다가 찼다 하다가 잠이 들었던 모양이다.

어제 집청정을 구매 계약한 이 사장이 아버지를 찾아 반구대로 들어왔다. 체격이 우람했다. 이 사장이 주먹 세계에서 힘자랑을 했다는 얘기는 아버지도 계약한 후에야 알았다고 했다. 이 사장은 가끔 입술로만 웃었고, 미간을 찡그리는 걸로 말을 대신했다.

이 사장은 반구대 일대를 철저하게 돈벌이 수단으로 삼을 작정이다. 이 사장은 암각화 일대가 우리나라 전체가 아니라 울산 시민의 관심사로 남아 있기를 간절히 바라고 있었다. 암각화를 보존하려고 문화재청에서 적극적으로 나서는 시기가 자신의 계획이 실현되고 난 뒤의 일이 되도록 백방으로 손을 쓸 생각도 서슴지 않고 드러냈다. 이미 세워져 있는 주변의 숙박 시설을 압도하는 시설을 마련한다면 충분히 승산이 있다는 것이다. 집청정만 남겨두고 다른 건물은 모두 헐어서 최고의 한옥 휴양지를 만들겠노라 큰소리쳤다. 마침 최 씨 가문에서 지금까지 지켜온 덕분에 자연이 훼손되지 않은 채 잘 보존되어 있다는 점이 가장 큰 매력이라고 침을 흘렸다. 요즘 흔히 말하는 웰빙 휴양지가 아닌가.

처음 이 사장이 등장했을 때만 해도 예하는 별다른 생각이 없었다. 집안 형편이 점점 어려워진다는 말을 들었던 터다. 그래서 멕시코 여행을 해야 하나 말아야 하나를 두고 오랜 시간 고민했었다.

조상 대대로 내려온 이 정자를 지키지 못할 것 같다고 아버지가 얼마나 괴로워했는지 모른다. 괴로워했던 만큼 어떻게 해서든지 이 땅을 지킬 것이라 믿고 해외여행을 떠났었다. 그런데 열흘 남짓 집을 떠난 동안 진전이 되어도 너무 많이 되었다. 아니 예하가 여행을 떠나기 전에 이미 어느 정도 거래가 성사되었을 것이다. 그렇게 되어 가고 있다는 걸 어렴풋이 느꼈으면서도 예하는 짐짓 그 문제는 아버지, 어머니 일인 것 같아 무심했었다. 형편이 어려워졌다는데 모른 척하고 돈이 많이 드는 해외여행을 가려 한다는 게 무책임해 보였다. 원래 여행을 좋아하는 부모님이라서 모든 것을 뒤로하고 예하 여행부터 보내야 한다고 서두르는 바람에 나름대로 애써 긍정적인 결론을 내리고 길을 나섰다.

"최 사장이 다른 소리 할 사람이 아니라 믿고 하는 말이지만, 원래 길을 닦아 놓으면 땅값이 팍 뛰거든요. 관광버스까지 들어오면……."

이 사장은 미처 말을 끝맺지 못했다. 누군가를 의식해서 조심해서라기보다 앞으로 전개될 행운을 감당하기가 어려워 보였다. 중도금이니 잔금이니 하며 조금 더 얘기를 나누다가 이 사장이 돌아갔다. 영화나 드라마에서 본 것과는 달리 검은 양복을 입은 건장한 남자들이 이 사장을 호위하지는 않았다.

이 사장이 개발하고 싶어 몸부림치는 대곡천 일대. 어떤 일부터 어떻게 시작해야 이 사장의 계획을 막을 수 있을지 갈피를 잡을 수가 없다. 국보로 등재된 암각화야 어떻게 할 수 없겠지만 이 사장이 마음만 먹는다면 그럴싸한 명분을 앞세워 개인 소유로 남아 있는 집청정과 그 주변은 얼마든지 다른 모습으로 개조할 수가 있을 것이다.

밖이 궁금했다. 오랜 세월 물과 바람을 견뎌온 반구(盤龜) 바위다. 이 사장의 말을 대곡천에 흘려보내기라도 하려는 듯, 왈칵 방문을 밀어젖혔다. 두 짝 여닫이 방문이 열리자 찬 기운이 온몸을 휘감았다. 밀쳐놓은 이불을 몸에 휘둘렀다. 방바닥의 뜨거운 불기운이 싫지 않았다. 비로소 눈을 들었다. 엷게 남은 어둠 속에서 계곡 건너편 거북 모양의 반구대가 예하를 바라보고 있다. 거북바위산과 예하 사이에 한두 개의 잎사귀만 달고 있는 나뭇가지가 바람에 바르르 떨었다.

대곡천을 사이에 두고 서로 마주 보는 반구대 거북바위와 집청정 정자는 유명한 역사 인물의 거대한 묘지처럼 장엄하게 보일지도 모른다. 용궁을 향해 대곡천 물소리를 헤쳐 나아가는 반구대 거북바위가 속도라도 내는 듯 벼랑의 소나무 숲의 나뭇가지들이 흔들린다.

굳이 이곳 정자에서 자고 싶다고 했을 때, 굳이 혼자여야 한다고 했을 때, 아버지는 보일 듯 말 듯 한숨을 쉬었다. 겨울방학 방과후학교에는 며칠만 참여했다. 고3을 눈앞에 두고 느닷없이 길을 떠난 멕시코행. 예하 자신도 그런 말을 아버지와 담임선생님에게 끄집어낼 때 깜짝 놀랐다. 하지만 일단 입에서 빠져나온 말은 그 다음부터는 예하의 의지와는 상관없이 엄청난 힘을 발휘했다. 너무 엄청난 말이라서 아무의 제지도 받지 않았다.

여름방학에 잠깐 다녀온 일본 가족여행 체험 덕분에 발휘한 용기였다. 배낭여행이었다. 숙박은 주로 유스호스텔을 이용했고, 일본어 회화는 각자 조금씩 책임을 맡았다. 대중교통을 이용하는 문제는 아버지가, 음식을 주문하는 문제는 어머니가, 그 지방에서 무엇을 보아야 하는지를 알아보는 일은 예하와 동생 예준이가 맡았다. 애니메이션에 관심이 많은 예준이는 일본 영화를 감상하느라고 제법 일본어 회화 실력을 갖추고 있었다. 많이 알려진 유명 관광지는 될 수 있으면 피했다. 그런 장소일수록 요란하기만 했지, 의미는 적었기 때문이다. 울산만 하더라도 그랬다. 안내문에 의지해 찾은 수많은 관광지에서는 실망하기가 일쑤였다. 덜 알려진 곳을 찾았을 때 느끼는 의미는 소중하고 알찼다.

다른 아이들이 촌음(寸陰)을 아껴 대한민국 고3 수험생 생활을 준비하고 있을 때 예하는 학교와 집을 떠나 멕시코행을 선택했다. 멕시코에 다녀와서도 얌전히 학교로 돌아간 게 아니고 곧장 반구대로 들어와 버렸다. 반구대 집청정은 예하의 조상 때부터 지켜온 예하네의 또 다른 집이다.

눈에 힘을 주고 나뭇가지 너머 거북바위를 뚫어지게 바라보았다.

龜盤.

구반. 익숙한 읽기 방향이다.

盤龜.

반구. 오른쪽에서 왼쪽으로 읽는 예스러운 순서로 다시 읽어 보았다. 굵직한 입체 글자가 홀로그래피처럼 도드라져 보인다.

반구대암각화는 저 아래 쪽에 있지만 바로 이 반구대 바위 절벽과 그 봉우리인 비래봉과 포은대 지형 덕분에 반구대라는 이름을 갖게 되었다. 암각화를 발견하기 전부터 이곳 거북바위 절벽이 명승으로 여겨졌기 때문이었으리라. 빼어난 경치마다 두루 찾아가 그림을 그린 겸재 정선의 그림 목록에 반구대가 들어있다. 조선시대 시인 묵객 283명이 이곳 반구대 거북바위 절벽을 찾았다 하지 않았던가. 어떤 시인은 거북바위 절벽을 천 길 낭떠러지라고 과장하기도 했다. 겸재 정선의 이곳 반구대 그림에도 깎아지른 절벽이 어지럼증을 일으키게 했다.

겨울 이른 아침, 거북바위 절벽이 선명한 눈으로 예하를 마주 보았다. 아니 숫제 눈을 부릅뜨고 노려보고 있다. 반구(盤龜)는 3백 년 전에 윗대 할아버지가 새긴 글자라는데도 예하는 지지 않고 노려보았다. 반구는 여명의 빛을 따라 조금씩 대곡리암각화가 있는 곳으로 움직이며 예하를 이끌었다. 암각화 고래나라로 가자는 몸짓이리라. 예하는 서두르지 않았다.

급하게 움직이지 마라.

군자는 족중(足重)이라 했느니.

예하가 자주 찾는 카페 웹사이트에서 배운 말이다. 미국에서 오랜 세월 전통 고래 문화를 연구해 온 오두님이 자주 하는 말이다.

코리안들이 신대륙을 발견했다!

최초로 이런 주장을 한 오두님은 NGO 코리안신대륙발견모임 창설자이며 회장이다.

그 가슴 벅찬 주장을 대했을 때의 감동이란. 그냥 보기만 해도 가슴이 터질 것 같은데, 최초로 주장했을 때의 오두님은 어땠을까.

족중. 발을 무겁게 하라. 처신을 가볍게 하지 말라. 사실 아직도 어떻게 하는 것이 족중인지 모른다. 하지만 호흡을 가다듬는 여유는 조금 생긴 듯도 하다.

– 고래 닮은 무덤 앞에 만든 비석은 거북 기단을 올라타고 있어서 무덤의 주인공이 거북 등을 타고 바다로 가는 모습이야.

오두님의 말이다.

성묘를 갔을 때 어른들 따라서 절만 했었다. 고등학생이 되었건만 종손의 맏이라고 예하는 성묘나 집안 큰일에 곧잘 아버지와 동행을 해야 했다. 대한민국의 인문계 고등학생은 집안의 행사에 참여하지 않아도 전혀 흠이 되지 않아서, 집집마다 거의 특권을 누리다시피 하는데 예하는 그렇지 못했다.

인터넷 게임을 하거나 연예인이나 스포츠 스타들의 얘기를 알고 싶어서 인터넷에 매달리지 않게 된 것은 오두님의 코리안신대륙발견 웹사이트를 알고부터다. 온라인과 오프라인의 세계가 동떨어진 것으로만 알고 있던 예하에게 오두님의 웹사이트는 두 세계의 경계가 허물어진 새로운 시대의 주인공으로 살아가게 만들었다. '코리안신대륙발견 사이트'라는 온라인 세계와 '반구대'라는 오프라인 세계를 왕래(往來)하고 있는 것이다. 그랬다. 예하야말로 두 세계를 오고 가는 선동(仙童)이었다.

예전엔 아이들의 화제에 외계인이 되지 않기 위해서 인터넷 검색을 했을 뿐이었다. 따돌림은 아이들이 예하에게 할 수 있는 행동이 아니라 예하가 아이들에게 할 수 있는 것이라 자부했었다. 아이들과 예하 자신은 같은 무리일 수가 없었고, 같은 무리가 결코 아니었다. 이런 건방지기 짝이 없는 생각이 여지없이 깨어진 것은 오두님 때문이다. 덕분이라고 해야 하나. 그리고 또 한 사람, 태균이. 태균이라는 이름을 되뇌니 가슴이 싸아 했다.

오두님을 생각하면 저절로 코리안신대륙발견 고래나라로 들어가게 된다.

거북바위와 대곡리암각화는 먼먼 우리 조상들이 믿었던 것처럼 대곡천을 따라 울산 앞바다로 가는 꿈을 꾸면서 아침을 맞이하고 있는 것일까.

"예하야, 일어났니?"

밖에서 아버지가 인기척을 했다. 아버지와 어머니, 동생 예준이는 집청정 뒤편에 지어놓은 다른 한옥에 머물렀다.

"오늘도 여기에 있을 거면 구들고래 아궁이에 불을 조금 더 넣을까 싶다."

대곡리 고래암각화 지역에서 구들고래라고 하니 더더욱 재미

있다는 생각이 든다. 고래 등 같은 집청정에 구들고래를 지켜온 아버지가 신기하기도 하다.

아버지는 다른 쪽 방문을 열지 않았다. 대곡천 계곡을 향해 열려 있는 방문 귀퉁이를 보았을 것이다. 아버지가 방문을 여는 순간 맞바람이 칠 것이기 때문이다.

"아니, 그럴 필요 없어요, 아버지."

멕시코를 다녀와서 표면적으로 가장 달라진 것이 아빠, 엄마라고 부르던 호칭을 아버지, 어머니로 바꾼 것이다. 집안 모임이 있을 때마다 연로한 어른들이 예하에게 말하곤 했었다. 이제 나이가 그 정도 되었으니 아버지라고 불러야 하지 않겠느냐고. 신기하게도 아빠를 아버지라 부르니 마음가짐마저 달라졌다. 아버지라고 부르자 아버지는 빙긋이 웃기만 했는데, 어머니는 자지러지면서 사양했다. 예하가 엄마 아들이 아니라, 며느리의 남편이 된 것 같다고. 이번에는 예하가 빙긋이 웃었다.

"뭐 마실 거라도 갖다 주랴?"

아버지가 물러서지 않는다. 정자에서 예하를 홀로 자도록 허락했으니 기분이 어떤지 궁금할 것이다. 별로 할 말도 없다. 기어코 예하의 말을 듣고 싶은 아버지가 아침에 찾지도 않는 마실 거리를 갖다 주겠다고 하니, 일단 아버지와 마주 앉아 있어 보자, 싶다.

따뜻한 꿀물을 앞에 두고 아버지와 마주 앉았다.

"그렇게 혼자 자보려던 하룻밤 맛이 어땠니?"

"……."

"물 흐르는 소리, 들었어?"

"…… 예……."

예하는 엉거주춤하게 말했다. 아버지가 무슨 말을 하고 싶은지 모르겠다. 물소리 얘기를 하고 싶다면 무슨 말이든 할 수 있을 것도 같다.

"…… 계곡 속의 파도소리야."

아버지의 말에 예하가 놀라 고개를 들었다. 이곳 반구대에서 바다까지는 자동차로 한 시간은 달려야 닿을 곳인데 이 계곡에서 바다의 파도소리를 들어왔다는 아버지를 물끄러미 바라보았다. 아버지는 어떤 기분이었을까. 바다를 향해 기어가려는 거북바위를 타고 곧장 울산만까지 다녀오곤 했을까. 가끔 아버지는 종손만 아니었으면 하고 싶은 일이 있었다고 말하곤 했다. 종손이면 할 수 없는 일이 있는 것 같아 굳이 듣고 싶지 않아서 무슨 일이었느냐고 물어본 적이 없다. 예하가 홀로 정자에서 자기 전까지 아버지는 파도소리라는 말을 한 적이 없었다. 그냥 물소리가 좋아서라고 했을 뿐이다. 아버지가 지금 파도소리라는 말을 했다.

아버지는 더 이상 말을 끄집어내지 않고 묵묵히 꿀물을 들이켰다. 아버지의 침묵이 예하를 긴장하게 했다. 그러면서도 묘하게 편안하기도 하다. 아버지와 말없이 물소리를 듣는 게 처음이다. 아무 말도 없이 이렇게 앉아 있는데도 대화를 하는 느낌이다. 이런 느낌이어서 가끔 아버지가 이곳 정자에서 잠자고 싶었겠다, 싶다. 방문 바깥 높은 곳에 집청정 현판 말고도 따로 처마 아래 청류헌(聽流軒)이라는 현판이 걸려있었던 이유를 알 것만 같다. 옥류(玉流)나 해류(海流)와 같은 물 흐르는 소리를 듣는 집, 청류헌(聽流軒).

사연댐이 생기기 전 대곡리암각화 바위에 새겨진 새끼 밴 고래는 뱃속의 새끼 고래와 함께 대곡천에 흘러내리는 물소리를 들으며 울산 앞바다로 가는 꿈을 꾸곤 했을까. 50년 동안 사연댐에 갇혀 물속에 잠긴 대곡리암각화는 세상으로부터 따돌림을 당하고 있다. 울산 시민을 넘어, 대한민국을 넘어, 세계의 주목을 받을 가치가 있는 암각화가 아닌가.

"내가 네 일로 잔뜩 화가 나서 학교에 갔을 때다."

아버지가 편안한 침묵을 깼다. 들춰내고 싶지 않은 얘기를 아버지가 끄집어내고 있다. 마음이 불편하다.

세상에 내 아들이 학급에서 왕따를 당한다고?

아빠는 그날 아침, 등교한 내가 무단결석을 했다는 소식을 들었을 때 전화로 담임선생님에게 한바탕 퍼부었다. 아빠의 대단한 아들이 무단결석을 할 리가 없었기 때문이다. 전교 수석을 하는 학생이 무단결석을 하게 될 때까지 담임이라는 사람은 대체 뭘 하고 있었느냐, 목소리를 높인 아빠의 말은 대충 그런 내용이었다. 담임선생님이 학교로 오라고 했다. 다른 사람도 아닌 '내 아들'에게 문제가 생겼다면 틀림없이 학교 탓일 것이기 때문에 아빠는 전투적인 자세로 학교로 갔다.

학교에 가서 무슨 말을 했는지는 들은 적이 없다. 아버지가 그때 일을 말하려는가 보다. 농구장에서 공을 차지하려고 아이들과 다투는 것처럼 숨이 차다. 수행평가 때문에 실기에 신경을 곤두세워야 하는 때는 괴로웠다. 듣고 싶지 않다고 말하려고 해도 목소리가 나오지 않았다.

아버지의 말이 이어졌다.

인사도 하는 둥 마는 둥 다짜고짜 아빠가 선생님에게 불만을 퍼부었다. 아빠와 나이가 비슷한 담임선생님은 고개를 끄덕이거나, '그렇지요, 충분히 이해합니다' 그런 식의 말만 하며 아빠가 무슨 말을 하더라도 줄곧 듣기만 했다. 선생님이 차분한 태도로 듣기만 하니까 아빠가 조금 열없어졌다.

"하고 싶은 말씀이 있으시면 다 하십시오."

담임선생님이 조용히 기다렸다. 아빠도 덩달아서 차분한 어투로 이제 할 말이 없노라고 했을 때 선생님이 말했다.

"예하 아버지, 뭐라고 드릴 말씀이 없습니다. 예하처럼 성적이 뛰어나게 좋은 아이가 무단결석을 하는 일은 저도 처음 겪어보았습니다. 지금 예하 아버지께 드릴 수 있는 말씀은 예하가 다른 아이들과 전혀 어울리려고 하지 않았다는 것입니다. 저는 예하가 공부에 열중하느라고 그러는 줄 알았습니다. 예하가 결석을 하고 나서 아이들에게 알아보니 예하도 아이들을 철저하게 따돌렸더군요."

예하가 학급에서 취한 행동을 담임선생님이 얼마나 자세하게 말했는지는 모르겠다. 아버지가 선생님의 말을 듣고 몹시 놀라서 할 말을 잃었다는 말까지 했을 때, 어머니가 아침밥을 차려놓았다고 큰 소리로 불렀다. 아침상에는 미역국이 올라 있었다.

미역국.

새끼를 낳은 고래가 미역을 먹는 것을 보고 우리나라 어머니들이 출산한 뒤에 미역국을 먹어왔다는 것은 세계에 유례가 없는 독특한 고래민족 문화 전통이라는 오두님의 글이 떠올랐다. 우리 민족만이 귀천을 가리지 않고 미역국을 먹는다는 기록이 송나라 사신이 쓴 『고려도경』에 남아있다고 한다.

– 고래는 미역길을 따라 신대륙까지 간다. 귀신고래길은 미역밭의 연속이기도 하다. 멱감다는 말은 고래가 '미역을 감다'는 말에서 나왔다.

인터넷을 통해 오두님을 알던 그때보다 반구대에 머물고 있는 이즈음에 더욱 오두님의 수많은 글이 떠올랐다. 지난 몇 달간은 거의 오두님 글과 함께 살아왔다. 고래암각화가 있는 반구대에서 미역국을 먹으니 고래가 된 기분이다.

아침을 먹자마자 대곡리암각화를 찾았다.

이런 시간에는 방문객도 거의 없다. 울산에 산다고, 아니 가까운 한실마을에 살지라도 방문이 쉽지 않다. 근처에서 농사를 짓는다 할지라도 겨울날, 이런 시각에는 나타나지 않는다. 예하는 이런 시간이 좋았다. 암각화에 몰입할 수 있기 때문이다.

고래암각화가 그려진 절벽이 저만큼 떨어져 있다. 배를 타고 다가갈 수 있으면 좋겠다. 가까이 가서 고래의 숨결을 느끼고 싶다. 오두님은 암각화를 새긴 선사인은 사람이 죽으면 고래로 태어나고, 고래가 바닷가에 와서 죽으면 사람으로 다시 태어난다고 믿었다 했다. 고래와 사람이 호환환생한다고 믿었다는 것이다.

예하는 오두님의 '코리안들이 신대륙을 발견했다'는 인터넷 카페에 실린 글을 떠올렸다. 반구대 선사인들이 고래 따라 아메리카 신대륙을 발견했다는 오두님의 새로운 이론이 한국 언론에도, 미국 언론에도 발표되었을 정도로 강력했다는 것은 그만큼 타당성이 있다는 이야기다. 예하가 초등학생이나 중학생일 때의 얘기라 언론을 접해보지는 않았지만 오두님의 주창은 놀랍고 신기하여 예하는 흥분으로 잠을 이루지 못했다.

코리안들이 신대륙을 발견했다?

세계 역사를 새롭게 쓰는 일이다.

그때의 흥분으로 다시금 온몸에 열기가 돌았다. 굉장한 역사의 현장에 서 있는 듯한 기분이다. 숨을 가쁘게 몰아쉬다가 문득 정신을 차렸다. 대곡리암각화 바위 절벽이 눈에 들어왔기 때문이다.

이태백처럼 고래 등을 타고 싶다.

카페에 실린 벽화 사진에는 李白騎鯨上天(이백기경상천)이라는 한문이 뚜렷하게 적혀 있고, 큰 물고기 등에 올라탄 사나이가 보였다. 신라시대 때부터 내려온 상주 남장사의 법당 벽화 그림이라는 설명이 붙어 있다. 놀랍다. 고래 등을 탄 그림이 둘씩이나 자리한 남장사 절집. 상주가 내륙 분지 도시라는 게 무척 신기했다. 남장사의 고래 등 타는 벽화 때문에 예하에게는 생소하던 상주가 특별한 장소로 다가왔다. 경상도라는 명칭이 경주와 상주에서 비롯되었다고 하는 그 배경이 더욱 실감이 났다. 현시대의 울산과 과거 상주의 위상을 비교하면서.

예하는 동시대의 울산과 오두님이 오랫동안 활동해 왔다는 시카고를 생각했다. 시카고는 미시간 호에 면하여 있는 미국의 제3대 도시라 한다. 시카고에 가 본 적은 없다. 다만 인터넷에 소개되는 지도와 사진과 수많은 자료를 통해서 어렴풋이 짐작할 뿐이다. 시카고라는 도시는 지금까지 예하의 삶에서 한 번도 관심 있는 지역으로 떠오른 적이 없었다. '코리안들이 신대륙을 발견했다'는 카페를 알게 되기 전까지는.

시카고를 검색하면서 다시금 울산을 생각했다. 자신이 살고 있는 도시를 더 깊이 알아야 한다는 생각이 물결쳤다. 예하에게 울산을 더 잘 안다는 것은, 반구대를 더 깊이 아는 것과 통했다. 울산은 손꼽히는 공업 도시이면서 귀신고래회유해면이 천연기념물로 지정되어 있는, 울산만에 면한 대한민국 제1의 고래도시다. 아니 역사적으로 보면 세계 제1의 고래 도읍이었다. 고래도시가 된 것은 울산만에 자리를 잡아서이기도 하고, 세계에서 가장 손꼽히는 반구대암각화가 있어서이기도 할 것이다. 적어도 예하는 한때 물

반 고래 반이라고 했던 고래바다인 울산 앞바다만큼 고래암각화가 있는 반구대가 중요한 지역이라고 생각한다.

반구대는 비래봉 정상에서 상대와 중대, 그리고 하대의 각각의 대(臺)로 이루어진 거북등과 거북머리에 해당하는 포은대로 이루어진 거북모양을 하고 있다. 거북모양을 생각하지도 않고 그 정상인 비래봉을 오르긴 했다. 아버지와 함께 고로쇠 물을 받으러. 잠시 우쭐했던 자신이 부끄러워졌다.

예하의 머릿속 그림에서 오두님은 고래 등을 타고 다니는 신선이나 다름없다. 고래 등을 타고 다니며 세계를 휘젓고 다니지 않았다면 도저히 주창할 수 없는 진기한 연구 성과가 헤아릴 수 없이 많기 때문이다. 아마도 고래 해신이 도와주었는지도 모른다. 어찌 한 사람의 힘만으로 숨어 있는 고래 문화에 관하여 그렇게 많은 연구를 할 수 있었으랴. 이렇게 말해놓고 보니 예하도 어느덧 '코리안신대륙발견설'에 깊이 빠져 있었다는 걸 깨달았다.

– 난 고래 등을 탄 사람이야. 8천 년 전 대곡리암각화에 새겨진 고래잡이배에 탔던 고래잡이야. 고래길을 따라 동해안에서 오호츠크 해로, 베링 해로, 멕시코의 바하칼리포르니아 바다를 자주 오르내리기도 하지. 허허허.

오두님의 목소리가 들린다. 한 번도 들어본 적이 없지만 어쩐지 중후한 목소리의 주인공일 것 같다. 환청의 주인공에게 물었다.

"석탈해처럼 동해로 돌아오실 것입니까?"

예하는 눈앞에 오두님의 카페를 띄워놓고 손가락으로 허공을 클릭했다.

http://cafe.daum.net/zoomsi

The Koreans Discovered the New World!(코리안들이 신대륙을 발견했다!)라는 타이틀과 함께 카페의 첫 화면은 태평양을 중심으로 한, 밀러 도법으로 그려진 세계 지도로 장식되어 있다. 동해안의 고래를 따라 선사시대 코리안들이 알류샨 열도를 거쳐 아즈텍 문명, 마야 문명으로 이어지는 바하칼리포르니아 반도를 지나 남아메리카 잉카지역까지 내려갔다는 주장의 여러 다양한 글들이 수백 편을 헤아리고 있는 카페다. 울산 반구대 선사시대 코리안이 고래를 따라 카약을 타고 해안선을 이동해 가다 결국은 남북 아메리카 신대륙을 발견했다는 것이다. 그 증거는 무궁무진하다 했다. 고래는 숨을 쉬는 포유류이기 때문에 깊은 바다가 아니라 얕은 바다를 따라 이동을 한다. 고래를 따라가다 보면 쉽게 캄차카 반도에, 알류샨 열도에, 아메리카 대륙에 발을 디딜 수 있다는 이론이다. 옛적 고래를 따라 거주지를 옮기던 선사인에겐 고향이 따로 있는 게 아니고 이주해 가는 바로 그곳 하나하나가 고향이 되었다는 것이다.

신대륙을 발견한 사람은 1492년 콜럼버스도 아니고, 985년 바이킹들도 아니고, 1421년 명나라 쩡허 함대도 아니다. 콜럼버스는 이미 인디언 사회에서 살인자로 규정되어 있다. 캐나다 뉴펀드랜드 섬에 바이킹의 상륙 흔적을 복원하여 세계문화유산으로 등재되게 했을망정 그건 억지 주장이다. 바이킹들의 전설을 소설로 쓴 내용을 추측하여 장소를 선정했기 때문이다. 가장 정확하고 가장 오래된 신대륙 상륙의 증거는 알류샨 열도에 3천 년 전 온돌 터와 고래뼈 탈을 남긴 선사시대 코리안 고래잡이였다는 오두님의 주장을 읽으며 벅찬 감격에 가슴이 떨렸다.

–1만 년 이상 코리안 고래잡이 조상들이 고래 떼를 따라 이동하기 쉬운 태평양 연안을 따라 움직였다는 '비치 투 비치 이론(Beach to Beach Theory)'은 베링 해가 얼었을 때 선사시대 아시안들이 이동했다는 학설을 뛰어넘어 학계에서 인정하는 정통 이론이다. 그리하여 드러난 수많은 증거들과 함께 지리적 위치에서도 그 어떤 나라 사람들보다 선사시대 코리안 고래잡이들이 고래를 따라 먼저 신대륙에 갈 수 있었다.

미국 고고학계에서는 2007년에 알류샨 열도에서 발굴된 3천 년 전의 돌로 된 난방 방식을 '온돌, 코리안 트래디셔널 히팅 시스

템(Ondol, Korean Traditional Heating System)'이라고 발표했다. 코리안 온돌 터와 거기에서 발굴된 고래뼈 탈은 국적 문화가 드러난 가장 오래된 증거다. 아메리카 대륙에 먼저 살고 있었던 원주민들인 인디언들은 선사시대 코리안들이 그 조상이다.

오두님의 '코리안신대륙발견론'에 푹 빠져든 것은 이러한 신비롭기까지 한 내용을 인터넷에서 알게 된 그때부터였다.

오두님이 매우 중요하게 여기는 바로 그 반구대에 예하 자신이 살고 있다는 것을 오두님에게 알리고 싶은 마음으로 처음 이메일을 보낸 때가 떠올랐다. 미국에서 활동하는 고래 연구가가 고등학교 2학년생인 자신을 상대해 줄까 조심스럽지 않은 것은 아니었으나 그랬기 때문에 더욱 순수한 분이라 여겨 용기를 내본 것이다.

놀랍게도 오두님은 메일을 확인하자마자 답 메일을 보냈다.

이 순간 다시 오두님에게 이메일을 보내고 싶은 욕구가 강렬하게 타올랐다. 그러나 이번 겨울방학에 반구대로 올 때는 문명의 이기(利器)는 문명 세계에 두고 오리라는 생각으로 스마트폰까지 울산 집에 두고 왔다. 반구대 시골집에는 컴퓨터도 없다. 아무 데서나 볼 수 있는 스마트폰의 이메일이 이때만큼 고마운 일은 없었다. 이곳 반구대 골짜기에서도 미국 시카고에서 활동하는 오두님과 쉽게 이메일을 주고받을 수 있는 기기가 아닌가. 아쉬운 생각이 들었지만 처음 반구대에 들어오던 마음을 되새겼다.

반구대, 선사시대 코리안의 눈으로 이곳을 바라보리라.

영어는 물론 중국어, 일본어 자료까지 섭렵하면서 오랜 세월 연구를 해 온 대학자를 예하는 그분의 까페 필명인 오두님이라고 불렀다. 대학자를 바라보는 경외감 때문에 어쩔 수 없이 느껴지는 거리감을 최대한 줄이고 싶은 욕심 때문이다. 예하에게 보내오는 이메일 답장을 보며 아직 청소년인 고등학생을 대하는 태도가 하도 진지하고, 워낙 정성스럽고, 더할 수 없이 점잖아서 다른 수식이 필요 없을 것 같아서이기도 하다. 오두님의 학설과 사상을 진지한 자세로 대한다면 혼신의 힘을 다하여 존중할 것이라는 느낌을 카페의 글에서도, 이메일 답장 곳곳에서도 발견한 예하였다.

그러면서 예하는 고래에 관한 새로운 이야기를 하는 동안 오두님의 주창이라는 걸 빼먹지 않기 위해 노력했다. 아니 지나칠 만큼 강조할 때가 더 많았다. 오두님의 주창을 일부 학자들이 표절해 갔다는 오두님의 글을 보면서 한국 학계가 아직도 우물 안 개구리라는 생각이 들었다. 표절 문제가 보도될 때마다 들끓었던 비난 여론을 떠올리며 학자가 지녀야 할 양심 문제를 심각하게 생각했었다.

– 석탈해가 베링 해 용성국(龍城國) 고래나라에서 신라로 돌아

와 신라의 왕위에 올랐다면, 고래를 따라 고래잡이배를 타고 동해안 울산 앞바다로 온 것이라는 말씀이시지요?

고래를 따라 온 사람이 신라시대의 사건으로 남아 있는 기록으로 오두님은 신라인 석탈해를 꼽았다. 예하가 자신도 웹사이트에 올라와 있는 글을 열심히 읽고 있다는 것을 알리고 싶은 마음에 이메일로 그런 식의 질문을 자주 했다. 그럴 때마다 오두님은 마치 예하가 위대한 연구를 한 것처럼 한껏 추어주었다. 오두님은 칭찬을 하는 데 하늘이 준 재능을 가지고 있었다. 인사치레가 아닌 고래도 춤을 추게 한다는 그런 칭찬을. 자세하게 설명했을지라도 지난번에 이미 말하지 않았느냐고 예하를 계면쩍게 만들지도 않았고, 그런 정도의 생각은 누구나 할 수 있는 평범한 상식에 불과하다고 낮추지도 않았다.

– 그럼! 석탈해가 붉은 용을 따라왔다고 했는데, 그건 바로 고래를 따라온 것이지. 「가락국기」에서의 이동로를 보면 석탈해는 처음 낙동강 하구 금관가야 지역에서 울산 태화강 하구, 그리고 포항 형산강 일대를 오르내린 것으로 볼 수 있지. 『삼국유사』는 석탈해가 어린 아기 때에 신라로 왔다고 했지만, 『삼국유사』에 첨부된 「가락국기」에 의하면 석탈해는 장성한 어른으로 가야에 먼저 가서 김수로와 힘겨루기를 한 뒤에야 신라로 오는 것으로 되어 있어.

– 석탈해는 고래잡이, 뱃사람이라는 말씀이지요?

– 울산 앞바다까지 고래를 따라온 사람이 석탈해야. 석탈해가 따라왔다고 하는 그 붉은 용이 핑크색을 띈 귀신고래나 핑크고래였을 수가 있어. 지금도 태평양에는 핑크돌고래(pink dolphin)도 있고 핑크색 귀신고래도 있거든.

예하는 핑크돌고래인 백해돈(白海豚)을 텔레비전에서 본 적이 있었다. 동생 예준이와 즐겨 보던 다큐멘터리 화면이 눈앞에 펼쳐졌다. 핑크돌고래를 중국인들이 백해돈이라 한 것은 흰 바다돼지로 보았다는 뜻이다. 어렸을 땐 흰색이다가 다 자라면 핑크색이 된다.

– 예하야, 핑크고래가 얼마나 아름다운지 알지? 반구대 고래암각화에 본래는 컬러로 칠해놓은 암각화도 있었을지 몰라. 석굴암 불상이나 나한상들이 본래는 색칠이 되어 있었다고 하잖아.

오두님은 선사시대와 신라시대를, 아메리카와 아시아를, 미국과 한국을 놀랍고 흥미진진한 예를 들어가며 유쾌하게 넘나들었다.

반구대 거북바위가 반구대 고래암각화 가기 1킬로미터 전 암각화박물관 옆에 있다는 것은 매우 흥미로운 일이다. 방문객들이 대곡리암각화에 그려진 고래나라로 가게 하려고 거북이가 방문객을 태우기라도 하듯이 이곳 반구대에 마중 나와 있는 게 아니겠는가.

반구대암각화라는 이름이 붙은 것은 우연이 아닌 것이다. 거북바위가 안내하는 고래암각화인 셈이니까.

“예하야, 오늘도 일찍 왔구나.”

흠칫 하며 생각에서 깨어나 고개를 돌렸다. 반구대 문화해설사가 출근을 했다.

“놀랐어? 그렇다면 미안한데.”

예하는 멍하게 해설사를 바라보았다.

“아니에요, 선생님.”

주변을 두리번거렸다. 여전히 아직 다른 방문객은 없다. 암각화를 바라보며 석탈해와 핑크돌고래에 관하여 오두님과 나눈 이메일 대화를 되새겨보는 즐거움도 이만 끝내야 한다. 오두님을 직접 만날 수 있으면 얼마나 좋으랴. 오두님이 다녀온 나라, 멕시코까지 다녀왔으니 만난 것과 진배없다고 오두님이 말했지만 그 정도로는 위안이 되지 않는다. 라구나 산이그나시오에서 오두님이 바라본 바로 그 귀신고래를 예하가 보았다 하더라도 다르지 않았다.

“해설사 선생님이 오셨으니 저는 가겠습니다.”

“교대하는 거야?”

“교대요? 에이, 그런 거 아니에요.”

발길을 돌리기 전에 마치 인사라도 하듯 암각화를 다시 돌아보았다. 사연댐 물이 가로막고 있는 암각화가 아득히 멀어 보인다. 암각화 안내게시판 옆에 세워놓은 망원경으로 다가가 암각화를 들여다보았다. 아무것도 보이지 않았다. 암각화를 방문한 사람들마다 망원경을 들여다보며 같은 말을 했다.

– 뭐 제대로 보여야 말이지. 아무 것도 없잖아.

망원경의 각도가 잘못되었나 싶어 아무리 수정해도 숨은 그림은 잘 보이지 않았다.

– 반구대암각화 보러 온다고? 뭐 그저 게시판 보러 오는 것이지…….

빈정대는 투로 말하기도 했다. 그렇다. 카이네틱 댐으로 보호한다고 했는데, 그렇게 되면 먼빛으로도 암각화를 직접 볼 수는 없겠지. 그런 사실이 고래암각화를 보러 왔던 사람들이 대곡리를 떠나 하룻밤만 지나면 암각화를 까마득히 잊게 만들 것이다. 예하는 세계에서 가장 오래되었다는 반구대 고래암각화의 가치를 생각하며 발길을 돌렸다.

해가 떴지만 아직 땅은 얼어 있었다. 땅을 밟는데 발바닥 밑이 텅 빈 것 같다. 땅을 밟는 게 아니고 둥둥 떠다니는 느낌이다. 겨울 얼음길이 벌써 녹기 시작했는지 길 가장자리는 축축해져 있다. 밴쿠버 공항에 다가갈 때 브라이언과 함께 기창(機窓) 밖으로 바라보앉던 로키 산맥 정상의 호수가 생각났다.

로키 산맥은 봉우리마다 눈을 이고 있었다. 산봉우리에, 혹은 산봉우리 가까이에 수많은 크고 작은 호수가 있었다. 빙하가 녹아서 이루어진 호수라 한다. 우리나라 산기슭에 형성된 오래된 마을처럼 호수로 이루어진 마을이었다. 하늘에서 내려다보는 로키 산맥은 그렇게도 정겨운 그림을 보여 주었다. 로키 산맥의 봉우리들은 운해 속에서 다도해를 이루고, 산맥 봉우리 사이로 구름 강이 흐르고 있었다. 비행기 날개 아래로도 운해가, 날개 위로도 또 구름층이 두꺼웠다. 경이로웠다.

멕시코행은 경이로움의 연속이었다. 경이로움이 대한민국 이곳 반구대에서도 이어지도록 해야 하지 않겠는가.

천천히 걸음을 옮겨 집으로 향했다.

예하네는 생활 터전은 울산이지만 주말이면 이곳 반구대 시골집으로 들어와 있기 일쑤였다. 하지만 예하가 고등학생이 되자 시골집은 자연스레 멀어졌다. 주말에도 공부를 해야 하는 절박함 때문에. 그랬던 예하였기에 이렇게 마음을 다잡고 반구대에서 지내는 건 처음이다. 다 같은 울산시인데, 아파트는 울산 집이고 집청정은 반구대 시골집이다.

도시의 아파트에 있다가 반구대로 들어오면 지내기가 여간 불편한 게 아니다. 주말에 들어와 하루, 이틀이니까 견뎠지만 이곳에서 살아야 한다고 하면 선뜻 나서지 않았을 것이다. 마침 부모님이 여행을 좋아하여 예약한 손님이 없을 땐 곧잘 길을 나서니 그땐 반구대에 들어오지 않아도 된다. 일부러 돈을 주고도 체험을 해 보고 싶어 하는 사람도 있는 반구대 살이가 딱히 싫지도 않지만, 그렇다고 그리워서 못 견디는 곳도 아니었다.

반구대 가는 길목, 대곡천을 가로지르는 반구교 다리를 건너기 바로 직전에 울산암각화박물관이 생기고부터는 부쩍 반구대를 찾는 사람이 늘었다. 박물관이 세워지고 8년이 흘렀다. 예하가 초등학교 4학년 때 박물관이 개방되었다. 처음에는 암각화전시관이었고, 두 해가 지나서 박물관으로 바뀌었다. 토요일 수업이 없어 가족나들이가 부쩍 많아졌다. 학교에서 체험학습을 강조하니 온갖 체험학습이 생겨 집집마다 경쟁하듯 체험학습을 떠나는 게 새로운 풍속도가 되다시피 했다.

벼룻길의 한자음인 연로(硯路) 길 마루에 올라서서 돌아보면 집 청정이 잘 보인다. 길 이름을 벼룻길이라 지은 옛날 선비들은 멋쟁이였다. 비래봉 비껴 맞은편의 향로봉 기슭으로 굽이굽이 돌아가는 명승 계곡을 따라 흐르는 물굽이 경치가 벼루를 닮아 있다 하여 벼룻길이라 한 것이란다. 그들은 대곡천 일대가 아름답다는 걸 어찌 알고 여기까지 찾아왔을까. 벼룻길이라는 이름이 붙을 정도면 한두 사람이 찾지는 않았을 것이다. 할아버지의 할아버지, 그 할아버지의 할아버지, 또 그 할아버지의 할아버지 시대도 그랬으리라. 아니 오두님의 선사시대 문화 해석대로 하면, 할머니의 할머니, 그 할머니의 할머니, 또 그 할머니의 할머니 시대도 그랬으리라.

집청정은 3백 년 전에 예하의 조상 할아버지가 세운 고택이다. 중간에 몇 번 중수와 보수는 했으나 고색창연한 모습은 여전하다. 3백 년 된 집청정 구들고래 온돌을 보면서 알류샨 열도 아막낙 섬의 3천 년 된 온돌 터가 교차된다. 오두님은 아막낙 섬에 현장 답사를 하여 온돌 터를 확인하고, 코리안 온돌 터의 주인들을 기리기 위해 한복을 입고 그곳에서 제를 올렸다 한다. 코리안신대륙발견 카페에서 정자관을 쓰고 절을 하는 사진을 볼 때는 가슴이 뭉클했다. 집안 제사를 지낼 때 자주 보았던 모습이지만 먼먼 알류샨 열도에서라니. 3백 년 전도 아득한데, 선사시대 코리안의 3천 년 전 유적이라니 놀랍다. 이곳 반구대암각화는 짧게는 3천 년 전, 길게는 8천 년 전에 고래를 새긴 바위그림이니 놀라움도 몇 배가 되어야 할 것이다.

반구대 고래암각화 유적은 세계에서 가장 오래된 것이면서 독특한 선사시대 해양문화가 담긴 것으로서, 수많은 동물 종류를 구분할 수 있을 만큼 상세하게 새겨진 바위그림이다.

반구대에 살고 있었으면서도 지난해까지 예하에게는 반구대암각화의 중요성이 머리로만 받아들여졌다. 반구대암각화라는 말이 나오면 세계문화유산 보존에 찬성표를 던지지만, 뉴스 화면이 바뀌면 금방 잊어버리고 만다. 그만큼 물속에 잠겨 있는 반구대암각화 보존이라는 말은 아직 뚜렷한 진전을 보지 못하고 더디기만 하다.

요즘 들어서 생각이 퍽 많아지고 깊어졌다. 아니 요즘이 아니라 예하가 다니는 학교에 아버지가 다녀간 뒤부터인 것 같다. 태어나서 고등학교 2학년 1학기까지보다 지난 몇 달 동안 생각하는 시간이 더 많을 것이다. 반구대에 들어와서도 대곡천을 이렇게 꼼꼼하게, 그리고 깊이 바라본 것은 처음이다. 혼자 있는 시간이 많으니 자연히 많이 생각하고 많이 바라보게 된다. 할아버지 때부터 집에 보관되어 오고 있는 반구대와 집청정 자료들도 최근에 와서야 진지하게 읽어보기 시작했다. 종손을 이제야 물려받는 중인가 하는 생각을 한다.

집청정에서 눈길을 돌려 자신이 발걸음을 내딛고 있는 길을 내려다보았다. 포장된 길을 걸으니 조금 전의 느낌이 독특했던 흙길과 비교가 된다. 가장자리가 녹고 있는 대곡천 산책길을 걸으며 발걸음 소리에도 귀를 기울이게 된 것이다. 언 흙이 발바닥을 튕기는 것 같았다. 어떻게 보면 흙이 장난을 거는 것도 같고, 또 어찌 보면 홀로 춤을 추고 있는 것도 같다. 옛날엔 짚신을 신었으니 운동화와는 또 달랐겠지.

"형아, 혼자 어디 갔다 와?"

초등학생인 예준이가 볼멘소리를 한다. 추위를 많이 타서 바깥에 나오는 걸 싫어하는 예준인데 대곡리암각화로 가는 길과 한실마을 가는 길이 갈라지는 삼거리까지 나와 있다. 거리로 따져야 백 미터도 되지 않을 테지만 겨울잠이라도 자야 할 예준이에겐 꽤 먼 길이었을 거다.

"무슨 일 있어?"

"심심하단 말야."

예준이는 예하와 나이 차이가 많이 난다. 6학년이라고 점잔을 떨 때도 잠시뿐, 곧 어리광을 피운다. 예준이는 아파트에서는 그렇지 않은데 반구대에 들어오면 혼자 있기 싫어한다. 여긴 텔레비전도 컴퓨터도 없어서 어머니 스마트폰으로 죽어라 게임을 하는 녀석이다. 어지간히도 심심했던 모양이다. 예하를 기다리다 이곳까지 나와 있는 걸 보니.

"준아, 반구대가 무슨 뜻인 줄 알아?"

"그걸 모를까 봐. 거북바위 언덕이라는 뜻이지"

"거북바위 언덕이 왜 고래암각화가 있는 이곳의 대표 이름이 되었을까?"

"그거야, 반구대니까 반구대암각화지."

예준인 반구대에 살고 있으면서도 반구대암각화의 의미를 잘 모른다. 하긴 예하도 마찬가지였다. 반구대는 거북바위산을 가리키지만, 반구대암각화는 반구대를 중심으로 상류 쪽의 천전리암각화와 하류 쪽의 대곡리암각화를 한꺼번에 가리킬 때 사용하는 말이다. 반구대를 중심으로 한 대곡천 일대를 아울러 가리키는 말인 것이다.

"반구대 거북 산등성이가 하류에 있는 고래암각화 바위 쪽으로 기어가고 있는 모습이야. 아니 바다로 가는 중이지."

"거북이가 고래암각화 쪽으로 기어가고 있다고? 어떻게?"

"거북이가 엎드려 있다는 거, 알아, 준아?"

"응, 알아. 저기…… 저기."

예준이가 제자리에서 뱅글뱅글 돌며 이곳저곳을 가리켰다. 예하도 처음엔 그랬다. 하여튼 어른들은 이름 붙이는 덴 선수라며 투덜거렸다. 거북이가 엎드린 형상은 높은 봉우리와 낮은 평지, 대곡천이 굽이굽이 이어져 있는 모습 전체를 조망해야 제대로 거북처럼 보이게 된다.

거북바위에서 대곡천 상류를 따라 올라간 곳에 위치한 천전리 암각화는 추상적으로 고래를 그린 암각화로 천전리각석이라고도 한다. 국보 제147호다. 하류에 위치한 국보 제285호 대곡리암각화보다는 시대적으로 늦게 만들어진 것이라고 알려져 있다. 천전리암각화와 대곡리 고래암각화 사이에 위치한 반구대는 그러니까 두 암각화 사이를 오가는 거북이 메신저인가?

집청정에서 천전리암각화는 1.4킬로미터, 대곡리암각화는 겨우 1킬로미터 떨어진 곳에 있다는 거리의 가까움으로 마음까지 가깝게 만드는 것은 아니었다. 암각화가 있는 줄을 알았는지 몰랐는지는 알 수 없으나, 국보가 두 개씩이나 있는 이런 명승지 중앙에 옛날 예하네 집안의 윗대 할아버지가 정자를 지은 것이 지금의 집청정이다. 천전리암각화에는 신라 때 사람들이 한문 글자도 새겨놓았으니 집청정을 세운 이래 윗대 할아버지들도 천전리각석이 있다는 것을 알고 있었을지도 모른다.

신라인들이 이곳 대곡천에 왔을 때, 조선시대 사람들이 찾아와 글자를 새긴 반구대 바위에는 아무런 흔적을 남기지 않고 상류 쪽 천전리암각화 바위에 자신들의 흔적을 한자로 남겼다는 것이 흥미롭다. 신라인들이 사실상 최초의 반구대암각화를 발견한 사람이기도 하다. 신라의 지도자들이 천전리암각화 바위에 한자를 남긴 것은 이곳이 신라인들에게는 대단히 중요한 장소였다는 것을 의미할 것이다. 신라 화랑들도 천전리암각화에 그 어떤 깨달음이 있었던 것은 아니었을까? 신라의 화랑들은 사냥을 하면서 명승지를 찾아다닌 것이고, 천전리암각화에서 동심원이라든지 겹마름모 문양이 자신들의 사냥 기호에 맞아 떨어졌을지도 모를 일이다. 기가 막히게 아름다운 경치도 한몫을 했을 것이고.

오두님 카페 사이트에서는 천전리암각화에 신라인들의 각서(刻書)가 있는 것은 대곡리암각화 바위와는 다른 점이 있기 때문이라고 지적했다.

– 그것은 천전리암각화의 맞은편 넓은 바위에 공룡발자국이 있기 때문이다. 동물토템숭배시대에 살았던 신라시대 사람들에게 공룡발자국과 같은 거대한 동물의 큰 발자국은 대단한 숭배감을 일으켰을 것이기 때문이다.

그래서 천전리암각화는 공룡발자국으로 인해 신라의 지도자들에게 주목받게 되었을 수 있다는 것이다. 신라 시조신화에는 계룡(鷄龍)이 그 시조로 되어 있지 않은가. 특히 신라인들이 이곳에서 발견한 바위에 남아 있는 거대한 공룡발자국은 신라시조신화에 나오는 계룡의 발자국으로 생각했을 수도 있었으리라는 것이다. 놀라운 연상이다.

예하는, 신라인들은 계룡발자국에, 고려시대나 조선시대 사람들은 거북언덕인 반구대에 마음이 꽂혔다는 그 차이 또한 흥미로웠다. 웹사이트의 글을 읽으며 영화 아바타에서 익룡(翼龍)을 타고 하늘을 나는 주인공 남녀가 꼭 신라시대 화랑처럼 보인다고 생각했던 순간이 문득 떠올랐었다.

고려 말 충신인 포은 정몽주도 유배를 와서 반구대를 방문했다는데 이곳에서 포은은 무엇을 생각했을까. 포은대의 유허비로 남아 있는 정몽주를 예하는 '단심가'라는 시조에서 다시 만났다. 개성에 있는 선죽교에서 이방원에게 철퇴를 맞아 죽었는데 그 선죽교에 지금도 포은의 피가 흔적으로 남아 있다나 어쨌다나.

이 몸이 죽고 죽어 일백 번 고쳐 죽어
백골이 진토되어 넋이라도 있고 없고
임 향한 일편단심이야 가실 줄이 있으랴.

'단심가'는 포은이 지은 것이 아니라 삼국시대 한주 처녀의 작품을 인용한 것임을 알게 된 것도 오두님의 카페 사이트를 통해서다. 지난 몇 달 동안은 인터넷이 왜 필요한지를 톡톡히 안 시간들이었다.

선사시대부터 신라, 고려, 조선시대 사람들이 이곳 반구대를 오고 갔다는 사실이 예사롭지 않았다. 맑음을 가득 모은 정자, 집청정(集淸亭)의 뜻이다. 대곡천의 맑음을 모으다니. 어떻게 모을 수가 있는가. 집청(集淸)의 청(淸)은 심청전의 청(淸)자와 같은 것이니 푸른 바다에 고래들이 모인다는 의미가 아닐까 하는 생각이 떠오르자 예하는 스스로에게 미소를 지었다. 누가 모든 길은 로마로 통한다고 했다는데, 모든 길이 반구대로 통하는 것 같다. 예전 반구대로 들어올 땐 승용차 안에서 예준이와 장난을 치든지 졸든지 하다가, 도착하면 방으로 쪼르르 숨어들곤 했는데, 오두님의 카페 회원이 되고부터는 어쩌다 반구대에 들어오면 곧장 반구대 고래 암각화가 있는 물가를 향해 달려가게 되었다.

– 8천 년 전부터 울산 앞바다를 비롯한 동해 또는 먼먼 베링 해 지역까지 가서 고래를 잡고 고래를 숭배한 선사인의 흔적이 남아 있는 세계적인 대곡리암각화다.

– 대곡리암각화에는 쉰아홉 마리 고래 말고도 거북이, 호랑이, 사슴 등 여러 동물들이 그려져 있다. 특히 고래는 아주 다양한 모습으로 표현되어 있다. 그 그림들이 어떤 이야기를 담고 있을까.

– 생식기를 노출하고 피리를 부는 사람 옆에 왜 새끼를 임신한 귀신고래 그림이 있는가. 해양수렵시대에는 동물을 바라보는 시

각이 지금과 어떻게 달랐을까.

－암각화에 새겨진 사람의 손에 들린 굵고 긴 나팔 같은 것은 무엇을 의미하는 것일까.

…….

반구대암각화는 마치 옛날 선사인의 신문을 읽고 있는 것처럼 한 페이지에 여러 가지 다른 이야기들이 실려 있다. 그런 수많은 의문들을 스스로에게 던지고서 질문에 대한 답을 정리하는 일에 푹 빠져들 때가 많았다. 그런 모습을 예준이가 볼 때마다 예준이는 고래 관련 동영상에 심취했었다.

중학교 때까지 이곳 반구대 바위산이 거북이가 엎드려 있는 모습이라고 귀가 닳도록 들었지만 궁금하지 않았다. 엊그제 언 땅을 밟으며 암각화를 보고 돌아올 때, 한실마을 쪽으로 들어가는 차를 비키려고 멈추었을 때였다. 그곳에서 반구대를 향하여 고개를 든 예하의 눈에 거대한 거북 모습이 들어왔다. 처음으로 반구 거북 모습이 자신을 향해 다가오는 것을 본 것이다. 숨이 턱, 막혔다.

이럴 수가…….

거북이는 수많은 세월 동안 바다로 가고 싶었던 것일까. 까닭 모르게 눈물이 핑 돌았다.

－우리나라 전통 선비들의 무덤이 꼬리까지 달고 있는 고래 닮

은 '고래장'이야. 무덤 앞에 거북 기단부를 올라탄 비석이 서 있다. 비신(碑身)은 그 무덤 주인공의 일대기지. 주인공 자신이 거북 등을 타고 있는 셈이야. 그게 바로 거북 등을 타고 바다로 가서 용궁 환생하기를 바라는 것이 아니겠니.

"준아, 형처럼 이렇게 서 봐."

예하는 지난 일 년 동안 무려 15센티미터나 자랐다. 어머니는 키가 크고 마르면 공기가슴증을 앓기 쉽다는 것을 걱정하면서도 몹시 흐뭇해했다. 이렇게 훌쩍 커 버리니 예준이가 퍽 깍듯해졌다. 나이 차이가 많이 나는 막내라 온 식구가 어리광을 받아 주어 형을 우습게 알던 예준이었다. 아쉬울 때만 형 대접을 하던 예준이가 자기 머리 위에 형 머리가 생겼다며 놀랐다.

"왜, 형아?"

"저기 엎드린 큰 거북이가 보여?"

"응! 정말 거북이네."

"바위산이 거북을 닮아서 반구대였다고."

"거북이가 저렇게 크면 별주부전에 나오는 용왕님은 얼마나 더 클까?"

"신라 사람들은 대왕고래를 용왕님으로 믿었대. 그것도 여(女)

용왕님으로. 『삼국유사』라는 책에서도 여룡(女龍)이라고 표현했대. 용이 사실은 고래라는 얘기야."

예하가 빙긋 웃으며 예준이를 내려다보았다. 예준이는 아직 오두님의 카페에서 '1만년고래나라' 게시판의 글들을 본 일이 없다.

"준아, 빨리 들어가자. 춥다. 손이 발갛게 얼었네. 장갑 끼고 오지 그랬어."

예하는 예준이의 손을 잡고 달리기 시작했다. 예준이가 예하의 속도를 맞추느라 용을 썼다. 헉헉거리고 집으로 들어가자 어머니는 붓글씨에, 아버지는 서각(書刻)에 열중하고 있었다. 어머니의 글씨와 그림, 아버지의 서각 작품이 한옥 주변 여기저기에 걸려 있다. 문 여는 소리를 듣고 아버지가 고개를 들었지만, 예하는 어깨를 으쓱하고선 곧장 예준이를 데리고 나왔다. 난로에 난 공기구멍으로 불붙은 석탄이 보였다. 보기만 하는데도 뜨거운 열기가 느껴졌다.

아버지와 어머니는 저렇게 서각과 서예에 열중할 때 제일 여유롭고 평안해 보인다. 이곳을 이 사장에게 넘기고 울산에서 공방을 열면 지금처럼 평안하게 살 수 있을까. 공방 건물은 공방과 식당을 함께 운영할 수 있도록 크고 넓었다. 시내에 있으면서도 보기 드물게 주차 공간도 넓었다. 우선 시각적으로 좋게는 보였다. 경제적으로 어렵더라도 삶에서 진실로 중요한 것을 지키는 게 맞지 않을까. 이곳은 조상 대대로 내려온 삶의 터전이기도 하다. 아버지는 표정이 곧잘 어두워지고, 큰 한숨을 내리쉬곤 한다. 어머니도 말수가 줄었다.

"형아, 너무 오래 있으니까 심심해. 엄마, 아빠에게 울산 가자고 하자, 형아. 응?"

예준인 예하가 스스로 이곳에 있기로 했다는 걸 모르고 있다. 주말에 짧게 머물 때엔 예준이도 심심해하지 않았다. 다른 계절엔 주변의 모든 것이 놀 거리이기도 했다. 예준이가 심심해할 것이라는 걸 생각하지 못했다. 미안했다.

"준아, 우리 천전리암각화에 가 보자."

"거긴 왜?"

"아버지가 그러는데 공룡발자국에 고인 물이 살짝 녹으면 얼음타기를 할 수 있대."

"히히! 공룡발 걷기 하는 거야?"

예준이는 하여튼 기발했다. 몸으로 하는 컬링 경기라는 말을 하려다 그만두었다.

"걷는 게 아니고 얼음을 타는 거야."

"얼음을 탄다고? 어떻게?"

"공룡발자국 모양 얼음을 깔고 앉아 대곡천 얼음 위를 미끄러져 가게 되거든."

"……."

예하는 화랑들이 천전리암각화에서 공룡발자국을 보고 신라 시조신화의 계룡을 의식했으리라는 오두님의 해석을 떠올리고 있었다. 예하는 화랑이나 된 듯이 천전리암각화에 가보고 싶었다. 신라시대에 태어났다면 예하는 화랑의 나이에 해당한다. 명산대천을 두루 다녔을지도 모를 일이다.

예하는 온갖 몸짓을 동원하여 예준이에게 설명하느라 바빴다. 팔을 내렸다가, 들었다가, 내밀었다가. 태양을 손가락질하다가, 주먹을 내질렀다가.

예하가 웃으면서 예준이를 내려다보았다. 잠시 멍하게 섰던 예준이가 먼저 나섰다. 예준이는 말보다 행동이 먼저다. 예하는 모자를 쓰고 목에 목도리를 둘렀다. 장갑을 들고 나오면서 예준이 것도 챙겼다.

"아빠가 공룡발자국 얼음을 탔다고?"

"학원에 안 가도 되었으니까. 갈 학원도 없었으니까."

"학원이 없는 거랑 얼음 타는 거랑 무슨 상관이야?"

콧물을 질질 흘리고, 손등은 터서 쩍쩍 갈라지고, 귀가 얼어서 툭 치면 떨어져 나갈 것 같아도 밖에서 놀아야 제대로 노는 맛이 났다. '노올자'는 매일 들어도 새롭고, 기가 막히게 신나는 말이었다는 거다.

–아빠, 구슬치기는 방에서도 할 수 있잖아요. 딱지치기, 팽이치기, 윷놀이도 그렇고.

아빠는 은근한 목소리로 말했다.

–그건 밤에 해야지.

–밤엔 화투 쳤다면서요?

–놀이가 많은데 화투만 쳤겠냐.

–그런데 화투엔 왜 물고기 그림은 없죠?

–글쎄, 날짐승과 들짐승은 있지만 물짐승이 없는 것은 왠지 나도 모르겠다. 아무튼 겨울밤 화투를 치면 운동은 된다.

아빠가 그런 말을 했을 때 예하는 속으로 웃었다. 지신(地神)과 천신(天神)과 수신(樹神)에 관한 지식이 있어야 해신(海神)을 생각할 수 있지 않겠는가. 오두님의 '신화이야기' 시리즈가 머리를 스쳐갔다. 부자(父子) 간의 대화를 듣던 엄마가 아빠에게 뭘 그런 식으로 아이를 교육하느냐며 퉁을 주었다.

–당신, 국어사전 찾아봐요. 화투가 운동 관련 용어라고 되어 있어요. 나라에서 운동이라는데 왜 화를 내고 그래요. 당신은 국

어사전의 권위를 인정하지 않아요? 운동권 춘투라는 말도 있어요.

아빠가 통쾌하게 웃었다. 아빠는 예하에게 귓속말로 말했다. 근로자들이 임금 인상을 위해 봄마다 시위하는 것을 춘투(春鬪)라 한다고. 화투와는 다른 운동이지만.

– 그러네요. 화투치며 수다를 떠니 팔운동과 내장운동은 되었겠어요.

엄마가 어이없어하며 따라 웃었다.

– 화투는 근현대판 암각화라 할 수 있어요.

– 화투 얘기 하다가 암각화는 왜요?

– 화투를 점치는 데 사용하는 그림판이라고 본다면 암각화의 동물들도 종교적인 의미로 새기기도 했기 때문이지요. 화투도 몇 가지 화투를 모아 무슨 점수를 내는 해석을 하듯이 암각화도 몇 동물을 한데 묶어 해석해야 할 것 같아요.

– …….

– 화투는 식물과 동물이 함께 그려져 있는데 화투는 꽃 '화(花)' 자를 쓰잖아요. 꽃은 나무를 생각하게 만들고. 그래서 수신(樹神)이며 지신(地神)이며 천신(天神) 얘기가 생각나게 하지요.

아빠의 말을 들은 엄마는 점점 더 알 수 없다는 표정이었다. 예하는 깜짝 놀랐다. 아빠도 오두님의 웹사이트를 알고 있다는 말인

가. 열두 가지 나무 신을 믿었던 십이수신(十二樹神)과 열두 바다 동물신인 십이해신(十二海神), 심지어 풍뎅이를 중심한 곤충신들의 신화이야기를. 아빠가 더 이상 말을 이어가지는 않았다.

예준이와 천전리암각화로 가는 좁은 산길에 들어서자 어쩔 수 없이 앞뒤로 줄을 서서 걸었다. 잠시 아버지, 어머니 생각에 젖었지만 어릴 때부터 다녔던 길이어서 걸음은 거의 뛰다시피 빨라지기 시작했다. 천전리암각화가 가까워지면서 대곡천 얼음에서 미끄럼을 탈 수 있다는 기대로 들뜬 예준이 걸음이 지나치게 빨라서 걱정스러웠다.

"이곳은 수백만 년 전에 공룡들이 자기들 발자국을 새겨 놓았어. 대곡천에 암각화를 가장 먼저 새긴 건 공룡이야."

예하가 웃으며 말을 끄집어내자 예준이가 발걸음을 멈추며 물었다.

"뭐라고?"

"공룡이 사람보다 먼저 암각화를 새겼다고. 그것도 발로!"

예하가 다시 쿡쿡 웃었다. 이젠 완전히 오두님 흉내를 내고 있다.

"공룡이 암각화를 새겼다고?"

"그래. 대곡천에는 공룡발자국 화석이 많잖아."

"나도 알아, 그건. 초식공룡과 육식공룡 발자국이 다 있잖아."

"준아, 반구대암각화 역사는 공룡이 제일 먼저고, 그 다음이 선사시대 고래잡이야."

"신라시대도 있어, 형아."

"맞아. 조선시대 선비들이 반구대 바위에 글자와 학을 남겼어. 학암각화야. 그리고…… 현대에 와서는…… 우리 아버지도……."

예하는 얼른 말을 잇지 못했다. 어쩐지 가슴이 뭉클해졌다.

"아빠가 뭘?"

"…… 아버지도…… 암각화 역사를 이어받아…… 현대에 와서는…… 우리 아버지가 나무판에 서각을 하시잖아. 목각화지. 그것도 이곳 반구대에서 말야."

"아빠가 새긴 고래 그림, 그거 말하는 거지, 형아?"

"응, 공룡시대 때부터 그림 새기기 역사를 이어받은…… 우리 아버지의 21세기 고래목각화들이야."

예하는 목이 메어 작은 소리로 겨우 말했다. 예준이의 얼굴이 발그레 상기되었다. 예준이를 껴안아보고 싶은 걸 겨우 참았다. 마음을 가라앉히려고 오두님을 생각했다.

– 너희들도 새겨야 해.

– 저희들은 무얼 새길 수 있습니까?

–반구대암각화가 더는 물속에서 고문당하지 않고 밖으로 나와 잘 보존되어야 한다. 너희들 세대에는 더욱 큰 사명이 있음을 명심해야 해. 명심(銘心)이라는 말은 마음에 새긴다는 뜻이거든. 명심화라고 해두자.

–마음에 새기고만 있으면 반구대암각화가 보존되겠습니까?

–행동이 필요하다는 얘기지!

–사실 반구대암각화 보존 얘기는 여러 해 전부터 되풀이됐습니다. 암각화를 보존해야 한다는 걸 모르는 사람이 누가 있겠습니까. 하지만 울산 시민들의 물 문제도 소홀히 할 수는 없지 않습니까.

–반구대 산등성이도, 집청정도, 대곡천도 보호해야 해. 반구대는 거북이고 대곡리 고래암각화는 고래무덤과 같아. 거북 비석과 고래장 무덤과 같은 신비한 곳이 반구대 전체 모습이야.

예하의 머리에는 반구대 거북 등에 포은 정몽주 유허비가 서있는 것이 떠올랐다. 포은이 반구 거북 등을 탄 것처럼. 오두님은 반구대암각화의 전체 구조를 선사시대 풍수로 해석하라 했다.

아버지에게 아버지의 어린 시절 얘기를 들었을 때 예하에게는 한국사 시간에 고조선 역사를 배울 때보다 더욱 오래된 얘기 같았다. 아버지는 무더운 여름날 대곡천에서 배를 타고 놀았고, 멱을 감고 놀다가 추우면 공룡발자국에 고여 있어 한여름 뙤약볕에 따뜻해진, 공룡발자국 화석에 고인 물에다 엉덩이를 덥혔다. 초식공룡발자국은 어린이 엉덩이 전용 그릇처럼 움푹한 크기가 딱 맞았다. 공룡 암각화에 엉덩이로 탁본(拓本)을 뜨는 것이라 할까.

더 이상 미루지 말고 아버지에게 이 사장 얘기를 해야 한다고 예하는 마음을 다졌다.

예준이와 달려간 천전리 공룡발자국 화석에는 얼음이 없었다. 물이 고여 있지 않으니 얼어 있을 턱이 없었다. 아니 얼음을 타고 놀려면 대곡천이 먼저 얼어야 했다. 한강이 어는 것도 뉴스인데, 뉴스에는 나오지 않더라도 대곡천이 얼었으면 좋겠다. 대곡천이 언 것을 본 적도 없는데 어떻게 아버지처럼 공룡발자국 얼음을 탈 수 있는가 말이다. 방안에서 놀 거리가 많은 요즘이어서인지 대곡천조차 얼지 않는다.

예하가 예준이보다 어렸을 즈음, 동계올림픽 경기를 할아버지, 아버지와 같이 시청했을 때였다. 아이스하키를 보면서 할아버지가 예하에게 말했다. 할아버지도, 아버지도 얼음 위에서 얼음조각을 막대기로 치면서 놀았다는 거다. 얼음조각 하키인 셈이다. 하키는 북아메리카 인디언의 놀이에서 출발했다고 한다. 선사시대 코리안의 문화가 아메리카 신대륙으로 해안선을 따라 건너가면서 바닷가 얼음 문화가 하키 문화를 만들어냈던 셈이다. 오두님의 '코리안신대륙발견론'에서 강조하듯이 반구대 고래암각화를 그린 선사시대 코리안이 고래를 따라 아메리카 신대륙으로 갔다면 얼음이 많은 베링 해 문화에 틀림없이 이어졌을 것이기 때문이다. 예하는 초등학교 때 개최되었던 밴쿠버올림픽 로고나 메달에 인디언 문화를 반영했다는 것이 생각났다. 이눅숙(Inuksuk). 코리안신대륙발견 카페에서는 북아메리카 인디언의 이눅숙과 가야시대 파사의 탑의 유사성을 설명했다. 알래스카의 이눅숙은 코리안 돌탑 문화의 이동이라는 뜻이다.

아버지는 대곡천이 두껍게 얼었을 때 친구들과 깨진 큰 덩어리 얼음을 하나씩 차지하고 미끄럼을 타며 놀기도 했다는 것이다. 대곡천변 가장자리 얼음은 바닥이 경사졌기 때문에 바닥이 곡선으로 되어 있어 흔들리며 타는 맛이 일품이라 했다. 큰 항아리 뚜껑만한 제법 큼지막한 얼음배를 타고 미끄러져 도착한 곳에 암각화가 있었다는 거다.

선사인은 얼음을 어떻게 생각했을까? 배를 타고 가다가 추운 지역에 다다라 물길이 얼어 있는 얼음판을 만나면 배를 썰매로 사용했을 것이다. 오늘날 알래스카 원주민들의 썰매는 배가 그 원

조일지도 모른다는 것이 오두님의 주장이다. 뚜껑이 있는 거북선은 더운 곳에서는 쓸 필요성이 적기에 베링 해를 오가며 만들어진 선사시대 경험의 결과물이라고도 했다. 추운 지방 왕래가 전문이라는 것, 거북선이 철갑선인 이유는 얼음을 깨야 하는 일종의 '쇄빙선'으로서 대비한 것, 거북선에 온돌이 장착되었을 수 있었다는 것, 그리고 한삼춤의 기원이 고래가 물 위로 뛰어오를 때의 앞지느러미에서 물이 떨어지는 모습이며 알래스카의 오로라라는 것…… 오두님은 한반도와 추운 베링 해를 이을 수 있는 고래 문화를 수없이 쏟아냈다.

고래잡이들이 얼음이 둥둥 떠다니는 바다를 헤쳐 나가다가 해안에 도달하려면 얼음을 깨고 나아가야 했을 것이다. 뭍에 올라서도 강물에 얼음 구멍을 내고 우물처럼 사용했을 것이고, 고래나 물개처럼 숨을 쉬는 바다짐승들은 그 얼음구멍으로 목을 내밀어 숨을 쉬었을 것이다. 이때 얼음에 난 구멍을 옛사람들은 숨구멍이라고 했다는 말도 오두님의 글에서 읽었다. 돌아가신 할아버지가 거처했던 방문을 열고 뛰어들어가 살아생전처럼 할아버지에게 질문이라도 하고 싶은 대목이다.

귀신고래가 숨을 쉬도록 얼음에 구멍을 뚫어 숨구멍을 만들어 주려고 알래스카 주민들이 밤새워 얼음을 깬 실화가 88서울올림픽이 개최되던 겨울에 있었다. 냉전시대였음에도 불구하고 미국과 소련이 힘을 합쳐 거대한 빙벽에 갇힌 귀신고래 가족을 구했다. 미국과 소련의 합동 귀신고래 구출 작전은 26개 나라에 중계가 되었고, 화해 분위기가 조성되어 예기치 않게 냉전 체제가 일찍 마무리되는 계기가 되었다고 했다. 결국 귀신고래가 지구인을 화목하게 만든 것이다. 영화 '빅 미라클'은 미국 군(軍)의 헬리콥터며 가장 강력한 소련의 쇄빙선을 동원하면서까지 지구인이 힘을 합해 귀신고래 가족을 구출한, 바로 그 훈훈한 얘기를 스크린에 담았다.

오두님의 생각나라는 고래나라에도 얼음나라에도 종횡무진 펼쳐진다. 반구대 고래암각화를 그린 고래잡이 코리안이 고래 따라 알래스카로 갔다면 얼음나라로 간 것이다. 석탈해가 『삼국유사』의 기록대로 '왜국 동북 1천 리의 용성국에서 왔다.'면 얼음나라에서 왔다는 이야기가 된다. 추운 겨울 쇠붙이 그릇에 담긴 찬물을 마시다 그릇이 입에 붙은 사건을 해결한 석탈해 이야기가 『삼국유사』에 실려 있다. 그러고 보면 석탈해는 추운 지방의 일이 익숙한 인물이었다는 것이다.

예준이는 예하가 하는 말을 알아듣지 못했으면서도 공룡발자국과 얼음이라는 말은 확실하게 선택하여 이해하기로 작정한 모양이다. 추위 탓인지 예준이 눈에 눈물이 그렁거렸다. 이럴 때 예준이는 초등학교 6학년이 아니라 유치원생 노릇을 한다. 예하는 예준이에게 모자를 씌웠다. 목도리로 턱까지 감싸고 장갑을 건네주었다.

"준아, 어차피 얼음을 타려면 대곡천이 꽝꽝 얼어야 해."

사실 아버지는 마당 한쪽 경사진 곳에 물을 뿌려 얼려서 얼음 미끄럼을 탈 생각을 한다. 위험할 것 같다고 어머니가 말리지만 안전장치를 생각하고 있는 중이다. 미리 말하면 예준이가 흥분할 것 같아 예준이에겐 비밀이다.

"집에 가서 얼음 구슬치기 할까?"

예준이는 금방 해해거렸다. 말이 별로 없어진 예하지만 어린 동생에게는 여전히 다정한 형이었다. 갔던 길을 되짚어 오면서 예전과 달라진 자신의 모습 때문에 예준이가 형을 낯설어할지도 모른다는 생각이 얼핏 들었다. 지난해에도 지지난해에도 그 전에도 수도 없이 반구대에 들어왔지만, 겨울날 집 밖을 돌아다닌 기억이 별로 없다. 방안에서도 예준이를 데리고 놀 일은 많았건만 도무지 방에서 뒹굴고 있을 수가 없었다. 벽이 눈에 들어오면 가슴이 답답해졌다. 더 이상 참을 수가 없어 갑자기 벌떡 일어나 밖으로 뛰쳐나가 가쁘게 숨을 쉬거나 고함을 지르기도 한다.

얼음 구슬치기를 하려고 고드름을 땄다. 예하는 픽 웃음이 나왔다. 필요는 발명의 어머니라고? 필요는 발견의 어머니이기도 했다. 아버지가 얼음 미끄럼을 탈 생각으로 만들어놓은 얼음을 이용해서 자신의 고드름 조각으로 상대편의 얼음조각을 맞추는 것이다.

얼음 구슬치기 한다고 떠들썩하자 아버지가 마당으로 나왔다. 그때부터 아들들에게 놀이선생이 된 아버지로부터 온갖 구슬치기 체험을 하게 되었다.

놀이에 맛을 들인 예준이는 예하가 다음에 또 하자고 달래도 막무가내였다. 갖은 동작을 취하려고 하니 두터운 외투가 거추장스러웠다. 예준이는 목도리도 변덕스럽게 벗었다가 걸쳤다가 했다. 장갑은 집에 도착하자마자 내던졌다.

얼음 구슬치기가 비석치기로 발전했다. 비석치기는 손바닥만한 비석돌을 세워 놓고 정해 놓은 일정한 곳에서 다른 돌을 던져 비석돌을 맞히는 것이다. 얼음놀이가 돌놀이로 바뀐 것이다.

사실 물이 얼면 얼음이 되듯이 끓는 물과 같은 화산의 용암이 굳으면 바위가 된다. 그 바위는 다시 뜨거운 용암을 만나면 물처럼 흘러내린다. 바위와 얼음도 사실상 형제가 아니겠는가. 예하는 비석돌을 보았다가 얼음조각을 보았다가 대곡천 계곡을 바라보았다가 반구대 비래봉을 바라보았다가 했다.

"와, 이건 야구네. 내가 투수야."

예준이는 함박웃음을 터뜨렸다. 아버지는 또 온갖 비석치기 방법으로 예준이 혼을 뺐다.

"무슨 놀이를 하루 종일 해요. 애들보다 당신이 더하네."

아버지도 어머니의 나무람으로 아이처럼 잠깐 주춤했지만 삼부자(三父子)의 흥을 깨지는 못했다. 가끔 놀이를 말리던 어머니도 두 손을 들었다. 어머니보다 더 힘센 어둠이 깔릴 때에야 아쉽게 옷을 털었다. 아버지가 놀이가 끝났다는 신호를 보냈다. 아버지가 양손을 모아 뻐꾹새 소리를 내기 시작한 것이다. 예하도 뻐꾹새 소리로 답을 했다. 예준이가 약이 올랐다. 예준이는 아직 손과 입으로 뻐꾹새 소리를 낼 줄 몰랐다. 반구대에서 밤을 보낼 때 가끔 아버지와 예하가 뻐꾹새 소리를 내면 어머니도 예준이도 깜빡 속았다. 어머니도 예준이처럼 뻐꾹새 소리를 내지 못했다. 아버지를 마주 서서 뻐꾹새 소리를 냈다. 반구대에 때 이른 봄이 와 줄지도 모를 일이다.

예준이는 방으로 들어가기 전에 겉옷을 훌랑 벗었다. 주저앉고, 무릎을 꿇고, 기어가고, 엎드리고. 필요한 어떤 동작도 예준이의 의지를 꺾지 못한 탓에 옷이 말할 수 없이 지저분했다.

신나게 밥을 먹는 것까지는 좋았다. 놀이 중에 아슬아슬했던 순간들, 절묘하게 이겼을 때의 성취감, 밥상머리에서 갖은 무용담이 떠들썩할 때는 더 좋았다. 이렇게 예능프로그램을 촬영할까. 하지만 이렇다 하는 방송국이 모두 덤벼들어도 그토록 만족스러운 밥상머리 총평이 나오게 하지는 못할 거다.

홍분이 가라앉았을 때였다.

"엄마, 목 아파."

예준이가 입을 하 벌리고 목을 집어 뜯었다.

"고함을 너무 질러댄다 싶더라니."

어머니가 따뜻한 물을 마시게 했다.

예준이는 따뜻한 물을 마시면 조금 조용해졌다가 목이 아프다고 칭얼거렸다. 어머니가 아버지를 지긋이 바라보았다. 어머니의 눈에 원망과 걱정이 서렸다. 아버지가 인상을 찡그리며 고개를 갸우뚱했다. 예준이는 점점 말이 없어졌고 덩달아 힘도 없어졌다.

"아무래도 준이가 많이 아픈가 봐. 내일은 병원에 가 봐야겠어요."

"싫어. 나 병원 안 갈래. 내일 또 놀기로……."

눈을 감았다가 떴다가 하던 예준이가 눈을 반짝 뜨고 말했지만 기침이 쏟아져 말을 끝맺지 못했다.

"지나친 것은 모자람보다 못하다고 했건만."

어머니가 혀를 찼다. 아버지는 난처한 표정으로 예하를 보았다.

밤이 깊어 모두 잠자리에 들었을 때다.

예하는 쉽게 잠이 오지 않아 방문을 열고 나왔다. 칠흑처럼 어둡다는 말을 실감하는 반구대. 가로등이 있긴 하지만 여기가 길이라는 표시밖에 되지 않는다. 어둠은 깊고 넓었다.

– 그믐을 틈타 살금살금 접근했다.

소설에 보면 그런 말이 나왔다. 그믐을 틈타는 게 뭘까. 달빛이 있으나 없으나 그게 뭐 대단한 일이라고 그믐을 틈탈까. 그랬던 것이 반구대에서 보낸 그믐과 보름. 보름달 빛이 그렇게 밝을 줄이야. 몰래 무슨 일을 하려면 어두운 그믐을 틈탈 수밖에 없었다.

바람을 쐬고 들어와서도 좀처럼 잠이 오지 않았지만 다른 식구들을 방해하지 않으려고 숨을 죽였다. 예준이 기침 소리가 간간이 들렸다. 간밤에 들었던 대곡천 물소리가 그리웠다. 반구대 거북바위는 여전히 바다를 향한 걸음을 계속하고 있을지. 대곡천 계곡물은 바다까지 흘러갔으려니.

거북이가 바닷가 모래밭을 파고 알을 낳아 묻어두면 그 알에서 깨어난 거북이 새끼들은 바다로 향해 본능적으로 기어간다. 바다에서 살다가 다시 자신이 태어난 곳으로 돌아온다. 귀신고래가 베링해에서 다시 동해바다로 돌아오는 것과 같다. 반구대 고래암각화를 그렸던 고래잡이들은 북쪽 얼음바다로 나갔다가 다시 이곳 반구대 계곡으로 돌아와 그들이 보았던 고래를 바위에 새겼으리라.

예준이 몸 상태가 더 심해져 어머니는 예준이를 데리고 울산 집으로 돌아갔다. 아버지도 함께 떠나는 바람에 홀로 남은 예하는 울산암각화박물관으로 발걸음을 내딛었다. 가족들이 모두 떠난 시골집이 썰렁했기 때문에 추운 대곡천변보다 따뜻한 암각화박물관의 전시관에 가고 싶었다.

주차장으로 들어서자 배롱나무에 까치들이 모였다 흩어졌다 하면서 놀고 있었다. 출근하는 박물관 직원들의 차 소리 때문에 까치들이 일제히 날았다가 금방 다시 모여들었다. 겨울날엔 아침 저녁으로 반구대를 드나들 때마다 까마귀 떼를 만나곤 한다. 하긴 겨울날에는 울산 곳곳에서 쉬이 까마귀 떼를 만날 수 있다. 울산 태화강 대숲에 수만 마리의 까마귀 떼가 펼치는 군무(群舞)는 이미 이름이 나 있다. 텔레비전에 자신이 나오면 좋겠다는 노래가 있을 정도로 텔레비전 출현을 하고 싶어 하는 사람을 제치고, 울산 태화강 까마귀는 텔레비전에 벌써 여러 번 출현했다.

까치와 까마귀는 칠석날 신화의 오작교에도, 석탈해 신화에도 나타난다. 대곡천에도 까마귀와 까치가 오작교라도 놓으려는가? 작호도(鵲虎圖)는 까치와 호랑이를 함께 그린 조선시대 민화에 많이 나오는 그림이다. 호랑이가 움직이면 먹다 남은 고기를 먹고 싶어 까치가 울기 때문에 함께 자주 보여서 그렇게 작호도 민속화가 유행한 것이며, 호환(虎患)을 두려워하는 사람들 앞에 호랑이가 나타나면 까치가 울어주니 액막이로 생각했을 것이라는 오두님의 주장은 재미있었다. 까치라는 말도 작은 까마귀라는 뜻이라고, '까치'는 '까마귀'에 '아지'가 붙어 '까아지 – 까아치 – 까치'로 이루어진 말이라고도 했다. 까마귀와 까치는 오작교에서도 그렇듯이 까막까치라는 말이 있을 정도로 짝을 이루어 등장한다. 그 많은 새 중에서 하필 까마귀와 까치가 함께인 의문이 풀린 셈이다.

몇 달 동안 붉은 꽃을 피우던 배롱나무는 미처 덜 튀겨진 강냉이 같은 열매를 달고 있었다. 붉은 꽃은 그대로 보기 좋았는데, 열매도 또 다른 꽃만 같다. 차도 사람도 소리도 움직임도 없으니 까치들이 마음 놓고 열매를 쪼고 있다. 배롱나무 가지 사이로 보는 하늘이 파랬다.

– 반구대암각화에 왜 새는 새겨지지 않았지요? 어딘가 새 그림이 있을 것인데 사람들이 아직 알아차리지 못한 것입니까?

– 새 암각화가 발견되진 않았지만, 반구 바위에는 조선시대에 학을 새겨 놓아서 아이러니하긴 해. 아메리카 인디언은 고래토템폴에 필히 선더버드라는 천둥새를 함께 새겨놓지. 태양새라고도

해. 아마도 선사시대 코리안도 태양새를 숭배하지 않았을까. 새가 새겨져 있는지 살펴보는 것은 중요한 과제일 수가 있어.

–『삼국유사』「가락국기」에 김수로왕과 석탈해가 겨루면서 독수리가 되었다가 매가 되었다가 참새가 되었다가 하지 않습니까. 그 시대에는 사람이 동물로 둔갑할 수 있다고 믿은 것이겠지요?

– 그랬지. 반구대암각화에 새겨진 고래와 호랑이와 사슴들은 단순한 동물이 아니라 사람과 호환 둔갑할 수 있는 상대로 보아야 한다. 고래와 대화도 나눌 수 있었다고 반구대암각화 시대 사람들은 믿었던 것이지. 아메리카에는 인디언 고래잡이들이 고래와 혼인도 하고 대화도 나누는 전설이 많이 남아 있어.

호랑이와 팥죽할머니 이야기가 생각났다. 오래전에 세상을 떠난 할머니는 옛날이야기를 곧잘 했다. 팥죽 한 그릇 주면 안 잡아먹겠노라던 호랑이에게 팥죽할머니가 팥죽을 줘서 호랑이를 달랬다는 이야기다. 동물과 대화만 한 것이 아니라 팥죽을 나눠 먹었다는 이야기도 되는 게 아닌가. 오두님은 반구대암각화는 고래잡이들이 고래를 해신으로 숭배하여 사냥한 고래의 영혼을 달래는 제사를 지낸 의미가 있었다고 했다. 암각화 앞에 시루떡을 놓고 다음 번 고래사냥에서는 바다의 풍랑이 일지 않도록 하는 기원을 했을 수 있다는 것이다.

제사 지낼 때는 왜 굳이 시루떡을 얹어놓을까. 제사를 지낼 때 참석하는 예하는 온갖 떡 중에서 시루떡을 가장 자주 보았다. 왜 시루떡이냐고 물었을 때 어른들은 제사떡 중에서 시루떡이 가장 오래된 것이라고만 했다.

우리나라에서 가장 오래된, 수천 년 전의 시루 사진을 오두님의 카페에서 본 적이 있다. 흰 백설기에 팥이 붙어 있는 시루떡 모양과 고래 고기를 썰어놓은 사진을 비교해 놓기도 했다. 두 가지가 아주 비슷하다는 놀라움과 함께 다양한 비교학문을 연구하는 경지를 새삼스럽게 보여 주기도 하여 인상적인 장면으로 남아 있다. 작은 것 하나도 지나치지 않는 치열한 모습이었다.

바다의 고래 중에서 범고래는 한 뼘 이상이나 되는 이빨이 사납게 생겨서 귀신고래 같은 수염고래 종류를 잡아먹는다고 한다. 고래 껍질 같은 팥이 겉에 붙고, 속은 고래 고기처럼 하얀 시루떡으로 범고래 해신에게 제사를 지냈을 수가 있었다는 것이다. 제주도 영등굿 연구에서 오두님은 제주 해녀들은 고래를 보면 떡으로 '지'라는 제사를 지냈다는 20세기 초의 일본 기록이 있다고 했다.

– 범고래만 해신으로 믿었습니까?

– 범고래가 염라대왕이라면 귀신고래는 조상귀신으로 숭상되었지.

– 귀신처럼 나타났다가 귀신처럼 사라진다고 귀신고래라고 하지 않습니까?

– 그것은 잘못된 말이야. 귀신고래라는 말은 조상귀신고래의 준말로 남아 있는 거야. 옛날 우리 조상들은 현재 남아 있는 남태평양 마오리족 고래잡이들처럼 사람이 죽으면 고래가 되어 돌아온다고 믿었어. 고래를 죽은 조상으로 여겨 조상귀신의 모습으로 받아들인 것이야. 문무대왕이 죽어 용이 되겠다고 한 그 해중대룡이 고래야. 문무대왕 비문에 고래나루에 묻히기를 바란다는 내용이 기록되어 있어 확인이 가능해. 문무대왕의 후손이 보면 귀신고래와 같은 고래는 그들의 '조상귀신고래'가 되는 셈이지. 아버지 문무대왕이 귀신고래가 되어 찾아오리라 믿고 신문왕이 감은사를 완성할 때 구들고래를 만들지 않았겠니.

옛날엔 사람이 죽어도 다시 동물로 태어나서 찾아온다고 믿었다는 얘기다. 선사인은 대곡리암각화에 새겨진 동물을 그들의 조상이라고 여겼을 수도 있다는 것이다. 한밤중에 제사를 지낼 때 '귀신이 오신다'고 한 어른들의 말도 그런 의미였을까.

– 고래숭배는 고래에 대한 제사로 표현되었지. 요즘도 어른들이 야외에 나와 음식을 먹을 때 고시네, 고시레 또는 고수레라는 것을 하지. 그게 고래와 관련되었다고 봐야 해.

– 고래집안 고씨네 말이라는 것이죠?

– 고시레라 하면 '고래'와 발음이 유사하잖아. 우리나라 전통 굿에서 '굿'이라는 말도 사실은 '고래'와 관련된 '고시'에서 온 말로 볼 수도 있어. 인도 힌두쿠시의 '쿠시(kush)'나 이란 쿠쉬나메의 '쿠쉬(kush)', 남미 잉카지역 마추픽추의 주산(主山)인 푸투쿠시의 쿠시(cusi)도 코리안의 '굿'과 서로 통해 있어. 대자연에 대해 제사를 할 때 고시레를 한 것이지.

– 고래 따라간 아메리카 인디언들도 고시레 같은 것을 행했다고 하셨지요?

– 잉카인들은 그것을 '찰라(challa)'라고 하지. 파차마마가 그들의 여신인데 제사를 할 때 그들의 전통 음료인 치차(chicha)를 마시기 전에 약간의 치차를 땅에 뿌리는 의식을 행하는데 그대로 한국 민족 전통의 '고시레' 제의와 유사해.

오두님 카페의 글을 읽으며 이메일이 자주 오갔다. 조국의 한 고등학생과 진지하게 대화를 나누는 오두님의 모습은 저절로 머리가 숙여졌다. 어떻게 살아야 할 것인가의 지표가 되었다.

얼마 전까지만 해도 성적이 형편없는 아이들은 인간 취급도 하지 않았던 예하였다. 그들의 게으름과 어리석음을 용서할 수 없었다. 이 사회에서 마땅히 치워져야 할 쓰레기 같은 존재였다, 그 아이들은. 예하는 다른 아이들이 자신에게 질문을 하는 것도 시간이 아깝게만 여겨졌다.

그랬었다.

부끄러웠다.

박물관에 들어서자 스토리텔링을 담당하는 강 선생님이 반갑게 맞아주었다. 친근하고 편안하다. 전시실로 들어가겠다는 몸짓을 하자 강 선생님이 고개를 끄덕였다. 박물관 전시실 입구 쪽에는 천전리암각화를 발견한 일이 소개되어 있었다. 예하 할아버지의 제보로 학자들이 발견했다고 안내되어 있다. 왜 학자들이 먼저 말하면 발견이고 주민들이 발견하면 제보라고 할까. 단순히 정보를 제공했노라고? 그림의 내용이 무엇인지 몰랐다는 뜻일 것이다. 학자들의 말이면 무조건 그대로 믿어야 할까.

주말에 많은 사람들이 몰리니까 상대적으로 평일의 반구대는 어딘가 쓸쓸했다. 꼭 무인도에 들어와 있는 것 같다. 무인도라니, 이건 반구대암각화에 새겨진 고래와 호랑이 그리고 사슴들은 물론 그 속에 함께 새겨진 몇몇 사람을 싹 무시하는 말이다.

예하는 터벅터벅 걸어서 집으로 돌아왔다. 예하가 주로 머무는 홍매방으로 들어갔다. 홍매라는 이름은 어머니가 붙였다. 홍매방에서 홍매가 핀 모습이 보인다고. 기둥에는 할아버지의 이름이 새겨진 문패가 걸려있다. 옛적에는 집집마다 이런 문패가 있었다 했다. 지금은 문패로 존재하는 할아버지는 예하를 몹시 귀히 여겼다. 할아버지는 예하라는 이름을 부르기보다 '우리 종손(宗孫)'이라고 부르기를 좋아했다. 할아버지가 자주 병석에 있어 아버지가 종손이었으니 예하는 차종손이었지만 할아버지는 예하를 늘 우리 종손이라 했다. 아버지가 새로운 종손으로 조상에게 인사를 하는 제사를 지낼 때 종손의 아내인 어머니도 종부(宗婦)로 참석해서 조상에게 잔을 올렸다는, 그 종손즉위식을 예하는 기억하지 못했다. 할아버지 곁에서 잠을 잔 것은 오래오래 기억할 수밖에 없는 것이 그 자리는 예하에게만 주어진 특별한 자리였기 때문이다.

– 옛 형식을 그대로 다 따라줄 것이라는 욕심은 가지지 않는다. 거기에 깃들인 정신을 이어받았으면 좋겠다. 우리 종손이 우리 조상들의 얼을 지켜낼 것이라 믿는다.

할아버지는 예하가 무릎에 앉아 클 때부터 끊임없이 그런 얘기를 되풀이했다. 알아들을 수 있고 없고는 할아버지에게 중요한 일이 아니었다. 워낙 자주 들은 말이라 뇌리에 박혀 있었고, 기호로만 있던 말들이 나중에 뜻이 되어 다시 기억의 창고에 들어갔을 땐 언제든지 실행시킬 수 있는 저장 파일이 되었다. 아버지도 그랬겠지.

아버지 친구들이 아버지를 농담 삼아 동생 자리에 놓고 놀리곤 했다.

– 자넨 제수씨 아니면 장가가기 힘들었어. 매일 제수씨에게 절은 하고 있는 거지? 맏이도 서럽다는데 자넨 종손 아닌가.

그럴 때마다 아버지도 어머니도 소리 내어 웃기만 했다.

제사를 지낼 때면 예하는 아버지 옆에 서 있었다. 삼촌도 종조부 할아버지도 모두 마루에 있을 때도 어린 예하는 방에 있었고, 모두가 마당에 있을 땐 마루에 서 있었다. 잔을 올리는 제주는 아니었지만 예하는 차종손으로 조상을 만나는 마음이 다른 아이들과 달라야 한다는 것을 예하에게 가르치기 위함이었을 것이다. 집안의 어른들이 모이면 반드시 예하를 찾았다. 어린 예하의 가슴에 어렴풋이 가문이라는 낱말이 자리 잡았다.

울주군 언양면 대곡리 890.

홍매방 기둥에 걸려 있는 문패에는 그런 주소가 적혀 있다. 3백년 전 '백리 이내에 굶는 사람이 없게 하라'는 가훈을 남긴 경주 최부자의 동생이 이곳으로 와서 집청정 정자를 지었다. 그 후손이 예하네 집이다. 홍매방 바깥벽엔 아버지가 나무판에 서각한 옛 조선시대 시인 묵객들의 글이 걸려 있다. 반구대를 노래한 글들이다.

— 세상에서 말하는 성공에 너무 매달리지 마라. 다만 잊지 말아야 할 것은 이웃의 어려움을 이용해서 이익이나 즐거움을 취하지 말라는 것이다.

할아버지의 대를 이어 아버지는 그런 말을 자주 했다.

이웃의 어려움을 이용하지 말라, 고?

"예하야, 오늘도 정자에서 잘 거지?"

예준이가 아파서 어머니와 예준이는 울산 집에 머물고 혼자 들어온 아버지가 물었다. 잠자리를 정자로 생각한 건 아닌데 아버지 말을 듣는 순간 그렇게 하고 싶었다는 걸 깨달았다. 고개를 끄덕였다.

"내가 함께 자도 될까?"

아버지를 물끄러미 바라보았다. 아버지의 얼굴에는 아무런 말도 씌어 있지 않았다.

"저야 그래 주시면 좋지요."

심드렁하게 말했다.

"싫어?"

"그런 건 아니고……."

정말 잘 모르겠다. 굳이 피할 것도 아니지만 같은 방에 둘이서만 자고 싶은 생각도 선뜻 들지 않는다. 아버지와 둘만 있는 시간이 편안하지 않기 시작한 건 예하가 무단결석한 일로 아버지가 학교에 다녀오고부터다. 아버지와 둘이서 작은 방에 있으면 어떨까. 더구나 정자엔 텔레비전도 없다. 휴일에 텔레비전을 보려면 참 재미없는 걸 많이 한다. 학교 갈 땐 재미있는 걸 너무 많이 해서 다시보기라도 해야 할 것 같은데, 막상 시간이 많아서 텔레비전 앞에 앉으면 1분을 못 참고 채널을 돌려댄다. 숫자가 작은 것부터 큰 것까지 주르륵, 다시 큰 것부터 작은 것으로 주르륵. 결국은 리모컨을 던지고 만다. 반구대 시골집에서는 손가락 운동할 기회도 없다.

아버지가 정자 아궁이 앞에 앉았다.

"아버지, 벌써 군불을 때시려고요?"

아버지는 아침부터 정자의 방구들을 식히지 않으려고 했던 게 아닌가, 싶다.

"이왕이면 저녁도 여기서 먹으려고. 어때?"

고개를 끄덕였다. 밥이며 반찬이며 날라야 하지만 그건 일도 아니다. 아버지가 상을 차리는 동안 예하가 불을 때기로 했다.

정자는 방이 참 작다. 정자뿐 아니라 주변의 방도 오래된 건 모두 방이 작다. 그러고 보면 누구의 생가라고 하는 곳에 가 보아도 모두 방이 작다. 어리어리한 가구는 들여놓을 수가 없다. 가구가 아니라 사람이 주인일 수밖에 없다. 가끔은 방이 작은 정자에서보다 온갖 가구와 가전제품이 들어찬 커다란 방이 더 답답해 보일 때도 있다.

너무 많이 때지 말라고 염려했지만 아버지는 벌써 예하가 얼마만큼 아궁이에 불을 때야 하는지 써 놓고 간 셈이다. 쌓아놓은 땔감 중에서 저녁에 땔 만큼만 아궁이 가까이 덜어놓았기 때문이다. 부뚜막이 없는 아궁이라 크기가 앙증맞다. 예하가 불을 때는 걸 보면 예준이가 저도 하겠다고 난리를 칠 것이다. 지금쯤 예준이는 예하 혼자서만 재미있게 노는가 싶어 안달이 났을 거다. 아궁이에서 활활 타는 불꽃을 보자 마음이 조금 가벼워졌다.

저녁을 먹고 나서는 차를 마셨다. 방 한 쪽에 어머니의 손때가 묻은 다기(茶器)가 차려져 있다.

"어머니 흉내 좀 내 볼까."

아버지가 우린 차에서 어머니 냄새가 난다.

예하가 식은 차를 후다닥 마셨다. 아버지가 빈 잔에 다시 찻물을 부어주었다.

예하가 학교 얘기를 하는 동안 아버지는 묵묵히 듣고만 있었다. 어쩐지 집청정을 다녀간 옛 사람들은 이런 식으로 얘기를 주고받았을 것 같다. 까불거리지 않고, 다른 사람이 말할 때 가로막지 않고, 다른 사람의 말을 가볍게 판단하지 않고. 대곡천 물이 흐르는 소리를 벗 삼아 고요하게, 잔잔하게, 느릿느릿하게.

내가 무단결석을 한 때가 2학기 지필1고사가 얼마 남지 않아서 더 문제가 심각했을 것이다. 전교 수석에, 단 한 번의 조퇴도 없던 나였다.

그즈음 학급의 몇몇 아이들은 이제 노골적으로 나를 공격했고, 아이들은 나에게 몹시 냉담했다. 이해할 수 없었다. 어떻게 아이들이 감히 나에게 이럴 수가 있다는 말인가. 아이들에게 이럴 권리는 절대로 없다. 최고의 삶을 누리고 있는 나에게 다른 아이들의 삶은 물론 자신에 대한 평가나 관심 따위는 아무런 의미가 없었다. 도대체 다른 아이들의 고민과 갈등과 긴장 따위와 자신이 무슨 관계가 있는가 말이다. 그렇게 내가 철저하게 아이들을 무시하는 줄 알았는데 어느 날부터 보니 아이들이 나를 그들의 세계로부터 멀리 떼어놓았다. 나의 영광은 혼자만의 것이었다. 혼자서 누리는 영광은 참으로 허전했다. 외로웠다. 내가 살아가는 방식에 의문이 생기기 시작했다.

가출했다가 돌아와서도 지필고사에 집중할 수 없어 전교 수석 자리를 겨우 유지할 수 있었다. 항상 여유 있게 따돌렸던 2위와의 격차가 격차랄 것도 없었다. 2위권 아이들의 성적이 올랐다기보다 예하의 성적이 2위권으로 떨어진 것이다.

울산암각화박물관에는 유라시아 대륙의 바위그림전이 개최될 예정이었고, 이 때 선사시대 체험을 할 수 있게 준비한다고 반구대 시골집도 매우 분주했다. 박물관 행사에는 세계적인 학자들도 초청되었다고 했다.

엄마 아빠가 바쁠 것 같아서가 아니라 세계적인 학자가 보고 싶어서 아빠가 도움이 필요 없다고 했음에도 선사시대 체험 준비를 부지런히 도왔다. 돌도끼와 움집을 직접 만들어보고, 고인돌을 끌어도 보고. 체험을 할 때 어떤 문제가 일어날 수 있는지 점검이 필요했기 때문이다.

고래암각화. 그게 어떤 의미가 있기에 이렇게 호들갑스러울까. 세계적인 인물이라고? 프랑스 학자여서 동시통역이 진행되었다. 무언지 알 수 없는 뭉클거림이 가슴 가득 올라왔다. 그날 검색을 했다. 반구대암각화를, 고래나라를. 검색어 '고래나라'는 나에게 특별한 만남을 이끌었다. 여러 사람이 인용한 자료가 같은 인물의 것이었다. 오두님의 글은 그렇게 만나게 되었다.

그 웹사이트에는 평생을 바쳐 진리를 탐구하는 선비의 삶이 있었다. 올곧게 살아가는 삶의 굳은 신념이 있었다. 베풂과 나눔이 있었다. 부끄러웠다. 담임선생님도 아이들도 볼 면목이 없었다.

아, 엄마, 아빠, 그리고 예준이.

그때까지 나는 자신을 진정으로 걱정하는 사람은 가족뿐이라는 생각을 한 번도 의심한 적이 없었다. 그러나 오두님과 이메일을 나누는 동안 자신의 지식을 사랑해주고, 상상력을 어루만져주는 존재가 있다는 안도감에 젖어들 수 있었다. 그때까지 느껴보지 못한 새로운 삶이었다.

무단결석을 하는 동안 나에게 보내온 담임선생님의 문자는 의무의 냄새가 물씬 풍겼다. 아이들은 내가 사라진 사실을 자축이라도 하고 있는지 몰랐다. 사흘째 되던 날 뜻밖의 문자를 받았다.

– 예하, 너 제법이다. 네가 있을 곳은 학교다. 네가 얼마나 외로운지 안다. 태균.

일진의 우두머리라 알려진 태균이었다. 쏟아지는 폭포 아래에 있으면 이럴지도 모른다. 휘청거렸다. 다른 누구도 아닌 태균이라니. 믿어지지 않았다.

– 메시아는 메시아를 기다리는 부족한 사람들과 함께 조금 부족할 때라야만 메시아다. 돌팔매도 맞고 십자가에도 죽는 약한 모습이다. 그러나 약한 사람들 편에 함께 서 있다는 것이야말로 메시아가 존재할 이유가 된다. 이 세상은 완전한 존재들이 올 곳이 아니거든.

오두님의 그 말은 나를 더할 수 없는 충격에 빠뜨렸다.

인간은 자신 스스로가 신이나 부처처럼 완전한 존재가 되면 이 세상을 버리고 초월자가 된다. 그러나 메시아는 고통과 번민이 넘치는 이 세상에 스스로 약점을 가지고 내려온다. 고통받는 자들과 함께 먹고 마시며 생의 고통을 함께 맛보며 살아가기 위해서다. 덜 완성됨을 자처하는 것이다. 그것이 기독교의 메시아사상이며 불교의 보디사트바(bodhi－sattva) 사상이다.

우리가 남을 돕는다는 것은 자신이 완전하다거나 넘쳐서 도와주는 것이 아니라는 것이다. 함께 고통을 나누는 미완성의 자신을 각오한 나눔이라는 것이다. 이것이야말로 종교사상의 진정한 핵심 의미가 아닐까. 오두님은 귀신고래를 잡아먹는 범고래보다 귀신고래가 더 조상으로 숭상되었음직한 이유를 그렇게 설명했다.

주변을 돌아보았다. 가족과 아이들과 집안과 학교가 보였다. 뒤죽박죽인 채 나머지 학기를 보냈다. 겨울방학 방과후학교 수업에 빠지고 싶었다. 그때만큼은 잘난 척하느라고 그랬던 것은 아니었다. 내가 누구인지, 무엇을 하려고 사는지, 어떻게 살아가야 하는지 혼란스러웠다.

－네가 어떻게 살아갈지 확실한 방향이 정해져 있으면 학교 수업에 빠지는 것에 찬성하겠다. 그렇지 않으면 학교에 가라. 마치

반구대암각화 보존의 방향이 서 있다면 물 문제에 대한 독자적인 고민을 할 수도 있다는 것과 같은.

오두님이 보낸 조언은 그랬다. 애석하게도 나는 그때까지 어느 대학, 무슨 과라는 눈앞의 목표만 가지고 있었다. 최소한 부끄러운 삶은 되풀이하지 말아야 한다는 생각이 절실했다. 방과후학교에 참여하기로 했다. 그러나 오두님이 다녀온 그 바다, 멕시코의 바하칼리포르니아 반도에 다녀오고 싶었다. 아니 반드시 다녀와야만 했다. 반구대의 주민으로서, 반구대암각화를 지켜내야 하는 사명을 띤 자로서, 태평양 서안의 귀신고래 회유바다인 울산에 사는 시민으로서 반드시 그곳에 다녀오고 싶었다. 울산만의 반대쪽, 태평양 동안(東岸)의 귀신고래 회유바다인 멕시코에 있는 바하칼리포르니아 반도의 막달레나 만에서 귀신고래를 보고 싶었다.

멕시코의 라파스 공항에서 나를 기다리는 사람 덕분에 몹시 설레었다.

아버지가 이불을 폈다. 반구대 시골집 주변이 워낙 어두워 이곳에 있으면 밤이 빨리 찾아든다. 밤이 얼마나 깊었을까. 대곡천 물소리 외에는 아무것도 들리지 않는 고요함 속에서 시각을 짐작하기는 쉽지 않다. 아버지의 휴대폰을 보면 알 수 있지만 아버지도 예하도 그렇게 하지 않았다.

예하가 이불 속으로 들어가자 불을 끈 아버지도 이내 자리로 들어왔다. 아버지와 이불을 같이 덮고 있으니 꼼짝하기도 어려웠다. 아버지의 입에서 무슨 말이 나올까 봐서다. 꼼짝하기는커녕 숨소리를 내는 것조차 조심스러웠다. 아버지도 잠을 이루지 못하고 있었다. 아버지의 숨소리가 고르지 않았다. 한참 동안 그렇게 있었다. 아버지가 예하 손을 잡았다.

"예하야, 자니?"

대답을 하지 않아도 자고 있지 않다는 걸 아버지는 알고 있었다.

"예하야, 아버진, 아버진 말이다. 학교에서…… 부끄러웠다."

예하는 어둠 속에서 눈을 번쩍 떴다. 아버지가 침을 삼키는 소리가 들렸다. 그랬을 거다. 종손이라고 집안에서 그리도 귀하게 여겼는데, 종손이라는 자가 겨우 불량한 아이들 흉내나 내다가 따돌림을 당했고, 그 괴로움을 이기지 못해 무단결석에 가출까지 해 버렸으니.

"평소에 종손이라고 가문이니, 조상의 얼이니, 뭐니 얼마나 떠들었니. 다 젖혀 두고 한 솥밥 먹고 사는 아들을 몰랐잖아."

예하는 이를 악물었다. 예하도 예준이와 자신은 생각하는 폭이 다르다고 생각했다. 예준이는 아무리 나이가 들어도 가문에 대해서, 조상들에 대해서 절대로 자신만큼 깊이 생각하지는 않을 것이다. 나이 많은 어른들도 서지 못하는 제사상 앞에 당당히 서는 자신이 아닌가. 절절 끓는 방에 누웠는데 턱이 떨리도록 춥다.

"예하야, 아버진 모르고 있었어. 네가 다른 아이를 괴롭힌 것도, 다른 아이들에게 괴롭힘을 당하는 것도. 네가 얘기했을 때 비로소 네가 괴롭다는 걸 알았고, 선생님이 말씀하셨을 때 네가 다른 아이를 아프게 했다는 것도 알았어. 세상에 이런 못난 아비가 어디 있니. 어떻게 자식을 몰라도 이렇게 모를 수가 있겠니. 제 속으로 나은 제 자식을 모르느냐고 큰소리를 치고 다녔어. 제 자식이 얼마나 힘들게 살고 있는지는 꿈에도 모르는 채. 돌이켜보면 네가 몇 번이나 내 도움을 청했는데 난 아무것도 알아차리지 못했어. 그래서 아버지로서 부끄러웠다."

눈물이 주르르 흘러내렸다. 눈을 부릅뜨고 있는데, 이를 악물고 있는데도 양쪽 눈가를 넘쳐 귓바퀴로 흘러들고 있었다. 아버지가 숨을 고르고 있었다. 예하는 가만히 아버지 손을 놓고 귀를 만져 눈물을 닦았다.

"미안하다, 예하야."

'아니에요, 아버지. 제가 미안해요. 죄송합니다, 아버지.'

"…… 우리 가족이 왜 고래와 연관한 이곳 반구대 지역에 와서 살고 있는지 생각해 보았니?"

아버지가 화제를 바꾸었다. 반가웠다. 예하도 왜 반구대인지 궁금했다.

"고래는 지구상에서 가장 큰 동물이야. 코끼리 26마리가 있어야 대왕고래 한 마리 덩치가 된다지."

고래 얘기다. 어둠 속에서 아버지의 온기가 전해져 왔다.

"동해바다 해안을 따라 울산 귀신고래가 베링 해로 올라가면 옛날사람들도 고래를 따라 움직였을 거라는 학설을 나도 보았다."

"아버지가요?"

"네가 학교 밖 세상을 구경하고 난 다음부터 틈만 나면 컴퓨터 앞에 앉아 있는 네 등 뒤에서 모니터를 들여다보는데, 그게 반구대 암각화 얘기더라. 나도 바로 '코리안들이 신대륙을 발견했다'는 인터넷 카페를 부지런히 찾아다니게 되었다."

"아버지도 그러셨네요. 인터넷에서 반구대 이야기를 가장 많이 하는 분이 오두 선생님이시니까."

"맞아. 우리 할아버지는 3백 년 전에 결과적으로 고래암각화가 있는 이곳으로 옮겨오셨어. 반구대암각화를 그린 사람들이 3천 년 전 베링 해로 올라가 온돌집에 살았다는 것과 유사한 점이 있는 것 같지 않니. 아궁이에 장작을 땔 때 문득 떠오르는 생각이 있다. 알류샨 열도의 온돌 터와 반구대의 구들고래 얘기가 예사롭지 않다고."

아버지가 아궁이에 불을 땔 때면 어딘가 숙연한 자세를 보인 것도 같다.

"저도 그런 생각이 들어요, 아버지."

"네가 관심을 가지는 일에 나도 동참하고 싶었다. 그런데 그 일이 재미있게도 우리가 사는 반구대의 이야기더라. 반구대 고래잡이들이 고래를 따라간 길이 아메리카 신대륙까지 이어졌다며?"

아버지가 다시 예하 손을 잡았다. 아버지가 잡은 손에 힘을 주었다.

"그 카페에 아주 재미있는 게 있더라."

"뭔데요?"

"반구대암각화에 새겨진 고래잡이배가 나무가 아니라 우미악(Umiak)이라는 가죽배라는 거."

아버지는 어렸을 때 대곡천에서 배를 타고 다니며 물놀이를 하고, 얼음 위에서 얼음배를 타고 놀았던 경험이 있다.

"반구대 고래잡이배가 우미악 가죽배라는 사실은 인터넷 글로 오두 선생님이 제일 먼저 주장했잖아요. 신문에 실린 것도 보셨어요, 아버지?"

예하도 힘을 주어 아버지 손을 마주 잡았다.

"그래, 전주 어느 대학 교수가 오두 선생님의 아이디어를 표절한 논문을 써서 민속학회지에 실었다잖아."

"그 학회지 논문심사위원들은 인터넷 검색도 하지 않는가 봐요."

"교수가 사회에서 존경을 받는 것은 학자로서 양심을 지니고 있다고 믿기 때문인데……."

아버지 목소리가 무거웠다. 이번에는 아버지가 예하 손을 먼저 놓았다.

"코리안 온돌이 발굴된 알류샨 열도에서 가죽배로 고래잡이하는 전통이 있다는 걸 확인했다더라. 『조선왕조실록』에 가죽배를 사용한 기록이 있다고도 하고."

잠시 침묵하던 아버지가 가죽배 얘기로 돌아갔다. 배를 타고 놀았던 아버지는 확실하게 예하와 관심 분야가 달랐다. 뒷전에 물러앉아 어깨 너머로 보는 것처럼 시작된 아버지의 말이 확신에 찬 사자후로 변해갔다.

"알류샨 열도의 원주민들이 카약을 타고 고래를 잡았다는 기록과 그림이 있다. 그곳 원주민들이 실제로 고래를 잡는 데는 많은 사람이 필요한 것도 아니야. 알류샨 열도 우난간 원주민들은 한두 명이 카약을 타고, 밧줄이 없는 작살로 고래사냥을 했다. 작살을 맞은 고래가 바닷가로 밀려와 죽으면 누구의 작살이 치명적인 역할을 했는지 고래 뼈로 만든 작살에 새긴 이름부터 확인했다지."

카페에서 읽은 글을 아버지의 목소리로 듣는 것도 새로웠다. 오두님의 카약 고래잡이 주장이 아버지를 사로잡고 있다. 아버지는 혁명적인 사실이라는 이름을 붙여도 아깝지 않다고 했다. 카약의 기원이 한반도이며, 아메리카의 카약은 선사시대 코리안의 카약이 건너간 것이라는 주장을 읽을 때는 아버지도 모르게 무릎을 치고 함성을 질렀다고 한다. 카약, 가락. 발음도 비슷했다. 가야의 다른 이름인 가락(駕洛), 이 한자를 풀이하면 바로 물에 띄우는 가마가 된다지 않는가.

신라의 유물 중에서 카약 닮은 토기가 많은데, 학계에서는 그동안 엉뚱하게도 '오리 닮은 토기'라고 이름을 지어 불러왔다. 사실은 '카약을 닮은 토기'라고 하는 게 맞다는 오두님의 주장까지 옮기면서 아버지의 말은 점점 열기를 띠어 방바닥의 뜨거운 기운을 잠재우려 했다.

"아버지."

아버지가 잠시 숨을 고를 때 예하가 아버지를 불렀다.

"왜?"

"아버지."

“왜 무슨 할 말 있냐?”

“아버지, 아무리 어려워도 집청정을 이 사장에게 넘기지 마세요.”

어렵게 말을 끄집어낸 예하가 단숨에 말을 끝냈을 때 아버지가 자리에서 벌떡 일어났다. 예하는 가만히 누워 있었다. 한참을 그대로 앉아 있던 아버지가 자리에 도로 누웠다.

“쉬운 마음으로 결정을 한 것은 아니었다. 조상 대대로 내려온 정자인데 나의 대(代)에 와서 남에게 넘기는 일이 어디 쉬웠겠니?”

“이 사장을 만나면서부터 아버지 얼굴이 많이 어두워졌어요. 어머니도 말수가 많이 줄었고요. 경제적으로 형편이 나아지는 게 무슨 의미가 있겠어요, 아버지?”

“이젠 돌이키기가 쉽지 않아. 이미 울산에 가게 계약을 했거든. 이 집을 넘기지 않으면 위약금도 물어야 하고, 울산 가게 계약금도 포기해야 해.”

“그러려면 돈이 많이 들어요, 아버지?”

“…… 감당하기 쉽지 않지.”

“…… 후회하지 않을 자신 있으세요, 아버지?”

예하가 조심스럽게 물었다.

“…….”

“아버지, 제가 멕시코에 다녀왔잖아요. 비행기에서 캐나다 밴쿠버 시민 브라이언 아저씨를 만났어요."

"그래, 그 얘기 좀 해 봐라…… 많이 궁금했다."

사실 여행이 좋았다는 말 외에는 아무에게도 아무 말도 하지 않았다.

여행 경비를 줄이기 위해 여러 번 환승하는 비행기를 예약했다. 어차피 멕시코로 바로 가는 직항 편은 없어서 캐나다나 미국을 거쳐야 했다. 이눅숙을 동계올림픽 로고로 내세웠던 밴쿠버를 경유하기로 마음먹었다. 이눅숙은 가야의 파사의 탑과 비슷하다는 오두님의 글이 결정적인 역할을 했다. 이왕 들르는 길이니 며칠간 머물기로 했다. 김해공항에서 일본 도쿄 나리타공항으로. 다시 캐나다 밴쿠버로, 멕시코시티로. 캐나다에서 5일, 멕시코에서 5일 동안 머물 작정을 했다. 워낙 큰 나라들이라서 이동하는 데에만 많은 시간이 걸릴 것이라는 정보를 정리해 두었다.

나리타공항에서 밴쿠버공항으로 갈 때 옆자리에 앉은 아저씨가 브라이언이었다. 의례적인 인사가 오갔다. 영어가 유창하다고 브라이언이 칭찬을 했다. 데이브 덕분이라 해야 하나. 원어민 교사 데이브는 뉴질랜드 사람이다.

"My concern is about the gray whale(나의 관심사는 귀신고래다)."

이 말이 브라이언을 사로잡았다. 9시간의 비행시간은 90년간의 우정을 쌓는 것 같은 귀중한 시간이 되었다. 밴쿠버에 도착하기도 전에 브라이언의 제의로 '엉클(아저씨) 브라이언'에서 '엉클'이 빠졌다. 국제협약을 어기고 마구 고래를 잡는 일본을 용서할 수 없는 마음에 일본을 방문하고 돌아가는 브라이언이었다.

밴쿠버에 도착하면서부터 브라이언은 나의 헌신적인 가이드였다. 난 오두님의 글을 눈으로 읽을 수 있는 상황과 맞닥뜨렸다. 제일 먼저 간 곳이 인디안 토템폴 공원인 스탠리 파크였다.

공원에는 곳곳에 넓은 주차 공간이 보였다. 자율 주차요금 납부 시설이 갖추어져 있었다. 이런 게 선진국이구나 싶었다. 주유소에 갔을 때도 한 명의 직원이 사무실에 있을 뿐이었다. 스스로 주유를 한 후 가게로 들어가 계산을 했다. 주유만 하고 도망갈 손님도 없었고, 주인은 손님이 도망가리라 걱정하지도 않았다.

밴쿠버 섬으로 가기 위해 홀스슈(Horse Shoe) 항에서 나나이모(Nanaimo) 항으로 운항하는 페리를 기다릴 때였다. 내비게이션에 바다를 통과하는 도로 안내가 나타났다. 차를 타고 페리에 승선하는 것이다. 승선을 기다리는 차선이 20차선이 넘었다. 페리에는 그야말로 고속도로가 놓여 있었다. 대한제국 고종 시대에 시카고

박람회에 참석한 대조선국 대표단이 기차를 탄 채 배에 올랐던 경험을 고종에게 아뢰는 글을 읽은 적이 있다. 한국인으로서 첫 페리 승선 경험이었을 것이다. 대조선국 대표단이 어떤 기분이었을지 충분히 짐작이 갔다.

밴쿠버 섬에서는 'River'라는 '강'으로 된 지명이 시선을 끌었다. 큰 도시 캠프벨리버를 지나 고울드리버로 향했다. 밴쿠버 섬에 살고 있는 코스트살리쉬 인디언, 누트카 인디언, 콰키틀 인디언 중에서 누트카 인디언 마을을 향해 차를 몰았다. 고래사당을 세웠던 누트카 섬을 보기 위해서였다. 겨울에도 따뜻한 이 지역에 자리를 잡은 인디언은 민물 호수가 있는 누트카 섬에 마을을 이루었다고 했다. 누트카 섬에 살던 인디언은 모두 육지로 나가고 한집만이 살고 있었다.

누트카 섬을 찾아가는 방법은 두 가지가 있었다. 원주민의 배나 수상비행기를 이용하는 것. 브라이언이 물었을 때 나는 망설이지 않고 원주민의 배를 선택했다.

"원주민의 얘기를 듣고 싶어요. 수상비행기는 문명의 흔적이지만 배는 선사시대 이래 인간이 지녀온 교통수단이잖아요."

"그래서?"

"수상비행기투어는 300달러, 보트투어는 200달러라 하셨잖아요. 가격이 100달러나 싼 걸 무시할 수는 없어요. 하지만 값으로 따질 수 없는 게 있을 것 같아요."

브라이언이 의자 주머니에 넣어 두었던 신문을 펴서 기사를 보여 주었다. 동양인 사진이 실려 있었다.

"예하, 신문에 소개된 나쁜 얘기의 주인공들은 모두 백인 외의 모습들이야. 인종 차별이지. 가진 자와 못 가진 자."

백인의 입에서 나오는 인종 차별이라는 말이 기분을 묘하게 만들었다.

"그런 속에서도 제 것을 지키려고 애를 쓰는 인디언을 존중하고 싶어요. 파도가 없는 잔잔한 내륙 바다 '사운드'에서 카약을 타고 바다를 누빈 당당한 인디언의 후예를 꼭 만났으면 해요."

"오우~섬!"

브라이언이 엄지손가락을 세웠다.

"오우~섬?"

"a w e s o m e."

브라이언이 천천히 스펠을 말했다. 무시무시하다니.

내 표정을 보고 브라이언이 설명했다. 두려울 만큼 훌륭할 때 흔히 사용하는 말이라고. 듣기 평가 때 시험 문항으로 들을 때와 느낌이 달랐다.

인디언 마을의 주민 보트로 누트카 섬을 찾는 일은 무산되었다. 여름에 사용한 후 돌보지 않아 엔진에 시동이 걸리지 않았기 때문이다. 두 시간 동안 끈질기게 기다렸지만 포기할 수밖에 없었다. 결국은 쎄쓰나 수상비행기를 타고 공중을 누비며 누트카 섬을 보았다. 굉장한 경험이었지만 나중에 밴쿠버 항에서 출퇴근용 수상비행장을 보았을 땐 밴쿠버 사람들에게는 수상비행기가 우리네의 고급 자가용이었다는 걸 알게 되었다.

고울드리버 일대는 워낙 오지라서 유선 전화만 가능했다. 마을 사람들은 무전기로 통화를 하고 있었다. 숙소의 조명은 몹시 어두웠다. 숙소에서 할 수 있는 일은 얘기를 나누는 것밖에 없었다. 그 오지에서는 옛적 이야기가 어울렸나 보다.

브라이언이 나만한 나이였을 때 인디언 친구 '아우룩스'가 있었단다. 브라이언에게는 수많은 친구 중의 한 사람이었지만 아우룩스에게 브라이언은 자신의 목숨을 바쳐 살리고 싶은 가장 귀중한 친구였다는 걸 브라이언은 아우룩스 덕분에 목숨을 건진 후에야 알았다. 많은 사람들이 영어로 이름을 바꾸었을 때도 아우룩스는 여전히 인디언 이름을 좋아했다. 아우룩스는 추장의 아들이었다. 고래를 좋아했다. 브라이언이 아우룩스가 하던 일에 매달리게 된 것은 아우룩스가 죽고 나서였다. 백인인 브라이언이 인디언 문화에 빠졌다. 고래 사랑에 빠졌다.

"아우룩스가 곁에 있을 때 함께 했었더라면……."

건너편 침대에 누운 브라이언의 목소리가 내 가슴을 파고들었다.

"아버지, 반구대는 우리 개인의 것이 아니잖아요. 조상들이 우리에게 부여한 사명인 것 같아요."

"……."

"우리는 반구대를 이 모습 이대로 지켜내야 해요, 아버지."

"……."

어떻게 지켜내야 할지는 몰랐다. 그러나 반드시 해내야 할 일이었다. 예하도 더 이상 말을 하지 않았다. 어둠을 노려보다가 눈을 감았다만 되풀이했다.

"잘 잤어, 우리 종손?"

간밤에 퍽이나 오랜 시간 뒤척였다. 아버지도 예하와 다르지 않았다는 걸 안다.

아버지가 눈을 찡긋하며 이불을 개려 했다.

"이건 제가 할게요."

"아침상을 봐 둘 테니 바로 올라와라."

"알았어요."

아버지가 방을 나가자 예하는 방문을 모두 열었다. 이불을 툭툭 털었다. 이불을 개어 놓고 마루로 나갔다. 반구대를 바라보았다. 바위에 새겨진 글자가 눈앞에 다가왔다.

龜盤.

구반. 예하는 빙긋 웃었다. 반구라는 걸 알고 있는데도 구반이라는 말이 먼저 나온다. 동선천옥(洞仙泉玉). 맑은 물이 흘러 신선이 사는 마을이라는 옥천선동(玉泉仙洞). 반구 글자 주변에 한쪽 발을 들고 있는 우아한 학(鶴)도 새겨져 있는데 멀리서는 보이지 않는다. 아쉽다. 반구 글자처럼 정자에서도 볼 수 있으면 좋겠다.

바위에 새겨진 그림. 아침 먹고 대곡리암각화에 가야겠다고 생각하고 마루에서 펄쩍 뛰어내려 급하게 운동화를 신었다.

"예하야."

입속 가득 밥을 넣고 있어서 대답하기가 힘이 들었다. 아버지와 눈이 마주쳤다. 아버지 눈빛이 무척 복잡했다.

"학교에 갔다가 알게 된 사실은 시간이 흐른다고 해결되지는 않았다. 용기가 필요했어. 부끄러웠다고 말하는 것이 왜 그렇게 힘들었는지 몰라. 그러고도 수십 번 망설였고. …… 나만 부끄러워하면 끝나는 게 아니었거든."

예하는 조금 전부터 씹는 동작을 잊어버렸다.

"내 부끄러움 속에 네가 있었어. 아비의 부끄러움을 끌어안아야 하는 아들을 생각하는 것이 더 괴로웠다. 네 얼굴을 보면서는 도저히 입이 떨어지지 않았다. 결국은 불을 끄고 나서야 입이 떨어졌지."

아버지가 간밤 어둠 속에서 했던 말을 되풀이했다.

"미안하다, 예하야."

뭐라고 말을 하고 싶어도 입속에 든 밥 때문에 하기가 어려웠다. 밥을 씹어 삼킬 때 하고 싶은 말들도 넘어가 버렸다. 예하는 열심히 밥을 먹었다.

"잘 먹었습니다. 아버지, 대곡리 고래암각화 보고 올게요."

"햇살이 따뜻해지면 나서지 않고."

고개를 끄덕이며 뛰어나왔다. 외투를 입고, 장갑과 목도리로 무장을 하고 나오며 큰소리로 외쳤다.

"미안한 건 저예요, 죄송해요, 아버지."

아버지가 손을 흔들었다.

대곡천을 따라 걷는데 지난여름에 가족들과 같이 갔던 작괘천(酌掛川)이 생각났다. 자연이 울산에 선물한 명승지다. 여름철이면 작괘천은 그곳을 찾는 사람들에게 자연의 경이로움에 푹 젖게 만든다. 작괘천의 절로 생긴 물 미끄럼틀 타는 맛은 일품이었다. 물미끄럼을 타려고 어른들까지도 줄을 서게 만든다. 수천 년 수만 년의 세월이 만든, 술잔을 걸어놓은 듯한 부드러운 곡선의 계곡. 작괘천은 오랜 세월이 빚어낸 걸작품 중에서도 으뜸이다.

작괘천 계곡의 작천정 정자 앞에는 커다란 글자가 새겨진 하얗거나 회백색의 화강암이 부드러운 곡선을 뽐내며 빼곡히 들어차 있다. 포은이 글을 읽었다고 전해지는 너럭바위 주변에 포은을 기려 세운 정자가 작천정이다. 정자 아래쪽에는 수많은 사람들이 새겨놓은 수많은 글자가 있다. 오랜 세월 작괘천을 찾은 수많은 사람 중의 한 사람이 되어 보는 묘미 덕분에 여름날 땡볕이 두렵지 않다.

작괘천의 바위들이 늠름하게 제 모습을 드러내고 있다고 한다면, 이곳 반구대 대곡천의 절벽은 예스러운 빛깔로 수줍게 숨어 있다고 해야 할 것이다. 작괘천 바위의 글자들이 한편으로는 당당하고 한편으로는 거만하다고 한다면, 이곳 반구대 대곡천 절벽의 그림과 글자들은 겸손하고 섬세하다고 해야 할 것이다.

반구대 벼룻길로 접어들 때 한실마을로 세 대의 차가 연이어 들어갔다. 좀처럼 볼 수 없는 일이다. 울산의 오지라고 일컬어지는 한실마을에서 산골영화제가 열렸을 때 반구대안길에서 이어지는 한실길로 넘어가 보니 포장은 되어 있어도 쉽게 넘어갈 수 있는 산길이 아니었다. 그것도 최근에 닦은 도로라 했다. 같은 대곡리인데 반구대는 한껏 주목을 받고 있고, 한실마을은 늘 따돌림을 당했었는데, 산골영화제를 열어 모처럼 주목받을 일을 스스로 만든 것에 박수를 보냈다. 스스로 무엇인가를 만들어내는 데는 절실함과 용기가 필요했다. 절실함과 용기.

예하는 예쁘게 만들어놓은 나무다리를 건너 대숲을 지났다. 공룡발자국 화석 안내판도 지났다. 발걸음을 멈추고 사방을 두리번거렸다.

사행천인 대곡천의 맨살이 그대로 드러나 있다. 겨울 계곡이라고 하면, 황량하다느니 그보다 어렵고 발음하기도 힘든 휑뎅그렁하다느니 하는 낱말이 곧잘 등장하는데, 대곡천의 겨울은 무진장 아름답다는 말이 저절로 나왔다. 나뭇잎이 무성할 땐 시야가 가려져 보이지 않았던 대곡천의 겨울 모습이었다. 누군가 산을 보려면 겨울에 가야 제대로 볼 수 있다고 했다던데, 대곡천이 꼭 그렇다.

대곡리암각화에 다다른 예하는 사람들이 물가로 내려가지 못하게 막은 목책을 한번 쓰다듬고는 뒷걸음질 쳐서 벤치에 앉았다. 대곡리암각화는 천전리암각화와는 달리 가까이 갈 수가 없다. 사연댐 때문에 훼손이 심해 망원경도 크게 도움이 되지 않는다. 댐을 허물어야 한다는 생각이 점점 더 확고해진다.

– 세계적인 문화재를 물속에 잠기게 하는 사연댐을 어찌 해야 되겠습니까?

예하는 한껏 겸손한 자세로 오두님에게 물었다.

– 반구대 지역은 사연댐과 대곡댐 두 개 모두 문제가 있어. 천전리암각화 위쪽에 있던 선사시대 유적과 백련구곡의 중요한 명승이 대곡댐 때문에 수장되었지. 사연댐도 대곡댐도 허물어야 해. 미국의 경우는 문화재를 보존하기 위해 벌써 수백 곳의 댐을 허물었지. 워싱턴주 시애틀 인근의 올림픽 마운틴 국립공원은 인디언 문화지역인데 댐이 두 곳에 있었다. 그런데 지역 인디언 문화를 보존하고, 그 지역에 연어 떼가 제대로 돌아오도록 하려고 정부에서 두 댐을 허물어버렸어.

예하는 댐을 허무는 데에 주민들의 반대가 심하지 않았을까 생각하며 사연댐 문제로 돌아왔다.

– 울산시의 물 문제는 지방정부의 사안이지만 중앙정부 차원에서 해결해 주면 문제를 풀기가 쉽지.

대답이 명쾌했다.

조선시대 내내 시인 묵객들이 다녀가도 파손되지 않았던 반구대암각화가 문명이 발달한 현대에 와서 훼손이 심하다. 조선시대 사람들이 대곡리암각화를 몰랐다 해도 바위그림은 보았을 수가 있다. 천전리암각화에서 본 신라인의 흔적에서 짐작이 가기 때문이다.

암각화 훼손만 보면 시대가 거꾸로 가는 것이 틀림없다. 환경학자들이 곧잘 그런 말을 했다. 지구 나이 46억 년을 1년으로 환산하면 인간이 태어난 건 기나긴 자연역사 1년의 마지막 날인 12월 31일 오후 8시라고. 인류역사는 지구역사 1년의 마지막 날 4시간 동안의 일에 불과하기 때문이다. 어느 시대는 그랬느니 어쨌느니 하는 것도 부질없는 것 같기도 하다. 그리도 까마득하게 오래 전의 일인 것 같은데 대곡리 바위에 고래 그림을 새긴 선사시대 사람들이 살았던 때도 12월 31일 11시 58분에서 59분으로 넘어갈 때가 된다. 중요한 것은 지구를 46억 년으로 하건 1년으로 환산하건 선사시대 사람들의 생각을 읽으려고 애를 쓴다는 것이 아니겠는가. 더 중요한 건 50년 전까지도 선사인의 숨결과 목소리가 선명했다는 것이다.

– 대곡천은 선사시대 암각화 주인공들 이래 신라시대 화랑들이 다녀가고, 또 고려시대 말에는 포은이 다녀갔지. 조선시대에 겸재가 이곳을 찾아와 반구대 거북바위산을 그린 것은 이곳 세계적

인 암각화를 보존하기 위한 시대적인 의미를 부여하는 장치라고 할 수 있어. 시대적으로도 입체적으로도 보존의 의미를 강조해주는 셈이지.

–우리 가문 조상님들이 여기에 정자를 지은 것도 이곳을 보호하기 위한 한 배경이 되었겠습니까?

–그렇다고 할 수 있지. 아무도 없는 반구대보다 주민들이 있으면 더 시선을 받게 되는 게 아니겠니. 너희 할아버지가 교수에게 안내해서 반구대암각화를 세상에 드러나게 한 것은 그런 정자 문화가 전승된 결과라 할 수 있으니까.

할아버지가 자랑스러웠다. 그리움이 사무쳤다. 할아버지가 세상을 떠난 뒤에 요즘처럼 할아버지를 그리워한 적은 없었다.

–그림을 새긴 바위는 선사인에게 어떤 의미가 있었습니까?

이렇게 묻고 나서야 그리움의 소용돌이에서 벗어날 수 있었다.

–선사시대 사람들에게 바위는 요즈음 사람들이 생각하는 단순한 스케치 캔버스용 바위가 아니었다. 바위에도 정령이 있다고 믿었거든.

–보살바위, 서낭당 바위, 신선바위. 이런 바위를 말씀하시는 겁니까?

–그렇다. 불교가 들어와서 신선바위가 보살바위로 개종을 했

다고 생각한다.

– 종교를 바꾸는 개종 말씀입니까?

재미있다, 바위의 개종이라니. 오두님은 이름을 짓는 게 매우 중요하다고 했다. 정명학(正名學)이란다. 세상의 만물에, 그리고 현상과 상황에 정확하게 딱 맞는 이름을 갖다 붙인다는 것은 세상의 만물을 창조하는 것과 똑같이 어렵지만, 존재의 의미를 명확하게 규정한다는 입장으로 접근하는 학문이다. 그러니까 정명학은 현상을 종합하여 전혀 새로운 의미를 가지는 이름을 부여하는 것이다. 오두님은 전에 없는 새로운 현상을 파악해내고 거기에 꼭 맞는 이름을 지으려 공을 들였다. 이름 짓기의 대가다.

– 옛 사람들은 동물이든 바위든 규모가 크면 위대한 신이라고 믿었어. 기골이 장대해야 왕이고 장군이라고 받들었지. 큰 사이즈 동물로는 고래를 당할 동물이 없어. 고래는 지구상에서 가장 큰 동물이니 자연히 숭배 대상이었겠지. 바위도 사람보다 크기 때문에 위대하게 본 거야. 해신이나 용왕신은 모두 고래를 의미했다고 본다.

– 해중대룡이 되겠다는 문무대왕의 바람도 고래로 환생한다는 믿음에서 비롯되었다고 말씀하셨습니다.

– 『삼국유사』에 의하면 신라시조 알영부인도 고래 뱃속에서

나온 여아였다. 환생했다는 뜻이지. 알영 이야기가 『심청전』을 낳은 셈이야. 심청이 살아나온 용궁의 대들보가 고래 뼈로 되어 있었다(卦鯨骨爲樑)고 『심청전』 완판본에 실려 있지. 고래 뱃속에서 환생한 심청이 왕후가 되는 이야기가 『심청전』이 아니냐. 알류샨 열도 아막낙 섬의 3천 년 전 코리안 온돌집도 고래 뼈로 대들보와 서까래를 했다. 『심청전』의 용궁과 같은 '고래 등 같은 지붕'이지.

오두님이 문학의 세계로 예하를 이끌고 있다. 고전소설과 신화로 들어가면 또 무궁무진한 신세계가 펼쳐진다. 다른 각도에서 접근한다는 것, 새로운 눈으로 해석한다는 것의 진수를 보여주는 것이다. 뚜렷한 사실과 희미한 흔적과 보이지 않는 상상을 엮어 새로운 세계로 다가가는 것이 해석학의 묘미다. 문학의 신세계가 예하를 유혹했지만, 지금은 반구대암각화에 집중해야 할 때다.

– 귀신고래 사진을 보면 꼭 바위를 보는 것 같습니다. 바닷가 바위처럼 고래 몸에 따개비도 붙어 있고요.

– 두 가지구나. 바위와 따개비. 고래를 숭배했던 시대에는 고래가 바위로 표현되기도 했다. 포항 도기야(都祈野) 동네의 일월사당에 남아있듯이, 『삼국유사』에서 바위 타고 바다를 건너갔다는 연오랑과 세오녀 이야기도 사실은 『삼국유사』에서도 '큰 물고기'라고 병기(倂記)했듯이 고래 타고 바다를 건넜다는 것이 아니겠니.

고래를 탄다는 이른바 기경상천(騎鯨上天)이라는 말은 영생불멸의 세상으로 환생한다는 뜻이기도 해.

고래가 곧 바위라는 말이다. 바하칼리포르니아 반도 앞바다에서 바라본 귀신고래는 거대한 바위였다. 사람들을 태운 보트가 장난감처럼 보일 만큼.

– 에밀레종으로 대표가 되는 신라시대 범종에는 따개비처럼 생긴 문양이 있다. 비천상이라 불리는 문양도 다시 살펴보아야 한다. 비천상은 잘못 붙여진 이름이다. 선녀는 하늘로 오르는 것이 아니라 물속으로 들어가고 있기 때문이다. 선녀가 휘감고 있는 띠는 해대(海帶), 즉 미역으로 풀이해야 한다. 해대를 다시마나 다른 해조류로 풀이하기도 하지만, 미역이 모든 해조류를 대표했을 것이다. 미역을 휘감은 선녀와 따개비. 바로 고래 모습이다. 오늘날도 고래가 미역밭에서 머무는 모습을 인터넷 이미지 검색에서 쉽게 찾을 수 있다. 범종(梵鐘)은 불교 용어다. 유학이나 도학 선비들은 범종을 화경(華鯨)이라 했다. 고래다. 수덕사 범종엔 당목이 고래 모양이다. 목탁이 고래 모양인 것은 이미 널리 알려져 있다.

– 반구대 고래암각화처럼 바위에 고래 그림을 새긴다는 것은 고래 자체에 그림을 새기는 의미가 있다고 말씀하지 않으셨습니까?

이상하지 않은가. 고래를 사냥한다는 건 고래를 죽이는 것인데 왜 바위에 고래를 새겼다는 말인가.

– 이번엔 예하가 화제를 돌리는군. 사냥과 숭배가 동시에 이루어지는 야누스적인 사상이 선사인에게 있었다. 지금도 몽골사냥꾼들은 사슴을 잡은 뒤에 그 뿔이나 뼈를 나무에 걸어놓고는 죽은 동물의 혼을 위로하는 의식을 행하지.

예하는 웹사이트에서 글을 읽을 때만 해도 놀라움과 기쁨에 젖었지만 그 감격을 이내 잊어버릴까 은근히 걱정이 되었다. 어느 나라에서 지진 때문에, 태풍 때문에 많은 사람들이 죽었다고 하면, 어떻게 그런 일이 일어났지 하고 안타까워하고는 이내 잊어버린다. 교통사고로 죽은 이웃 사람 이야기, 성적 때문에 고층 아파트에서 떨어져 죽은 어떤 아이의 이야기를 들을 땐 가슴이 답답하고 화가 나기도 했지만 그렇게 오랫동안 그 죽음을 생각하지는 않았다. 할아버지가 예하 곁을 영영 떠났을 때도 마찬가지다. 할아버지를 다시는 볼 수 없다는 생각에 슬펐지만, 슬픔이 예하의 삶을 흔들지는 않았다. 돌아가시다니, 할아버지가 어디로 돌아갔는지 궁금해서 어른들에게 물었지만 아무도 시원한 대답을 해 주지 않았던 일이 떠오른다. 예하는 카페 웹사이트에서 받은 감격이 깊이 새겨지게 하고 싶다.

– 고래암각화는 죽은 고래의 영혼을 위해 새긴 것이라기보다 사람이 죽어 고래가 된 조상귀신고래를 새긴 것으로 볼 수도 있다. 아메리카 인디언들이나 뉴질랜드 마오리족 고래잡이들도 사람이 죽으면 고래가 된다고 믿었다. 회유해 돌아오는 고래를 그들의 조상이라 생각했지. 파푸아뉴기니 뉴아일랜드 원주민들은 상어가 그들의 조상이라고 믿었어.

옛사람들은 귀신고래가 순한 수염고래니까 조상귀신이라 믿고 싶었을 것이다. 대곡천 공룡이 만일에 1억 년 전이 아니라 수천 년 전에 살았더라면 조상들은 공룡을 조상공룡이라고 여겼을지도 모른다. 순한 귀신고래처럼 성큼성큼 초식공룡이 찾아오는 것을 조상귀신공룡이 돌아온다고 믿었을 것이다. 위대한 지도자가 죽으면 덩치가 큰 공룡이 된다고 믿지 않았을까.

선사인에게 거대한 동물은 공포와 숭배의 대상이었다. 정자(亭子)에서 예하 혼자 자던 날 들었던 대곡천의 물소리는 으스스했었다. 불빛이 닿지 않는 구석진 곳에서 들려오는 소리는 아무리 작아도 온몸을 오싹하게 만든다. 그 소리의 정체가 밝혀지면 금방 아무 일도 아닌 게 되는데, 그렇지 않을 땐 방에까지 그 무서운 소리가 따라오는 것처럼 느껴지곤 했다. 잘 모르는 것에 대한 두려움이다. 거대한 동물을 보면서도 그렇지 않았을까. 자신의 힘이 미치지 않는 존재를 향한 두려움을 어찌 말로 다 표현할 수 있겠는가.

범고래 떼가 거대한 귀신고래를 공격하는 동영상은 끔찍했다.

귀신고래를 잡아먹는 범고래는 고래 중의 고래로 받아들였고 용궁의 염라대왕으로 여겼을 것이다. 거대한 귀신고래도 감당하지 못하는 범고래는 선사인에게 상상도 하기 싫을 만큼 두려운 존재였을 것이다. 이빨 있는 범고래가 이빨 대신에 입 안 가득 수염을 가진 귀신고래를 잡아먹는 장면은 조상귀신고래의 끔찍한 지옥으로 보였을 것이다. 범고래가 귀신고래의 혓바닥을 빼먹는 장면은 지옥도의 모습을 자연에서 찾은 것을 강하게 나타내는 것임에 틀림없다.

–그게 발설지옥(拔舌地獄)의 유래야. 불교에서 말하는 혓바닥을 뽑는 발설지옥은 불교 이전의 고래토템에서 비롯되었다고 할 수 있다. 범고래가 귀신고래 혓바닥을 뽑아먹는 것이야말로 조상이 환생한 귀신고래의 혓바닥이 뽑히는 지옥이라고 믿었겠지. 뉴질랜드 마오리족이나 멕시코 마야인의 세계에서도 혓바닥을 내놓은 신은 존재한다. 귀신고래와 범고래가 움직이는 환태평양권의 공통된 원시 '발설신' 문화라 할 수 있다.

고려 왕건의 할아버지 작제건 신화에 나오는 청룡과 흑룡 이야기에서 청룡이 귀신고래이고 흑룡이 범고래인 셈이다. 혀를 내민 용왕이 마오리족과 마야인에게는 그대로 신으로 남아 있지만, 신라시대를 지나 고려 불교가 강화된 뒤에 '혀를 내민 귀신고래 용왕'은 '지옥으로 간 용왕'으로 묘사되어 발설지옥이 된 것이라는 것이다.

오두님의 발설지옥 유래는 과학과 문화인류학과 역사학이 공존하는 세계의 산물이었다. 일본 고래박물관에 전시해 둔 고래 혀 사진이 거대한 고래를 다시 실감하게 했다.

거대한 귀신고래에게 정면으로 다가간 범고래가 귀신고래의 입을 들이받는다. 이가 없어 씹는 작용을 하지 않는 귀신고래는 턱이 발달하지 않아 여러 차례 되풀이되는 이빨고래인 범고래의 공격에 지쳐 입을 벌리게 된다. 이때 범고래는 머리를 귀신고래 입 안으로 들이밀다시피 하여 귀신고래의 혀를 뽑아먹는다. 혀를 뽑힌 귀신고래는 고통에 못 이겨 괴로워하다가 몇 시간 후에 죽어버린다.

결국 염라대왕 신앙은 범고래에서 비롯되었다. 불이 활활 타오르는 불교의 지옥은 피바다와 비유될 수 있다고 했다. 범고래가 귀신고래 혓바닥을 뽑으니 피가 솟아 불꽃처럼 보이기도 하고, 붉은 연기처럼 보이기도 했다. 선사인은 죽어서 동물이 된다고 믿으면서도 지옥을 만드는 것 또한 거대한 동물이라고 믿었다는 것이다. 요즈음 현대인들도 모순을 수용하면서 살아가고 있지 않느냐고 오두님이 반문했다.

약육강식의 소용돌이 속에서 살았을 선사인의 두려움이 가슴에 사무쳐왔다. 눈을 들어 주변을 살펴보았다. 겨울의 대곡천은 아무 것도 숨기지 않는다. 대곡리 앞 나무다리를 건너자마자 나타나는 대숲을 지나면 겨울나무가 줄지어 서 있다. 나뭇잎이 떨어진 나무와 마른 풀은 무척 닮았다. 어느 계절보다 겨울의 나무와 풀은 서로에게 몹시도 어울리는 모습으로 서로의 곁을 지키고 있다.

몇 개월 지나지 않아서 새로운 스마트폰이 툭툭 튀어나오는 세상에 사는 예하가 이해하기 쉬운 것은 아니지만, 옛사람들은 죽으면 다음 세상이 아니라 이 세상 어딘가에 다른 동물로 다시 태어나 살아간다고 믿었다는 오두님의 말이 가슴 깊이 파고든다. 죽지 않으려 몸부림치며 불로초를 구하러 선남선녀를 바다 건너 우리나라로 보냈다는 진시황이 스쳤다. 늙고 병약해지고 싶지 않아 만들어낸 것이 십장생 사상일 것이다.

– 환생하여 영생불멸한다고, 또는 산신령이나 해신령이 된다고 믿었다. 다만 지금까지 살던 곳이 아니고 강 건너편에 산다고 믿었어. 그것이 피안(彼岸)이라는 말 속에 남아 있다. 차안(此岸)에

살다가 강 건너 피안(彼岸)으로 옮겨가서 사는 것이다.

우리 민족만 그랬던 것은 아니다. 도연명의 '도화원기'에 있는 무릉도원에서처럼 강을 거슬러 올라가 동굴을 지나면 별유천지(別有天地)가 있다고 생각했다. 죽어도 이 세상 어딘가에 다시 살아가는 곳이 있다고 본 것이다. 기독교 초기에 구약성서에서는 저 세상이 강 건너에 있다고 믿었다. 요단강 건너에 있는 구약성서의 가나안이 그런 곳이다. 바닷가에서 살아온 사람들은 죽으면 먼 바다에서 고래가 되어 살다가 다시 돌아온다고 믿었다. 1년에 한 번은 후손을 찾아온다고 믿은 것이 귀신고래의 회유로 본 것이 아니겠는가.

죽음에 대한 두려움을 오두님은 전혀 다른 각도에서 접근하고 있다.

－현대인도 마찬가지겠지만 죽어서 어떻게 되는지 모르는 것에 대한 옛 사람들의 두려움이 얼마나 컸겠니. 그 두려움을 달래기 위해 만든 공간이 강 건너였을 것이다. 불교나 기독교에서는 이 세상이 멸망하거나 이 세상과 완전히 다른 곳인 극락이나 천국이라 했고. 신선도가사상에서는 이 세상을 영원히 아름다운 낙원으로 여겨 신선이 되면 이 세상 안에서 불로장생한다고 믿었다.

예하는 가볍게 한숨을 내쉬었다. 죽음의 공포를 이기는 방법으로 이 세상을 영원히 아름다운 낙원으로 여기는 신선사상이 무척 의미가 있어 보였다. 인간을 죽음의 공포에서 벗어나게 하는 묘약이었다. 할아버지, 할머니가 신선이 되어 비래봉에 살고 있다고 생각하면 얼마나 큰 위안이 될까.

반구대암각화 시대 사람들도 그렇게 위안을 받았을까. 죽음의 공포를 그런 식으로 이겨낼 수 있었을까. 공포는 그 낱말 자체가 갖고 있는 기운이 워낙 드세어 입에 담기조차 꺼려지는 말이다. 선사인도 현대인도 기어이 이겨내야 할 일이기도 하고. 기어이 이겨내야 하건만 좀처럼 이겨내기 힘들기도 하고.

"예하야, 추운데 왜 여기 앉아 있어?"

따뜻한 손이 예하의 볼에 다가왔다.

"안 추워?"

아버지가 예하의 어깨에 팔을 둘렀다.

"추워요, 아버지. 무지하게 추워요."

죽음의 공포를 생각하고 있었던 참이다.

"무슨 생각을 그렇게 골똘하게 하고 있었어?"

"오두 선생님과 얘기하고 있었어요."

"응? 누구? 오두 선생님과?"

아버지의 얼떨떨한 반응에 주변을 휘이 둘러보았다.

"그냥 오두 선생님의 글을 생각하고 있었어요."

아버지가 빙긋이 웃었다. 암각화까지 여러 번을 다녀오고도 남을 시간이 지났는데도 돌아오지 않아 여기까지 나왔다고 했다.

"예하야, …… 아직도…… 힘이 많이 들어?"

아버지를 바라보았다.

"아니, 괜찮아요. 제가 해야 할 일이 뭔가 생각하고 있는 중이에요, 아버지."

힘들기로 말하면 아버지가 예하보다 결코 못하지 않을 것이다.

"아버지, 고맙습니다."

"뭐가?"

"그냥, …… 그냥 고마워요, 아버지."

부모는 어떤 존재일까. 아버지, 어머니처럼 할아버지, 할머니도 그리 살았겠지. 가문이란 뭘까. 민족은 무엇이며 나라는 무엇인가. 인류라는 말은 우주 속에서 어떤 의미일까.

조선시대 사람들이 5대조 할아버지가 다시 환생하여 5대손으로 살아간다고 믿은 흔적이 있다는 글을 오두님 카페에서 읽었다. 5대손 환생론은 목화토금수(木火土金水) 돌림자를 따라 간다는 것이다. 불교 이전 우리의 아주 먼 옛 조상들은 어쩌면 여러 동물들

돌림으로 환생한다고 믿지 않았을까. 도, 개, 걸, 윷, 모. 윷의 다섯 동물인 돼지, 개, 양, 소, 말은 가축으로 기르기 이전에 오행의 순환 환생사상이 아니었을지.

예하가 물굽이 예(汭)자로 삼 수(氵)변이니까, 예하 아들은 쇠금(金)변의 진압할 진(鎭)자를 이름 끝의 글자로 쓰게 될 것이다. 목화토금수, 오행의 순환을 바탕으로 한 돌림자 항렬에 대한 믿음은 아직도 우리나라 사람들의 작명 기준에 남아 있다. 반구대암각화를 그린 선사인은 반구대에 그려진 고래, 사람, 호랑이, 사슴, 멧돼지 그림들이 서로 호환환생한다고 믿었을지도 모른다.

그런 뜻에서 암각화 식구들을 가리킬 때는 '반구대 인구', '생구(生口)'라고 해야 한다는 오두님의 주장은 참으로 기발하다. 생명 인구(人口)인 것이니 동물과 사람을 합쳐서 생구(生口)다. 인구(人口)가 인간 중심의 개념이라면 생구(生口)는 삼라만상을 모두 아우르는 참으로 자연친화적인 개념이다. 이때의 생구(生口)는 국어사전에 실려 있는 '포로, 가축, 소나 돼지처럼 취급받는 사람'의 뜻은 물론 아니다.

밴쿠버공항 대합실에는 하이다 인디언의 우주관을 커다랗게 조각해 두었다. 까마귀, 독수리, 늑대, 갈색곰과 그의 아내 웅녀, 비버, 개구리, 하이다 전통 도깨비 신화에 나오는 요정, 쥐 지신

상 여인, 샤먼…… 이들 모두가 카누 하나를 타고 노를 젓는 모습이다. 카누에 탄 승객은 생구(生口), 바로 그 모습이었다. 조화롭고 화목하기만 했을까. 예측할 수 없는 자연이다. 살아남기 위해 교활한 도깨비든 선한 곰이든 서로서로 의지할 수밖에 없다. 한참 동안 발걸음을 멈추게 했던 조각상이 눈에 선하다.

예하가 아버지, 어머니라는 배를 함께 타고 온 동생의 안부를 물었다.

"준이는 좀 어때요?"

"열은 없는데 기침이 심하대. 밖에서 놀던 아이도 아닌데 오래 놀았다고 어머니가 계속 나를 야단쳐."

"제가 밖에서 준이를 데리고 논 탓이죠, 뭐."

"그런 거 아냐. 준이는 지금도 벼르고 있어. 다 나으면 또 밖에서 놀 거라고. 어머니가 준이를 달랠 때도 다 나으면 또 놀게 해 준다고 하는걸. 그러면 준이가 고분고분해진대. 약도 잘 먹고."

"준이가 궁금해요, 아버지."

"지금 시내 나갔다가 올 텐데, 같이 나갈까?"

"저를 보면 어머니가 준이를 달래기가 더 어려울 거예요. 혼자 다녀오세요. 울산 가려고 절 찾으신 거죠?"

"뭐, 겸사겸사."

예하에게 휴대폰이 없으니 아버지가 직접 예하를 찾아왔다.

아버지가 차를 타고 나가자 텅 빈 집에 예하 홀로 남게 되었다. 집을 지켜야 할 의무 같은 것은 없었다. 집청정에 도둑이 노릴 만한 대단한 보물이 있는 것도 아니고, 오래된 집을 통째로 들고 갈 사람도 물론 없다. 어떤 방문객이 차라리 동네 뒷산이 더 무서울 때가 있다고 했다. 대곡천처럼 아름답지만 사람들이 그리 많이 찾지 않는 곳은 오히려 나쁜 사람이 없다나. 높은 산에 나쁜 사람이 오르지 않듯이.

예하는 책을 들고 방바닥에 벌러덩 누웠다. 울산 아파트에선 침대에서 자고, 소파에 앉는데, 반구대에만 오면 그런 생활은 해본 적이 없었던 것처럼 방바닥에 눕는 것이 편하고 익숙하다.

방바닥이 따뜻하다. 홍매방에 누우면 이 따뜻한 느낌이 좋다. 홍매방에서는 처음 불을 땐 후 잠이 들 때까지는 방이 따뜻한 게 아니고 뜨끈뜨끈하다. 방구들이 두꺼워서 잘 식지도 않는다. 어른들은 곧잘 홍매방은 방바닥이 절절 끓어 좋다고 했다. 기름이나 가스를 연료로 하는 방에서는 방을 절절 끓게 할 수가 없다는 것이다. 아니 할 수는 있지만 할 필요가 없다. 방바닥이 절절 끓으면 외풍이 거의 없는 방은 더워서 지낼 수가 없고, 그렇게 난방비를 아낌없이 퍼부을 일도 없다.

– 방이 사람 덕 보려 한다.

이건 방바닥이 식었을 때 하는 어른들의 말이다. 방이 사람의 체온으로 따뜻해지려 한다는 뜻일 게다. 방바닥이 따뜻한 걸 좋아하다 보니 침대에 전기요를 깐다. 우리 민족은 방바닥이 뜨끈뜨끈해야 몸이 좋아하는 유전인자를 지니고 있나 보다. 반구대 온돌 아랫목에서 자다가 침대에서 자게 되면 침대 시트가 몸에 닿는 찬 느낌이 싫다. 어른들 말처럼 침대가 사람 체온 덕을 보려고 하는 것이다. 이불 속이 따뜻해져도 몸을 뒤척이면 차가운 느낌이 또 새롭게 다가온다.

몸은 따뜻한데 마음은 따뜻하지 않다.

보던 책을 덮었다. 팔베개를 하고 옆으로 누웠다. 오두님이 주장하는 선사인의 저승관이 다시 떠올랐다.

죽어서 고래가 되어 이 세상 어딘가에 산다?

도시에 살던 사람들이 지치면 귀농하여 시골에서 농부로 살아간다는 얘기를 종종 들었다. 귀농(歸農), 왜 농촌으로 돌아간다고 했을까. 삶에 지친 사람들이 돌아가는 곳은 안락한 곳이다. 반구대 암각화에 새겨진 고래들도 기필코 안락해야 한다. 암각화 고래가 물에 잠겨 숨도 못 쉬면서 인간들로부터 따돌림을 당한다고 생각하니 울화가 치밀었다. 우리 조상들 생각대로라면 결국은 인간이 인간을 따돌리는 것이 아닌가. 아이들로부터 집단따돌림을 당했을 때 예하는 보이지 않는 벽 속에 갇혀 있는 것 같아 숨이 막혔다.

자리에서 일어나 외투 주머니에서 종이 더미를 끄집어냈다. 접은 귀퉁이가 닳아빠진 종이를 펼쳤다. 오두님의 코리안신대륙발견 사이트에서 글 일부를 출력한 것이다. 암각화에서 시작된 글이 고래 문화로 이어지고 있어 내용이 생각대로 정리되지 않아 막힐 때마다 읽어 보고 있다. 워낙 방대한 분량이어서 그렇기도 하고, 주창을 따라가다 보면 놀라움과 신기함에 빠져 미처 새기기도 전에 빠른 속도로 뒷부분까지 읽어버려서도 그렇다.

점심을 찾아먹고 설거지가 끝나자 천전리암각화 쪽으로 산책을 나섰다. 햇살이 따뜻해서 목도리와 장갑은 챙기지 않았다. 집 청정이 대곡리와 천전리 암각화 중간에 위치하는 것이 썩 괜찮다. 대곡리암각화로 가는 길은 넓고 위험하지 않지만, 천전리암각화로 가는 길은 좁고 가팔라 예준이와 함께 갈 때는 아버지가 주의를 주었다. 아버지도 알고 있다. 예하도 예준이도 눈을 감고도 갈 수 있다는 걸. 자동차로도 천전리에 갈 수는 있다. 반구교를 건너 울산암각화박물관을 지나는 반구대안길에서 반구대로로 들어선 후 대곡박물관을 향해 다시 우회전을 하면 천전리암각화로 통하는 천전대현로다. 행정 구역도 두동면에 속해 있다. 그러나 대곡천을 따라 산책로를 걸어가면 천전리암각화가 코앞이라는 게 재밌다. 자동차로는 디귿자로 돌아갈 길을 걸어가면 질러가니까. 좁은 산책로를 마구 뛰어 갔다. 사냥을 다녔던 옛사람들은 이런 길을 오늘날 자동차 운전하듯 달렸을 것이다.

천전리암각화 인근에 몇 사람의 방문객이 보였다. 그 중의 한 사람이 접근을 못하게 막은 보호줄을 넘어서 암각화 바위 코앞까지 다가가는 것이 보였다.

"저런 저런, 안 됩니다."

크고 굵게 소리를 지른 후 예하는 재빠르게 나무 뒤에 숨었다. 방문객들이 예하 쪽으로 고개를 돌리며 두리번거렸다. 낙엽이 져서 몸을 가리기가 쉽지 않았다. 방문객들이 예하를 못 찾은 듯했다. 옥신각신하며 떠드는 소리가 났다. 다행스럽게도 암각화에 다가갔던 사람이 보호줄 밖으로 나왔다.

몇 해 전에도 수학여행을 온 어떤 고등학생이 천전리암각화 바위에 낙서를 했다고 하여 난리가 났었다. 암각화에 가까이 들어가지 못하게 임시로 세운 형식적인 펜스 운운하며 떠들썩했지만 그보다 더 근본적인 문제가 있을 것이다. 관심이 없다가도 하지 말라고 하면 눈이 번쩍 뜨이고 귀가 솔깃해지기 마련이다. '들어가지 마시오'라는 글귀를 읽을 땐 들어가고 싶은 마음이 생길 수도 있겠지만, 바르게 자란 사람들에겐 형식적인 울타리도 문화재 전체를 보존할 수 있다는 큰 그림이 보이게 되어 있다. 들어가지 말아야 할 대곡리암각화에는 왜 물을 들어가게 했는지, 아니 그렇게 했더라도 왜 빨리 물을 빼버리지 않는지 모르겠다.

'저런 저런, 안됩니다!'

대곡리암각화에 들어간 물을 보고 그렇게 강하게 소리쳐야 한다. 천전리암각화도 실재는 보호가 제대로 되어 있지 않다. 접근이 쉬워 망가뜨릴 우려가 높지만 그 흔한 CCTV 같은 것도 없다.

예하가 대곡천을 건너 암각화 앞으로 가자 방문객들의 눈이 휘둥그레졌다.

"어이 학생, 혼자 왔어?"

옆에 있던 다른 일행이 말했다.

"보아하니 이 근처에 사는 모양이야."

손가방 하나 없는 예하인데다 일행까지 없다.

"예, 그렇습니다."

"학생은 어느 길로 왔나?"

조금 전에 소리를 친 사람이 자신이란 걸 알리게 될 것 같아 잠깐 주춤했다. 애매하게 대곡리에서 시작하여 원을 그리듯 방향을 가리켰다.

"학생이 왔던 길로 오면 여기까지 가까운가?"

"빨리 걸으면 10분 정도 걸립니다. 암각화가 잘 있나 궁금해서 저절로 발걸음이 빨라집니다."

암각화가 잘 있나 궁금하다는 말에 힘이 들어갔다.

방문객들이 무척 반기며 말했다.

"그러면 학생은 이곳 천전리암각화를 잘 알겠네. 부탁하네."

예하 체격이 제법 커서인지 방문객들은 하게체로 말했다.

망설여졌다. 나서도 될까. 조금 전에 울타리를 넘어 암각화로 다가가던 모습이 떠올라 어떤 말이건 해야 한다는 사명감이 생겼다.

"저도 잘 모르지만, 무얼 알고 싶으신지요?"

"이 동네에 사는 어떤 사람이 이곳을 먼저 발견하고 교수에게 얘기했다며?"

"그런데 그 교수가 자신이 발견했다고 인터뷰도 하고 그랬다대. 그것 참!"

"예, 1970년 12월 24일이었습니다. 그 교수님이 저쪽 위에 있는 절터, 그러니까 원효대사가 기거했다고 전해 내려오는 반고사 절터를 확인하러 왔을 때 이곳 주민이 알려주셨지요. 울산암각화박물관에도 그렇게 게시판에 공지하고 있습니다."

예하가 상류 쪽 대곡천 건너를 가리키며 말했다.

"그런데도 왜 반구대암각화 최초의 발견자는 그 교수라고 그러는 거야?"

옆의 다른 방문객이 거들었다.

"학생은 어떻게 발견 날짜까지 기억하나?"

"사실은 교수님에게 이곳 암각화를 알려주신 분이 우리 할아버지십니다."

"얼떨결에 우리가 암각화를 발견한 귀한 후손과 얘기를 나누게 되었구먼."

귀한 후손인지는 모르겠으나 한학자였던 할아버지가 자랑스러운 것은 사실이었다. 할아버지는 사연댐 때문에 물에 잠길 수밖에 없는 반구서원을 옮길 수 있도록 기꺼이 땅을 내주기도 했다. 박물관 쪽에서 반구교 다리를 건너 대곡리암각화까지 가는 좁은 길을 자동차가 다닐 수 있도록 넓힐 때에 집청정의 마당도 제공했다. 마당을 가로질러 자동차 길이 나는 바람에 정원수였던 배롱나무가 대곡천변에 우연히 자란 나무가 되어버렸고, 길을 잘 모르는 운전자들이 차를 마구 몰다가 담벼락을 부딪고 사라져서 여섯 번이나 담을 새로 쌓아야 했다. 누구는 담과 대문 때문에 정자의 경관을 망쳐놓았다고 비웃겠지만, 대문을 볼품없이 정자 가까이 붙여두어야 집청정을 보호할 수 있는 입장은 어떻겠는가. 대곡리로 들어가는 반구교 다리 입구에 큰 차의 진입을 막는 표지판이 세워져 있다.

"이곳에 학생 집만 있는가?"

"아닙니다. 서당마을이라는 이름을 가진 마을이 있습니다. 좀 더 안쪽에는 한실마을도 있습니다."

"그런데 학생, 이 암각화는 왜 각석이라고 하는지 알고 있나?"

"우리나라에서 최초로 발견된 암각화입니다. 신석기시대의 암각화이면서도 이곳 천전리암각화에는 한자로 새겨진 신라시대의 역사도 볼 수 있습니다. 보기 드물게 시대를 달리하면서 한 바위에 그림과 글자가 같이 새겨진 곳이라 각석이라는 이름을 붙였다고 알고 있습니다. 하지만 선사인의 암각화가 훨씬 가치가 높다고 합니다."

"맞아. 신라의 왕족과 화랑들 얘기가 새겨져 있다고 했어."

문무왕, 진흥왕이 어린 시절 대곡천을 다녀간 것은 공룡 같은 큰 인물이 이곳을 다녀간 셈이다.

"그래서 붙은 이름이 각석이구먼. 먼저 새긴 글자들도 있고 뒤에 새긴 글자들도 있다며."

한 방문객이 신라인들이 남긴 기록에 대해서 좀 더 구체적으로 구분을 했다.

"난 원명이니 추명이니 해서 사람이름인 줄 알았네그려."

원명(原銘)은 처음 새긴 것이고, 추명(追銘)은 세월이 흐른 뒤 다시 이곳을 찾아서 새긴 것이다. 대곡리암각화는 시대별로 그림들을 분류하기도 한 연구가 있지만, 천전리암각화는 따로 각 그림들의 시대 구분을 한 연구가 있는지는 잘 알려져 있지 않다.

천전리암각화는 윗부분이 수직축을 기준으로 28도 정도 기울어져 있다. 이렇게 기울어져 처마 역할을 한 덕분에 비가 와도 덜 젖었을 것이다. 몇 천 년이 지났음에도 새겨진 그림이 그대로 있는 건 경사진 바위에 그림을 새겼기 때문이다. 방문객들은 저마다 아는 얘기들을 들추어내며 천전리 얘기를 이어갔다.

"혹 신라인들이 새긴 내용을 설명해 줄 수 있는가?"

예하는 가슴이 두근거렸다. 이렇게 갑자기 천전리각석 얘기를 방문객에게 하게 될 줄은 몰랐다. 수업 시간 모둠 학습을 하면 대표로 발표를 하곤 했지만, 이번엔 자신 있게 알지도 못하는 얘기를 예하와 같은 또래도 아닌 어른들에게 말해야 하는 것이다.

"무리한 부탁인가?"

예하가 망설이고 있자 한 방문객이 말했다.

"우리 귀에 쏙쏙 들어오게 하도 설명을 잘해서 말이네."

방문객들이 용기를 주고 있었다. 예하는 가만히 오두님을 불렀다. 오두님의 기운이 응원한다면 해낼 수 있을지도 몰랐다. 예하가 빙긋이 웃었다. 외투 주머니에 손을 넣었다. 장갑을 끼고 오지 않은 덕분에 귀퉁이가 닳아빠진 종이 더미가 손에 잡혔다. 조금 빳빳한 느낌을 주는 쪽은 출력한 반구대암각화 사진이다. 예하는 종이 더미를 꽉 쥐어보았다. 프린트된 글 내용이 손가락 끝을 통해 머릿속으로 들어왔으면 싶다.

예하는 미리 방문객에게 밝혔다. 지금부터 하는 말은 모두 미국 시카고에서 이 방면 연구에 몰두해 온 오두님의 웹사이트에 있는 내용이라는 것을.

"신라인들의 서석문(書石文)이 새겨진 것은 반구대 지역이 신라인들에게 대단히 중요한 곳이었기 때문일 것입니다. 진흥왕의 아버지인 사부지갈문왕(徙夫知葛文王)이 525년, 사랑하는 누이 어사추녀랑(於史鄒女郎)과 함께 이곳으로 놀러 왔다가 서석곡(書石谷)이라 이름 짓고 암각화 바위에 명문을 남겼습니다. 역사시대의 인물로 보자면 최초의 천전리암각화의 발견자는 오히려 신라인인 사부지갈문왕(徙夫知葛文王)이 됩니다. 그 후 사부지갈문왕이 죽고 그 부인 지몰시혜비(只沒尸兮妃)가 어머니와 아버지 법흥왕을 모시고 장차 진흥왕이 될 일곱 살도 되지 않은 아들과 함께 이곳을 다시 찾아 기록을 남겼습니다. 이 두 가지 연결된 명문을 원명과 추명이라고 합니다."

"오우! 원명과 추명이 그렇게 구분되었구나."

방문객이 감탄한다.

"그러니까 신라시대에 왕도 다녀가고, 왕자도 다녀가고, 왕실의 여인도 다녀가고, 화랑도 다녀간 곳이 천전리입니다. 동해 수중릉의 주인공인 문무왕도 반구대 대곡천을 다녀갔다고 합니다. 문무왕이 법민랑이라고 불린 화랑 시절이었습니다. 삼국통일을 이룬 문무왕이 죽을 때에 유언하기를 동해 바다의 고래나루에 묻어달라고 했습니다. 고래로 환생하려는 염원입니다. 이곳 반구대 고래암각화 지역과 깊이 관련된 역사의 한 면을 보여주고 있는 것입니다."

"대단하네, 대단하이."

방문객들의 감탄이 예하가 얘기를 더 이어갈 수 있도록 용기를 주었다.

"왕뿐만 아니라 김유신장군의 동생인 흠순도 이곳을 찾아왔습니다. 김유신장군도 울산의 남산인 거마산에 다녀갔다고 합니다."

"대단해. 반구대가 그토록 대단한 곳인 줄 몰랐네!"

"반구대암각화를 그린 사람들이 고래 떼를 따라 아메리카 신대륙까지 갔다고 미국에서 활동하고 계신 오두 선생님이 주창하셨습니다. 신라의 왕과 화랑이 다녀간 반구대이기 때문에, 이곳을 방문한 모든 분들이 보다 넓은 세계로 도약할 수 있게 된다는 의미를 전하고 싶어 하시지요."

"학생이 자라서 어떤 사람이 될지 궁금해지는걸. 이름이라도 알아 놓음세."

방문객들이 칭찬을 쏟아냈다. 쑥스러웠다. 방문객들은 숫제 바위에 자리 잡고 앉아서 얘기를 재촉했다.

"신라 화랑들 중에서 이곳 반구대를 찾은 인물로 '영랑(永郎)'이 있습니다. 영랑은 금강산을 방문한 신라의 4선(仙)으로 불리는 네 화랑들 가운데 한 명이죠. 술랑(述郎), 남석(南石), 안상(安祥), 영랑(永郎)이 그들입니다. 금강산의 삼일포는 이들이 3일간 머물렀다 해서 붙여진 이름이고요. 『삼국사기』에 의하면 속초의 영랑호(永郎湖)는 영랑(永郎)이 최초로 발견한 호수라 하는데요, 그 호수 주변에 네 명의 화랑들이 춤을 춘 바위는 사선대(四仙臺)라는 이름으로 남아 있다고 합니다. 신라 화랑인 영랑의 답사 길을 보면 반구대는 신라인들에게 금강산과 같은 명소로 여겨졌으리라 추측할 수 있습니다."

"선사시대 사람들은 왜 여기 천전리 바위에 이상한 추상화들을 그렸나?"

예하는 신중하게 말을 골랐다. 오두님의 이론을 훼손하는 일은 없어야 할 것이다.

"천전리암각화는 대곡리암각화보다 시대적으로 늦게 그려진 것입니다. 실제의 동물 그림들이 그래픽화되어 표현된 것은 그런 이유에서입니다. 하지만 두 곳의 암각화가 모두 고래토템시대의 암각화입니다. 특히 천전리암각화는 그 바위 모양이 뒤쪽의 산등성이와 함께 보면 어딘가 고래 입처럼 보이는데 그렇게 보이십니까?"

"음, 그러고 보니 거대한 입을 벌린 것도 같네."

"미국에 인디언들이 새긴 뉴스페이퍼 바위(Newspaper Rock)라는 암각화가 있는데 전체적인 모양이 거대한 '고래가 입을 벌린 것'처럼 생겼습니다. 선사시대 코리안들의 대곡리나 천전리암각화도 거대한 입처럼 경사져 들어간 곳에 있습니다. 풍수적으로 암각화를 그린 바위는 그 뒷산과 함께 보아야 한다는 것이지요."

천전리 겹마름모 문양은 고래 떼, 혹은 고래가 만든 고리 모양을 형상화한 것이다. 이러한 문양은 태평양 해안선을 따라가며 고래토템 문화권인 남아메리카 페루 인근의 잉카지역 해안지대 고대 토기에도 나타나 있다. 천전리 동심원 문양은 그 동안 태양을 상징하는 것으로 해석되어 왔으나, 일부 학자들은 물을 나타내는 상징일 수 있다 하고, 어떤 학자는 바다의 물결이라고 해석하기도 한다. 강릉 굴산사지 부도에도 유사한 물결 문양이 있는 것으로 보아, 오두님은 고래가 만드는 물결이나 고리 모양을 목격한 선사인들이 그 모양을 새긴 것이라 주장한다. 이와 비슷한 형태는 아일랜드의 뉴그란지(Newgrange) 바로 옆의 노우스(Knowth) 및 로프크루(Loughcrew)의 봉분형 고분(conical mound)의 호석(Kerbstones: 지탱석)에서도 나타난다. 세계 전역에 걸쳐 나타나고 있는 것이다. 천전리암각화가 바다에 이어진 태화강 상류 쪽이라는 점에서 물과 유사하다는 동심원 또는 나선형 해석은 의미가 있게 보인다. 무엇보다 중요한 것이 우리 민족의 고대 봉분(封墳)과 유사한 형태가 해안선을 따라 선사시대에 영향을 주었을 수도 있다고 생각한 오두님은 이곳 천전리암각화의 외연이 대단히 세계적이라는 의미 해석이 가능하다고 한다.

예하는 오두님이 예하의 입을 빌려서 말을 하고 있는 듯한 느낌이었다. 천전리암각화를 자신이 그렇게 거침없이 줄줄 설명할 리가 없기 때문이다. 방문객들은 체험학습을 나온 모범학생처럼 예하의 말에 귀를 기울이고 있었다.

"고래를 따라 대서양의 아일랜드까지 이어졌다는 것인가? 이런 얘기를 학생은 도대체 어디서 알게 되었다고?"

귀를 기울이던 한 방문객이 진지한 표정으로 질문을 했다. 예하는 자신이 알게 된 '코리안들이 신대륙을 발견했다'는 오두님의 웹사이트를 설명해주었다. 오두님이 미국에서 오랜 세월 이루어 놓은 코리안들의 신대륙 이주에 대한 연구 성과를 짧은 시간에 전달할 수 없는 자신의 능력을 안타까워하면서도 예하는 정성스럽게 말을 이어가고 있었다. 예하는 방문객의 스마트폰으로 웹사이트를 직접 보여주었다. 어떤 방문객은 웹사이트 주소를 받아 적었고, 또 다른 어떤 방문객은 스마트폰으로 예하의 말을 녹음하고 있었다.

"뉴펀드랜드 섬의 베오덕(Beothuk) 인디언들의 황토를 사용하는 문화나 육각정 제단을 만든 것이며, 마마틱(mamateek)이라는 고깔모양의 움막집이나 종지윷을 사발에 담아 놀이를 하는 것까지 코리안의 문화와 닮았다고 합니다."

"우리야 황토 마사지를 지금도 하고 있잖아."

일행들이 모두 껄껄거리며 웃었다. 자신에게 귀를 기울여주는 어른들이 고마웠다.

"대서양의 베오덕 인디언들은 신라인들처럼 고래 뼈로 골품을 나타냈고, 무속을 나타내는 굿과 비슷한 말인 '쿠우스(Kuus)'라는 무구(巫具)도 사용하고 있습니다."

"그 인디언들은 도대체 언제쯤 대서양으로 갔대?"

예상했던 물음이다. 예하도 그랬으니까. 질문이 예하를 격려했다. 심호흡을 했다.

"선사시대 코리안들이 북극해를 넘어 대서양으로 진출한 때는 지금으로부터 2천 년 전인 AD 1년 전후로 추정하고 있습니다. 베오덕 인디언들의 치아를 DNA 테스트한 결과 태평양 연안의 원주민들(First Nation)과 같은 혈통인 것도 드러났습니다. 유럽이 아니라 북태평양에서 건너온 사람들이라는 것이 확인된 것입니다. 베오덕이라는 말도 '고래잡이 뱃사람들'이라는 뜻으로 오두 선생님은 해석합니다. '배덕'에서 나온 말이라는 것이지요."

"배덕과 고래잡이 뱃사람이 무슨 관계가 있는가?"

"지명이나 신라의 왕 이름에 '덕(德)'이라는 글자가 많이 남아 있습니다. 한자어 이전에 그 뜻이 고래를 의미하기 때문입니다."

"덕(德)이 고래라고?"

방문객이 껄껄 웃었다. 의문이 가득한 웃음이다. 웃음을 멈춘 방문객을 향해 물었다.

"덕(德)의 훈이 뭡니까?"

"그 정도는 나도 알지. '크다' 아닌가. 아니, 덕 덕(德)인가?"

"예, '크다'라고 합니다. 왜 '깊다'나 '높다'고 하지 않고 '크다'고

했을까요?"

"듣고 보니 그러네."

방문객이 고개를 갸우뚱거렸다.

"고래가 지구상에서 가장 큰 턱을 가지고 있어서 덕(德)은 고래의 큰 '턱'에서 나왔다는 오두 선생님의 해석을 어떻게 생각하십니까? 한자가 동이족 문자라는 걸 중국 학계에서도 인정한다는 내용을 인터넷에서 쉽게 검색할 수 있습니다. 한자로는 德(덕)으로 쓰고 훈은 '크다'라고 한 것은 지구상에서 가장 큰 동물인 고래 턱을 의미했다는 것입니다. 로마인들도 사람의 관상에서 턱이 크면 리더십이 있다고 생각했다 합니다."

"그런가? 영덕도 고래와 관련이 있다는 말이지?"

"영덕(盈德)은 고래가 가득 찬 포구지요. 멀리서 고래를 보았으면 원덕(遠德)이고, 가까이서 보았으면 근덕(近德)이 됩니다."

방문객들이 재미있다며 폭소를 터뜨렸다. 박수를 치는 사람도 있었다.

"베트남에서는 오늘날까지 고래를 득응우(Đức Ngư)라 발음하고, 한자로 사용했을 때는 '덕어(德魚)'로 표기했습니다."

"햐, 굉장해! 대단해. 아주 멋지구먼."

방문객들의 박수가 쏟아졌다.

"이거 봐, 고래가 이동하는 길을 세계 지도에 표시해 뒀네그려."

예하가 검색해 준 카페 웹사이트를 다른 방문객들에게 보여주며 스마트폰 주인이 소리쳤다. 예하에게 모자를 쓴 중년 아주머니가 다가왔다.

"이야기 난 김에 반구대암각화도 안내해주는 게 어때요? 학생, 동행해 줄 수 있겠어요?"

우쭐한 마음에 얼른 그러겠다는 대답이 나올 뻔한 것을 가까스로 참았다.

"아닙니다. 저쪽 대곡리암각화에는 문화해설사가 늘 계십니다. 도와주실 겁니다."

방문객들이 고개를 끄덕였다.

"암각화야 똑같지, 뭐. 이것도 국보고 그것도 국보라며. 추운데 비슷한 걸 자꾸 볼 필요 있겠어? 자네는 봤다며?"

이의를 제기하는 사람이 있었다.

"응, 게시판만 봤지. 망원경으로 봐도 암각화를 볼 수 없어서 싱겁기는 하더구먼."

조금 전 뜨거웠던 분위기와 사뭇 달라졌다.

대곡리암각화는 게시판만 보게 되기 때문에 방문객 중에는 천전리암각화만 보고 돌아가는 사람들이 제법 있었다. 대곡리암각화가 따돌림을 당하고 있는 것이다.

"대곡리암각화는 고래를 알아볼 수 있도록 그림이 새겨져 있다 잖아."

"잠깐 걸어갔다 오는 것도 괜찮지 않겠나? 울산 오기가 그리 쉬운 것도 아니고 말이야."

"물에 잠겨서 앞으로는 못 본다는데 한번 가 보세."

방문객들은 옥신각신하며 천전리암각화를 떠났다.

저녁을 먹으며 아버지에게 천전리에서 만났던 방문객 얘기를 했다.

"암각화가 물에 잠겨 있다고 하니 방문객들이 의아해 했어요."

"그 양반들은 어른다웠네. 내가 네 일로 학교로 달려갔을 땐 어른답지 못했거든. 그런데 예하야……."

아버지는 아직도 그때의 부끄러움을 떨치지 못했나 보다. 예하처럼. 예하가 말하고 싶지 않은 화제를 아버지가 다시 들춰낸 것이다. 예하는 가만히 한숨을 내쉬었다. 예하를 불러놓고 아버지는 한참 뜸을 들였다.

"궁금한 게 있는데 말이야. 난 말이야, 예하가 말이야……."

아버지가 '말이야'를 되풀이하면서 쉽게 말을 끄집어내지 못했다.

"아버지, 아버지가 하고 싶은 말씀이 뭔지 제가 말해 볼까요?"

"어응? 어. 그래, 뭔지 말해 봐. 맞는지 보자."

아버지가 몹시 당황하자 가슴이 아프다.

"아버지가 뭘 궁금해 하시는지 실은 잘 몰라요. 하지만 아버지가 한 번도 묻지 않았기 때문에 궁금해 할지도 모른다고 생각되는 게 있어요. 도대체 내가 왜 가출을 했는지, 누가 가출한 나를 돌아오게 했는지, 내가 무엇을 하고 싶은지, …… 이런 게 궁금한 거 아니에요?"

"그렇지. 그런 셈이야. 그런 것 같아. …… 네 마음이 정리될 때까지 기다려 주면 되는데 내가 이렇게 조급하다. …… 어른답지 못하지?"

"아이답지 않은 아이도 많아요. 저도 그랬어요."

아버지가 예하 눈을 들여다보았다. 아버지 눈이 촉촉해져 있다.

"예하야, 우리 오늘도 정자에서 잘까?"

아버지가 얼른 감정을 추슬렀다.

"그래요, 아버지. 그게 좋겠어요."

예하는 빨리 저녁상을 치웠다. 정자에서 자려면 군불을 때야 했다. 마침 손님이 들어서 아버지는 손님들이 불편하지 않게 안내하는 일부터 해야 했다. 군불을 때는 것은 예하 차지가 되었다. 구들이 완전히 식지 않았기 때문에 군불을 때기가 어렵지 않았다. 아버지와 나란히 앉아 불을 때고 싶다. 아궁이가 작아서 둘이 앉을 공간도 마땅치 않지만 그냥 아버지 옆에 앉아 있고 싶다.

손님방까지 군불을 때고 방에 누워있을 때 아버지가 곶감을 가지고 왔다.

껍질을 벗긴 감을 꼬챙이에 끼워 처마 밑에 매달아 말리고 있을 때, 상주에서 왔다던 어느 손님이 어떻게 감을 말리는지 가르쳐 주었다. 꼬챙이를 감에 꽂으면 꼬챙이가 닿은 부분의 색깔이 변해서 맛이 덜하다는 것이다. 게다가 꼬챙이가 닿았던 부분이라 상하기도 쉽다고 얼마나 열심히 말하는지, 꼭 집안의 보물 이야기를 하는 분위기였다. 남쪽에 와서 고향 모습을 본다며 몹시도 반가워했다.

– 객지에 나오면 고향 까마귀만 봐도 반갑다더니 꼭 그러네요.

– 맞아여, 맞아여.

같이 온 사람들이 맞장구를 쳤다. 나이가 많이 들어 보이는데, 문자를 보낼 때나 인터넷에 글을 올릴 때 흔히 사용하는 '여'를 붙여서 재미있었다.

"아버지, 감 말리는 법을 가르쳐 주던 손님, 생각나세요?"

"손님?"

"곶감 만든다고 우리 집 처마에 달아놓은 꼬챙이를 보고 그렇게 하면 안 된다면서……."

"그랬지, 그런 손님이 있었지."

"그때 고향 까마귀 얘기를 하면서 '맞아여, 맞아여' 했거든요."

"그랬나?"

"나이 많은 어른들이 '여'를 붙인다고 재밌게 생각했어요."

"그런데?"

"상주가 어떤 곳인가 싶어서 인터넷을 찾아봤더니 삼백의 고장이라고 나왔어요."

세 가지 흰색. 쌀과 누에와 곶감이 많이 난다고 삼백이라 했다. 자전거가 많아서 자전거박물관도 있고, 자전거 축제도 하는 도시였다.

그때서야 비로소 아, 상주, 싶었다. 신선이 고래를 타고 하늘로 오른다는 기경상천(騎鯨上天) 벽화가 그려진 남장사 절이 있는 곳이다. 경상도(慶尙道)라는 도명이 경주(慶州)와 상주(尙州)에서 비롯되지 않았나. 오두님의 코리안신대륙발견 사이트에 있는 경주와 상주에 사용된 한자 풀이는 또 다른 해석으로 놀랍다. 많은 사람들이 경주와 상주에서 비롯된 경상도인 줄은 알고 있었지만, 왜 하필 경(慶)자였고 상(尙)자였는지에 대하여는 별로 관심을 가지지 않았을 것 같다. 경(慶)자는 고래 경(鯨)에서, 상(尙)자는 가죽배인

마상이에서 비롯되었다는 것이 오두님의 주장이다. 낙동강에는 가죽으로 된 '가락'이 사용되었을 것이라고 한다. 오두님은 한국고래문화학회지에 게재한 논문에서 '반구대암각화에 카약암각화가 있다'는 새로운 발표도 했다. 추측만으로 이론을 전개하는 일이 절대로 없는 오두님은 '경상도' 풀이 역시 예하의 마음을 사로잡았다. 꽤 멀리 떨어져 있는 상주 남장사로 달려가 보고 싶을 만큼.

오두님의 카페에서 읽은 경주와 상주 내용을 소개하는 예하의 얘기에 푹 빠져있던 아버지의 표정이 몽롱해졌다.

"예하야, 방문객이 이곳 반구대 보존에 앞장설 것 같지 않니?"

아버지가 먼저 경주와 상주를 떠나 반구대 얘기로 돌아왔다.

"오두 선생님 덕분이죠, 뭐."

"참, 기발한 분이야."

예하도 아버지도 변죽만 울리고 있었다. 오두님을 주인공으로 인물 탐구를 하려던 것은 아니었다.

"네 덕분에 내가 인터넷 글에 빠졌다. 어떤 새로운 글이 올라오나 궁금해질 때도 있다."

아버지가 소년처럼 웃었다. 아버지의 웃음이 묘하게 가슴을 찔렀다. 얼른 말문을 열었다.

"인터넷을 뒤지다가 놀랐어요. 그날 상주 손님들이 말할 때 '맞아여'라고 했던 건 인터넷을 많이 사용해서가 아니었어요."

예하가 또 하려던 얘기에서 도망쳤다.

"그러면?"

"그쪽 지역 사투리에 '여'라는 어미를 사용해요, 아버지."

예하가 말을 끝내자 아버지가 몹시 유쾌하게 웃었다. 웃음 끝에 아버지가 말했다.

"예하야, 밥 먹을 때 하던 얘기 계속해도 돼?"

결국 아버지가 먼저 말을 끄집어냈다. 아버지를 바라보았다. 담담한 표정이긴 했다.

"힘들면 안 해도 돼. 억지로 할 필요 없어."

"아니에요, 아버지, 할 수 있어요. 하려고 했었어요. 괜찮아요, 저."

곶감이 입에서 사르르 녹았다. 감도 사과도 말리면 얼마나 달콤한지 모른다. 수분이 달아나면서 당분이 농축되어서라는데 그런 것은 어찌 되었건 말린 사과와 곶감은 겨울밤에 먹는, 기가 막힌 간식이었다. 먹어본 적도 없는 땡감의 떫은맛이 궁금해지기까지 했다.

"아버지, 곶감이 참 맛있어요."

새삼스럽게 곶감 맛을 들먹였다.

"응."

아버지가 다정하게 웃어 보였다. 크게 숨을 들이쉬었다.

"…… 우리도 내년엔 꼬챙이로 하지 말아요."

"…… 꼬챙이로 하는 것보다 감꼭지를 묶는 법이 더 쉽던걸. …… 일부러 맛도 없고 성가신 일을 할 이유가 없지."

맛도 없고 성가신 일. 모든 일이 이렇게 명쾌해지면 얼마나 좋을까. 곶감 하나를 또 집었다.

"올곧은 일이니 나눔이니 더불어 살아가느니 온갖 좋은 말들을 머릿속에 집어넣으며 시험 칠 땐 만점을 받고선, 저 자신은 지독히도 거꾸로 살았다는 걸 깨달았어요."

드디어 말이 나왔다. 아버지를 바라볼 수가 없어 손에 든 곶감을 내려다보았다.

"아이들이 저를 따돌리는 건 자기네들이 나처럼 잘난 사람이 될 수 없기 때문에 시기하고 부러워하는 거라고 생각했던 저였어요. 그런 제가 스스로를 이렇게 인정하는 게 쉬웠겠어요?"

"……."

구석진 곳에 정돈되어 있는 어머니의 다기(茶器)를 바라보았다.

"전 우리 집안의 종손이잖아요. 제가 지금까지 살아온 시간들이 너무도 부끄러웠어요. 제가 잘한 건 한 가지밖에 없었더라고요. …… 시험 점수 따기…….”

입에 올리지 않았지만 지난 시간은 끈질기게 예하를 따라다녔다. 미칠 것 같았다.

“아버지.”

아버지를 불러놓고도 고개를 들고 아버지를 바라볼 수가 없었다. 여전히 곶감은 손에 든 채였다. 바람과 햇볕의 힘으로 말린 감에 꽂힌 꼬챙이를 뽑아 그늘에 두니 분이 생겼다. 분이 무언가 했더니 가루다. 곶감은 붉은색이 아니라 하얀색이라야 진짜 곶감이라던 말이 떠오른다. 붉은 곶감을 만들지 않던 시절엔 먹음직하게 보이도록 하기 위해 밀가루를 바르는 사람도 있었다고 했다. 곶감을 잘 몰랐다. 잘 모를 때는 마음이 편했다. 꼬챙이에 꽂지 말라고 하니 예전엔 아무렇지도 않았던 고리 모양의 곶감이 크게 잘못된 것처럼 흉해 보인다. 어머니가 손질해 놓아서 구멍이 표시가 나는 것도 아닌데 감을 꿰뚫었던 나무 꼬챙이까지 잊히지는 않았다. 곶감을 보는 순간 구멍은 되살아났다.

우리 종손, 우리 종손 하던 할아버지가 생각났다.

아버지는 아무 소리도 내지 않았다. 곶감을 집지도 않았고 씹지도 않았다. 새벽처럼 대곡천 물 흐르는 소리가 크게 들린다.

예하는 색깔이 달라 보이는 곶감 부분을 떼어 냈다. 꼬챙이가 꽂혀 구멍이 뚫린 부분이 어쩐지 상한 것 같은 기분이었다. 모를 때는 아무렇지도 않았던 것이 알고 나니 이런 것까지 신경이 쓰인다. 아는 것이 무조건 힘이 되는 것은 아니었다. 곶감을 입에 넣었다. 씹고는 있었지만 맛을 모르겠다.

"아버지, 제가 사흘 만에 집에 돌아온 건 우리 반 일진 덕분이었어요."

곶감을 집으려던 아버지의 손이 멈추었다.

"일진이라고?"

아버지가 곶감을 집었다.

"아버지, 섭섭하시죠? 아버지가 아니라서요."

"그런 건 아니야. 네 마음을 움직인 아이가 있었다는 게…… 고맙다."

예하도 곶감을 집었다.

"아버지, 태균인 주먹이 무기였어요. 태균이는 저에게 관심 밖이었어요. 상대할 가치가 없었거든요. 인간 취급도 하지 않은 거죠. 그런데 오직 한 사람, 태균이가 돌아오라는 문자를 보낸 거예요."

그때의 일을 예하는 지금도 생생하게 떠올릴 수 있다.

– 같은 반이라 자랑스러울 때가 있다. 이 재수 없는 새꺄. 태균.

처음엔 문자를 보낸 사람의 이름을 보고서도 태균이라고 생각하지 않았다. 믿을 수가 없었기 때문이다. 태균이가 문자를 보낼 리가 없었다. 다른 사람도 아닌 예하에게. 태균이의 일거수일투족이 예하에겐 가소롭기만 했다. 예하는 태균이를 미워하거나 욕도 하지 않았다. 부정적인 관심조차 아까운 존재였다. 두 번째 문자에서 '이 재수 없는 새꺄'라는 글귀를 다시 보았을 때, 그때야 비로소 태균이라는 확신이 들었다. 다른 어떤 내용도 아닌 '이 재수 없는 새꺄'를 보는 순간 눈물이 쏟아졌다. 태균이의 전화번호를 저장했다. '저장되지 않은 번호'가 '김태균'으로 바뀌었다.

시간이 꽤 흘렀는데 그 말을 입에 담는 순간 또 예하의 목이 잠겼다.

"예하야, 우리 곶감 먹으면서 얘기하자."

아버지가 들고만 있던 곶감을 입으로 가져갔다. 아버지를 따라 곶감을 삼켰다. 이상하게도 태균이 이름을 떠올리는 순간 마음이 차분해지고 있었다. 곶감의 단맛이 온몸으로 퍼져나갔다. 태균이가 학교생활을 어떻게 하는지, 예하가 태균이를 어떻게 대했는지 하는 얘기가 비로소 술술 나왔다.

태균이의 말이 어떤 뜻인지 알 것 같다고 아버지가 말했다. 아버지의 학창 시절은 눈에 띄지 않는 어중간한 위치에 있었다고 하는 게 맞지만, 그래도 예하보다는 태균이에게 더 가까워서 태균이 심정을 이해하기가 어렵지 않다 했다.

아버지와 나누는 얘기가 잠자리에 누워서도 끝날 줄 몰랐다.

"예하야, 태균이도 세상에 적응한다고 너만큼 힘이 들 거야. 이해하고 있는 거지?"

아버지가 예하의 대답을 꼭 들을 생각을 한 것은 아닌 모양이었다. 아버지가 학교 다니던 때 얘기가 곧 이어진 걸 보면. 학교 폭력이라며 신문이나 방송에 나곤 하는 일이 그때도 있었다는 것이다. 그땐 지금만큼 정보력이 없어서 주변의 일만 알았지만 충격은 이제나저제나 같지 않겠는가. 아파트에서 떨어져 죽는 아이 얘기는 들어본 적이 없었지만 죽고 싶어 하는 아이는 많았다고 했다. 예하나 태균이 같은 아이는 어느 때고 있었다는 말이다. 그러고 보면 시대나 아이들 탓이 아니라 대한민국의 교육 제도에 문제가 있다고 아버지가 논리를 펴 나가기 시작했다.

밤이 점점 깊어가고 있었다. 아버지와 둘이 이렇게 오랜 시간 얘기하는 것은 좀처럼 없는 일이었다. 아버지와 할 얘기가 이렇게 많을 줄 몰랐다. 생각해 보면 중학교 입학하고부터 부모님과 대화를 하는 일이 급격하게 줄어든 것 같다. 한 지붕 아래 살면서도 다른 가족으로 살지 않았나 하는 뉘우침이 일었다. 아버지는 지치지도 않고 열변을 토해냈다.

아버지가 예하를 깨웠다.

"곤하게 자기에 그냥 뒀다. 어제 우리가 꽤 늦게까지 나라 걱정을 했거든."

컴퓨터를 하거나 텔레비전을 보거나 책을 읽지 않고 그냥 이야기만 하면서도 오랜 시간을 보낼 수 있다는 걸 처음 알았다. 그런 사실을 아버지와 있으면서 알게 되어 좋았다. 아버지가 깨우러 왔지만 이불 속에서 뒹굴며 늑장을 부렸다. 그러다가 암각화 생각이 났다. 반구대에서 지내려고 한 목적을 잊을 뻔했다.

후다닥 밥을 먹고 대곡리암각화로 달려갔다. 한 무리의 꼬맹이들이 재재거리며 걸어가고 있었다. 꼬맹이들의 걸음이 늦어서 지나쳤다. 문화해설사 선생님이 반갑게 맞아주었다. 이른 아침 시간에 홀로 암각화를 바라볼 기회를 놓쳐 아쉬웠다.

조금 있으니 예하가 지나쳐온 꼬맹이들이 재재거리며 도착했다. 그럴 만한 사정이야 있겠지만 하필이면 이런 추운 겨울에 암각화를 보러 오나, 싶다. 꼬맹이들을 보니 예준이 생각이 났다. 꼬맹이들은 모자에, 목도리에, 장갑에, 두꺼운 털외투에 단단히 감싸고 왔다. 감기에 걸리지는 않을 것 같다.

꼬맹이들의 인솔자가 떠드는 아이들을 조용히 시킨 후에 암각화 설명을 하기 시작했다. 아주아주 오래 전에 바위에 그림을 새겼노라고, 290여 가지나 되는 많은 동물과 사람을 볼 수 있노라고, 이렇게 수많은 동물이 잘 새겨진 암각화는 세계에서 하나밖에 없다고. 꼬맹이들은 크게 감탄을 하며 열심히 듣고 있었다. 안내게시판을 가리키며 인솔자가 물었다.

"이게 뭘까요?"

"고래요."

꼬맹이들이 일제히 소리쳤다. 미리 교육을 받고 온 것 같았다.

"맞았어요. 고래예요. 우리 울산에서 오래전부터 고래를 잡았다는 걸 알 수 있게 해 주지요. 고래잡이 모습이 새겨져 있는 반구대암각화는 세계에서 가장 오래되고 가장 많은 고래를 새긴 거라고 해요. 대단하죠?"

"예."

꼬맹이들이 노래하듯이 대답했다. 이어서 사슴이며, 호랑이며, 멧돼지를 찾기도 했다. 보물찾기 놀이를 하는 것 같았다.

"선생님, 망원경으로 보면 고래가 보여요?"

"그러엄, 볼 수 있어요."

꼬맹이들이 앞다투어 망원경으로 몰려들었다. 꼬맹이들 키에 맞는 망원경은 하나밖에 없었다.

"선생님 말을 잘 듣는 사람에게만 보여요. 줄을 서세요. 자, 줄을 서세요."

꼬맹이들이 줄을 섰다. 망원경에서 내려오는 꼬맹이들은 아무도 그림을 발견하지 못했다. 시무룩해졌다.

"지금은 햇빛 방향 때문에 그림이 잘 보이지 않아요."

해설사가 꼬맹이들에게 말했다. 꼬맹이들을 데리고 온 인솔자가 웃었다.

"자, 망원경을 본 친구는 이쪽으로 서세요. 다 보면 출발할 거예요. 다른 곳에 가면 안 돼요."

망원경 앞에 갔다 온 꼬맹이들이 모였다.

"아주아주 오래 되었는데 지금도 볼 수 있는 건 아주 놀라운 일이에요. 앞으로도 저 그림을 잘 지켜야 해요. 알겠죠?"

이번엔 꼬맹이들이 노래하듯 예, 하지 않았다.

안 보여요, 몰라요, 없어요, …….

웅성거리는 꼬맹이들에게 인솔자가 말했다.

"자, 우리 친구들, 해설사 선생님에게 인사하고 갑시다."

꼬맹이들은 귀엽게 인사를 하고 다시 재재거리며 암각화 앞을 떠났다. 시무룩했던 표정은 금방 사라지고 장난을 치고 까불거리는 꼬맹이들의 발걸음은 여전히 가벼웠다. 꼬맹이들이 떠나기 전에 등산복을 입은 한 무리의 어른들이 도착해 있었다. 해설사는 몹시 바빴다.

“아따, 마음이 나쁜 사람 눈에는 안 보인다며.”

“그림을 발견하면 좋은 일이 생긴다던걸.”

어른들이 허허거리며 웃었다. 몇 사람은 망원경 앞에서 서성거렸고, 몇 사람은 해설사의 설명을 들었고, 또 다른 사람들은 사진을 찍었다. 망원경으로 절벽을 관찰하던 사람이 해설사에게 어떻게 하면 보이느냐고 물었다.

“보기가 힘들어요. 하루 중에 잘 보일 때가 따로 있어요. 그림자가 조금 생길 때가 좋아요. 그러나 안 보이더라도 거기에 있는 그림은 이곳에서 확인할 수 있어요. 여기를 보세요. 안내문도 있으니까 참고로 하시고요, 방명록도 작성해 주세요.”

예하는 떠들썩한 암각화 앞을 떠났다. 해설사에게 반갑게 인사는 하지만 해설 내용은 불만이었다. 뭐랄까. 무언가 중요한 것이 빠져 있다는 생각이 들었다. 바위 뒤편의 산세라든지 대곡천 물길이 곡선을 이룬다든지 하는 풍수 이야기를 펼쳐 보이는 건 어떨까. 옛사람들의 사고방식을 이해하는 그런 시대적 체험 같은 것이 부족한 것이다. ‘배산임수(背山臨水), 산을 등지고 물을 바라본다’나 ‘장풍득수(藏風得水), 바람을 보듬고 물을 얻는다’는 풍수는 선사인의 고래토템과 함께 이해해야 하는 것이다. 특히 대곡리암각화와 천전리암각화가 대곡천 깊숙이 숨어 있는 것은 명승이 가지는 숨은 비경이라는 '숨어 있음'에 대한 의미가 새겨져야 한다. 은둔지는 명승지의 다른 말이기도 하지 않는가. 예하는 오두님이 다가와 속삭이는 소리를 들었다.

그랬다.

암각화는 선생님 말을 잘 듣지 않아서 안 보이는 게 아니었다. 마음이 나빠서 보이지 않는 것도 아니었다. 반구대암각화가 점을 치는 것도 아니다. 절벽에 이런저런 그림이 있다고 설명하는 것, 중요하다. 그렇지만 그렇게 끝날 것 같으면 굳이 반구대까지 올 필요가 없지 않은가. 동영상 자료가 얼마나 많은데. 아이들은 보물찾기하는 것처럼 놀다가 갔고, 어른들은 아, 아하, 몇 마디를 하고 사진을 찍느라 바빴다.

허전했다. 답답했다.

집으로 돌아가니 아버지가 방 정리를 하고 있었다.

"왜요, 아버지? 어디 가요?"

"예하야, 어머니가 점심 같이 먹자고 오래. 괜찮지?"

"예. 점심만 먹고 오는 거죠?"

"그렇게 하고 싶어?"

“여기에 더 있고 싶어요. 어머니랑 준이 보고 다시 왔으면 해요.”

“그러자, 그럼.”

“아버지도 괜찮아요?”

“나야 여기 있으면 신선놀음이지.”

신선놀음이라고? 아주 익숙해진 말이다. 예하는 픽 웃으며 운전석 반대편 문을 열었다.

울산의 아파트 현관문을 열자 예준이가 달려 나왔다. 오랜만에 식구들이 다 모여서 점심을 먹게 되었다. 식구들이 모두 모여서 밥을 먹는 게 이렇게 즐거운 일인지 미처 몰랐다.

점심을 먹고 나서 윷놀이를 하기로 했다. 예준이가 의자에 달랑 올라가 달력을 내렸다. 달력 뒷장에 윷판을 그려놓았다. 가운데 점에 북극성이라는 글자가 있었다. 윷판은 북두칠성 네 개를 합쳐 놓은 거라는 말을 들은 적이 있다. 윷가락은 문방구에서 파는 것이 아니라 서각이 되어 있는 아버지표였다.

거실에 요와 이불을 깔아놓고 가락윷을 던졌다. 코리안신대륙발견 사이트에서 한국 윷과 똑같은 인디언 윷과 윷말판을 찾아낸 뉴스를 본 적이 있다. 오두님의 발굴 업적이다. 인디언들을 코리안 타운에 초청하여 코리안과 인디언 합동 윷놀이를 했다고 한다. 코리안(Korean)과 인디언(Indian)을 친척이라 하여 콘디안

(Korndian)이라는 말을 만들었다. 또 하나의 정명(正名)이다. 포항 칠포리 오줌바위 암각화 사진에서 윷말판을 본 기억이 있는 예하에게 그 옛날 코리안들이 아메리카로 갔던 흔적들이 아메리카 인디언 문화 곳곳에 스며 있다는 연구가 놀랍게 다가왔다.

"아버지, 인디언들도 우리처럼 지게를 지고 짚신을 신었다잖아요. 윷놀이 규칙도 거의 비슷하대요."

아버지가 고개를 끄덕였다.

"윷말판이라는 것은 28숙의 별자리라며?"

"중앙의 북극성을 중심으로 북두칠성이 사철 돌아가는 모양이래요."

"나도 북극성하고 북두칠성 알아."

아는 정도가 아니었다. 예준이는 북극성을 매우 좋아했다. 예하가 예준이 머리를 쓰다듬어 주었다.

"인디언의 메디신휠(Medicine Wheel)이라는 것도 같은 모양이래요."

"치유의 바퀴라 했지?"

"자, 말놀이 그만하고 윷놀이 합시다."

어머니가 예하와 아버지의 대화를 멈추게 했다.

예준이는 자기 편 말이 북극성에 머물게 될 때마다 자지러지게 좋아했다. 아버지가 예전엔 마당에서 멍석을 깔아놓고도 했다고 하는 바람에 감기가 다 나으면 반구대 마당에서 꼭 윷놀이를 하기로 약속을 하고 나서야 윷놀이가 끝났다. 윷놀이가 끝나고 나서는 푹 쉬었다. 예준이가 조금 더 하고 싶어 했지만 놀고 나면 쉬어야 한다고 말하자 두 말 없이 따랐다. 어머니가 저녁을 먹고 가래서 예준이와 더 놀아주기로 했다.

"형아, 반구대 마당에서 구슬치기하고 비석치기 할 때 굉장히 재미있었어. 오늘 윷놀이도 재미있고."

"넌 컴퓨터 게임 좋아하잖아. 매일 엄마나 아빠 휴대폰 달라 해서 게임하고 놀면서."

"컴퓨터 게임보다 윷놀이가 더 재밌어."

"그래? 에이, 안 믿어져."

"구슬치기, 윷놀이는 서로 마주보기도 하잖아."

"무슨 뜻이야?"

좋아하고, 아쉬워하고, 고함치고, 흥겨워하고, 속상해하고, 잘난 척하고, 고민하고, 얼싸안고, 손바닥으로 맞장구치고, 숨을 죽이고, 펄쩍펄쩍 뛰고. 더 재미있는 건 상대편의 그런 모습을 즐기기도 하고, 제 편과 기쁨을 나누기도 한다는 것이다. 신기한 것은 상대편이 놀이를 하려고 기다리는 모습까지 재미있다는 것이다.

예전엔 천지 기운을 점치는 역할로 윷을 던지는 풍속이 있었다. 칠포리 암각화 바위에만이 아니라 윷말판이 새겨져 있는 암각화는 우리나라 곳곳에서 발견이 되고 있다. 길흉화복을 알아 천지의 이치에 조화롭게 살아가기 위한 제의로 던졌던 윷이라 오늘날도 윷놀이가 화목한 우의를 다지는 몫을 담당하는 것 같다.

저녁을 먹기 전에 컴퓨터에서 이메일을 확인하고 도서관에 다녀왔다. 서가 사이를 누비면 읽고 싶은 책들이 서로 자신을 고르라고 꼬드겼다. 순서를 정하는 게 여간 어렵지 않았다. 순수과학 중에서 고래와 나무에 관한 책을 대출했다. 살아있는 거대한 동물 '고래'와 나이가 많고 커다란 나무 '노거수(老巨樹)'를 읽을 참이다.

저녁을 먹으면서는 암각화 얘기가 꽃을 피웠다.

"어머니, 암각화를 보러 오는 사람들이 왜 그냥 보기만 하고 갈까요?"

예하가 낮에 대곡리암각화에서 보았던 꼬맹이들과 어른들 얘기를 했다. 천전리암각화에서 만난 방문객들 얘기도 덧붙였다.

"그냥 보고 가지 않으면?"

"나도 잘 모르겠어요. 그런데 그냥 보고만 가는 건 …… 아니라고 생각해요. 그러니까 반구대에 오면 암각화가 안 보이니 그냥 게시판만 보고 가는 것이 영 이상해 ……. 고래암각화를 직접 볼 수 없는 문제를 반드시 해결해야 해요."

어렵게 얘기를 끝내자 아버지와 어머니가 서로를 마주 보았다.

"하루 빨리 사연댐 물속에서 고래암각화를 구해내야 할 텐데."

아버지의 말이었고.

"아마도 예민한 문제라서 해설사 선생님도 그 문제를 섣불리 말할 수 없어서인지도 몰라. 먹을 물도 필요하고, 세계적인 문화유산도 지켜야 되잖아. 쉬운 일은 아니야."

어머니가 진지한 얼굴로 말했다.

"몇 해 전에 울산의 어느 신문 기자가 포르투갈의 포즈코아 암각화를 취재한 적이 있었어요. 댐 건설 때문에 세계적인 문화유산이 물에 잠길 것 같아 포즈코아 시민들이 1년 동안 반대 운동을 해서 암각화를 지켰다고 했어요. 인구 9천 명의 작은 도시가 세계문화유산으로 등재된 덕분에 세계의 주목을 받는 도시가 된 거죠. 포즈코아 시장이 말했대요. 댐은 다른 지역에 새로 건설할 수 있지만, 인류의 유산이 물에 잠겨버리면 그것으로 끝이라고요. 마음이 모아지니까 힘이 엄청 커지더라고요."

어머니, 아버지가 귀를 기울였다. 예하가 무슨 말을 하고 있는지 모를 것 같은 예준이는 분위기에 압도되어 가만히 있었고. 잠깐 숨을 고르던 예하가 다시 말을 이었다.

"포즈코아 암각화는 구석기시대, 그러니까 2만여 년 전의 그림부터 있어요. 코아강을 따라 20여 킬로미터에 걸쳐서 분포되어 있고요."

"넓은 지역이구나. 그래서 중요한 곳이라고?"

어머니가 물었다.

"중요한 건 고대인의 자취예요. 고대인이 현대인에게 말을 걸고 있거든요."

"언제 그런 생각을 한 거야? 예하가 고등학교 졸업도 않고 바로 대학생이 된 거 같아."

어머니가 감격했다.

"요즘 예하와 대화를 많이 해요. 놀랄 때가 아주 많아요."

아버지가 무슨 굉장한 진리를 말하는 것처럼 무게를 잡고 어머니에게 말했다. 대답하는 어머니 목소리가 잠겼다.

"어머니도 참. 내가 금메달이라도 땄어요? 민망하게."

아버지에게는 '저'라고 자신을 가리키는데, 어머니에게는 자신도 모르게 '나'라고 하는 이유를 모르겠다.

"맞아, 예하야. 엄만 네가 금메달을 따 온 것 같아."

"예하 입에 금반지라도 물려야 되는 거 아닌가. 티비 보면 운동선수들이 곧잘 그러대."

아버지가 우스개를 해서 모두들 웃음을 터뜨렸다.

어머니와 아버지는 10년째 계속되는 중앙의 문화재청 입장과 지방의 울산 시청, 시민단체의 입장으로 나누어져 서로 다른 의견을 주고받았다. 아버지는 중앙 문화재 의견을 내세우고 어머니는 용수문제도 중요하다는 입장을 굽히지 않았다. 예준이가 재미없다고 칭얼거리지 않았으면 한참 동안 더 이어졌을 얘기가 끝난 것은 저녁을 먹고 과일까지 먹은 후였다.

"반구대암각화가 2010년 1월에 세계문화유산 잠정목록에 등재되었고, 반구대암각화 보존을 위한 국제학술세미나가 몇 번이나 개최되었어. 조만간 암각화를 보존할 길이 열리게 될 것 같아. 암각화가 모두 사라지기 전에 해결해야지. 모두들 대통령의 대선공약에 기대를 많이 하고 있어."

아버지가 결론을 내리듯 말했다.

–물에 잠긴 암각화라는 것은 숨 쉬는 고래를 물 밖으로 내보내지 않는 물고문 폭력과 같아요.

반구대로 돌아오는 길에 어머니가 딱딱한 표정으로 했던 말을 떠올렸다. 암각화를 지켜야 한다는 데는 어머니도 아버지와 입장이 다를 리가 없었다. 부드러운 어머니가 그런 표정을 지으니 무척 엄격해 보였다. 하긴 집안에 큰일이 있을 때의 어머니는 보통

때의 어머니와 다르다. 수많은 친척들 속에 있으면 어머니가 무척 중요한 사람이라는 게 표시가 났다. 제사상 앞에 설 때면 아버지를 중심으로 예하와 집안사람들이 서듯이 어머니도 '나를 따르라'를 하고 있는 것 같다.

– 종부는 하늘이 내린다더니 그릇이 달라. 암, 다르고말고.

친척들이 어머니에게 자주 하는 말이다.

– 별 말씀을요. 그냥 하느라고 해요.

어머니의 대답.

– 이렇게 큰살림을 어떻게 해요. 제사가 조음 많아요. 생각만 해도 끔찍해요.

– 고단함만 생각하면 힘들어서 어떻게 살아요. 집안 어르신들이 알아주시고, 힘이 되어 주시니까 보람도 있어요.

어머니가 그렇게 말하면 모두들 또 왁자지껄했다. 역시 종부는 타고나는 거라고. 어머니가 말하는 보람이 포르투갈의 포즈코아 시민들의 보람과 통하는 걸까. 사람들은 종손으로 태어난 아버지에게는 하늘에서 내렸다는 말을 하지 않았다. 아버지는 틀림없이 타고났는데 타고났다고들 하지 않았다. 타고나지 않은 어머니는 어느 날 아버지를 만나서 종부가 되었다. 타고난 게 아니라 선택이었다. 어쩌면 선택을 한 용기를 칭찬하는지도 모르겠다. 용기에는 힘이 있다. 포즈코아 시민들이 1년 동안 암각화를 지키기 위해서 시위를 할 수 있었던 것도 그런 용기의 힘이겠지.

"왜 말이 없어?"

"그냥 생각 좀 하고 있어요."

"무슨 생각인지 물어봐도 돼?"

"어머니 생각."

"돌아갈까?"

"아니요, 떨어져 있으니까 어머니가 더 잘 보인다는 생각이 들어요."

"과연 우리 종손인데!"

아버지가 허허허 웃었다. 아버지가 웃는데 할아버지 생각이 났다. 우리 종손, 우리 종손 하던 할아버지. 반구대로 들어갈 때 차를 타지 않았던 옛적, 반구대로 굽어드는 반구대안길 입구에서부터 반구대 집까지 걸어오던 길을 벗해 주었다던 호랑이 새끼 두 마리. 할아버지 얘기에 등장하는 호랑이는 늘 '호래이 새끼'였다.

울컥 뜨거운 것이 치밀어 올랐다.

아침을 먹자마자 예하는 대곡리암각화로 달려갔다.

간밤에 울산에서부터 암각화가 물에 잠긴다는 걱정을 해서인지 물부터 보였다.

대곡천은 물이 무척 맑았다. 겨울이라 대곡천이 얕게 흐르고 있어 반구대 거북바위 절벽에 새겨진 각자들도 제대로 볼 수 있는 계절이다. 어느 해 집중 폭우가 쏟아지는 바람에 바위벽의 각자들을 볼 수 없도록 거북바위가 완전히 물에 잠겼다. 반구대 주변을 돌며 끊임없이 촬영을 하는 사진작가가 그 모습을 카메라에 담아서 확대해 주었다. 그 사진을 액자에 넣어 걸어놓았다. 사진을 볼 때마다 거북이가 대곡천 물에 둥둥 떠 있는 것 같아 신기하고, 거북바위 산등성이도 곧 몇 백 년 내려온 조선시대의 각석을 모두 잃어버리게 될 것 같아 안타깝다.

잠깐 거북바위 산등성이 반구대를 생각하다가 다시 대곡리암각화로 돌아왔다.

물끄러미 암각화 앞을 흐르는 물을 바라보았다. 목책을 넘어갈 수 없어 거리를 두고 바라보는 대곡천은 정체를 알 수가 없다. 물높이는 여름에 비해 많이 낮아졌다. 깨끗한 식수가 없어 병에 걸려 죽어가는 아프리카의 아이들이 얼마나 많은데 흐르는 물을 원망할 수 있으랴. 원망은 물이 아니라 물길을 막은 사람이 들어야 한다.

두려움이라는 낱말이 다시 떠올랐다. 좀처럼 이겨낼 수 없는

질기고 힘이 강한 두려움이라는 낱말이 예하를 몹시 혼란스럽게 만들었다. 울산 집에서 어머니, 아버지와 나눈 얘기들이 어지럽게 떠올랐다. 꼭 혼란스러운 머릿속을 정리라도 하는 것처럼 혼잣말로 중얼거렸다.

사람들이 죽어 갔다. 갑작스럽게, 혹은 서서히 고통스럽게. 해가 지고 어두워지면 갖가지 소리가 들릴 것이다. 누가 내는 소린 줄 몰라 얼마나 두려웠겠는가. 시체는 땅속에 묻었지만 그들도 소리를 내고 있는 것 같았을 것이다. 살아있는 사람들은 살아있다는 자체가 몹시 두려웠는지 모른다. 살아있다는 게 무엇인지 알고 싶었을 것이다. 죽은 자들이 왜 죽음을 맞아야 하는지 생각하고 또 생각했을 것이다. 언젠가 살아있는 사람들에게도 닥칠 일이었으니까. 왜 그들이 먼저 죽어야 했는지도 알고 싶었을 것이다. 어떤 사람은 살아있게 하고, 어떤 사람은 죽게 만든 존재가 있다고 생각하기 시작했을 것이다. 그렇지 않고서는 도저히 삶과 죽음을 받아들일 수가 없었을 테니까. 태어난 순서로 죽는 것도 아니고, 남자 여자로 구분되는 것도 아니지 않는가. 어떤 사람은 상처를 입어 피를 흘리며 죽는데, 어떤 사람은 피를 흘리지 않는데도 죽는 경우도 있었을 것이다. 어떤 사람은 끙끙 앓다가 죽는데, 또 어떤 사람은 아침에 일어나니 죽어 있기도 했을 것이다. 보이지 않는 어떤 존재가 얼마나 두려웠겠는가!

예하는 뚫어지게 절벽을 바라보았다.

암각화를 그렸던 선사인은 죽은 자들도 산 자와 함께 이 세상 어딘가에 다른 모습으로 살아가리라 믿고 싶었을 것이다. 예하가 엊그제는 천전리암각화에 있다가 지금은 이곳 대곡리암각화 앞에 있는 것처럼.

선사시대에는 사냥을 잘하는 법, 움집을 튼튼하게 짓는 법, 불을 잘 일으키는 법, 열매를 따는 법, 씨앗에서 싹을 트게 하는 법…… 어떤 일이 되었건 아주 잘하는 사람은 많지 않았을 것이다. 생각도 아주 잘하는 사람에게 맡겼을 것이다. 생각을 아주 잘하는 사람은 모두를 설득하는 법도 잘 알았을 것이다.

모두를 설득할 수 있는 존재는 원시 무당인 샤먼이었을 것이다.

사냥을 잘하는 사람은 따로 있는데, 샤먼은 사냥하는 법을 다른 사람에게 잘 전달했다. 선수보다 코치가 방법은 더 잘 아는 것처럼. 바람이 불고, 비가 오는 것도 가장 잘 알아맞혔다. 사람이 죽는 때를 말하기도 했다. 두려움에서 벗어나기 위해 궁리한 끝에 샤먼이 찾은 것은 새로운 두려움이었다. 그러나 알 수 없는 수많은 두려움에서 벗어나게 해 줄 수 있다는 믿음의 대상으로 샤먼이 존재한다는 것은 큰 위안이 되었다. 원시 고래잡이 부족들은 사람이 죽으면 고래가 된다고 믿었다고 했다. 아니, 고래가 되고 싶은 간절한 소망을 말했다. 그런 소망이 모였으니 고래는 조상귀신의 환생된 모습으로 다가왔다.

– 고래토템숭배시대에는 고래에 대한 많은 종교적인 풍속과 문화가 있었다. 고래를 숭배하면서 위대한 고래를 사냥하기 때문에, 감히 사람이 고래를 사냥할 수가 없었어. 신의 이름으로 종교적 의식을 치르듯이 고래가 고래를 사냥한다는 조건을 행했지. 그것이 작살을 범고래 뼈로 만들게 했다. 사람이 고래를 잡는 것이 아니라 범고래가 수염고래를 사냥하게 한다는 것이지. 무속적(巫俗的)인 장치야. 그래서 배에 올라탄 작살잡이는 신들려서 고래사냥을 한다고 믿은 것이지.

– 작살잡이가 신들렸다는 그때의 신은 어떤 신입니까?

– 범고래 신이지. 아메리카 인디언 고래잡이들에게는 범고래 토템폴이 가장 많아. 그러니까 고래를 잡아먹는 범고래신의 이름으로 대왕고래 같은 수염고래를 사냥한 거야. 그러나 조상으로 여긴 귀신고래는 사냥하지 않았다.

– 작살잡이가 곧 샤먼이 되는 것입니까?

– 샤먼이 주문을 외우면 작살잡이는 신들린 영매 역할을 하는 것이야. 무당이 주문을 욀 때 손에 대나무를 잡은 대잡이와 같은

위치에 작살잡이가 작살을 잡고 고래사냥을 한 것이지. 푸닥거리에서 대잡이 굿은 고래사냥을 할 때 작살잡이 손에 잡힌 대나무 작살을 든 작살잡이 굿의 전승일 수도 있어.

샤먼은 사람이 죽어 환생했다고 믿은 짐승들을 바위에 새기려고 했을 것이다. 바위에 새길 수 있는 사람도 샤먼의 허락을 구해야 마땅했겠고. 가장 정결하고, 가장 성실하고, 가장 끈기가 있고, 가장 참을성이 많은 자. 이 모든 것을 갖추고도 고래를 숭모하는 마음이 없는 자는 결코 새기는 자가 될 수 없었을 것이다.

조상을 새겼다. 샤먼과 신의 대화를 새겼다. 환생한 동물 신선을 새겼다. 사냥을 하고, 고기를 잡고, 아이를 낳고, 기르고. 사람도 짐승도 작살도 배도 새겨짐으로써 살아있는 자와 죽어 환생한 자의 삶이 함께 어우러졌다. 그것이 암각화다. 암각화는 결국 살아있는 사람들의 환생 세상을 표현한 것인 셈이다. 살아있는 사람들은 영원히 죽지 않는다는 것을 믿고 싶었고, 믿었고, 눈으로 확인했다.

그렇게 두려움을 이겨낸 것인가. 신성한 동물과 신성한 샤먼과 신성한 바위그림의 존재가 새로운 두려움을 낳지는 않았을까. 결국 두려움은 이겨낼 수 없는 것인가.

새기는 것으로 두려움을 이기려고 했어도 죽은 자 모두를 새길 수는 없는 일이다. 특별한 위치에 있었던 사람들에 한해서일 것이다. 예하네 집안에서 제사를 지낼 때 보면 술잔은 세 번을 올렸고, 언제나 첫 번째 잔을 올리는 사람은 아버지였다. 아버지는 집안 제사에서 언제나 제주였다. 아버지는 조상을 추모하는 후손들을 대표하는 사람이었다. 바위에 새겨진 고래는 살아있는 모든 사람들에게 자신이 그리워하는 존재를 대신했을 것이다. 그렇게 새긴 조상귀신, 고래들의 후손, 그 후손의 후손, 또 그 후손의 후손 …… 모든 후손이 되는 것이다. 그 후손 속에 예하도 있을 것이다.

결국 수천 년 전의 암각화는 현대를 살아가는 사람을 위한 것이었다고? 암각화가 눈 깜짝할 사이에 수천 년을 뛰어넘어 예하 가슴에 턱 안겼다. 예하는 가슴에 안긴 암각화가 너무 무거웠다. 뒷걸음질 쳐서 목책을 물러났다. 몇 걸음을 옮기다가 멈추고 다시 목책으로 다가가면서 의문을 던진다.

– 중국이나 일본에는 왜 고래암각화가 없었습니까? 거기에도 사람들이 살고 있지 않았는지요?

– 선사시대의 일본은 아직 사람들이 제대로 정착을 못한 곳이었어. 8세기까지도 일본 사신이 당나라에 갈 때는 신라 배를 타고 가야 했지. 당나라 사신도 신라 배를 빌려 탔고.

– 우리 민족이 선사시대부터 세계에서 가장 막강한 항해술을

가졌다는 말씀으로 들립니다. 그 세계적인 항해술이 언제까지 최강이었다고 생각하십니까?

–장보고의 신라배는 당나라와 왜국의 항해 때 필수적인 수단이었다. 고려시대에는 신주(神舟)라는 배를 만든 고려인들의 조선기술이 송나라에 수출되었다. 오늘날 중국인들의 우주선 이름인 션쵸우(神舟)가 고려인들이 만들어준 신주(神舟)에서 나온 말이야. 조선시대에는 왜선을 백전백패시켜 세계를 놀라게 한 거북선이 있었다.

현대에 와서도 한국인들의 조선술은 세계 최고다. 세계적인 조선업체 중에서 1등에서 5등까지가 모두 한국의 조선업체라고 알려져 있다. 선사시대 반구대암각화의 고래잡이배를 만든 후예답다.

가슴이 벅차다.

급하게 걸어 집으로 갔다. 아버지가 무슨 일이 있느냐고 물었다. 고개를 가로저으며 냉장고 문을 열었다. 음료수를 끄집어내자 따뜻한 물이 더 낫지 않겠느냐고 아버지가 말했지만 단숨에 마셔버리는 걸로 대답을 대신했다. 시원했다.

방에 벌러덩 누워 책을 들었다. 나무 이야기다. 한국의 천연기념물 중에서 노거수 편이었다.

나라에 큰일이 있을 때마다 오래된 나무 중에서 소리를 내어 울지 않은 나무는 없었다. 신령스럽다. 오래되고 큰 나무에 새끼줄이 감겨 있던 모습을 떠올렸다. 왼쪽으로 꼰 왼새끼 금줄이었다. 새끼줄은 두 줄을 엮는다. 그 새끼줄이 오른쪽으로 휘말리는 것은 이 세상에서 돌아가는 방향이고, 죽어 환생하는 피안의 세계는 왼새끼줄처럼 왼편으로 돌아간다고 믿었다.

예하는 벌떡 일어났다.

"아버지, 천전리에 다녀올게요."

"대곡댐에 가자고 할 줄 알았더니만."

"다녀올게요."

아버지는 사연댐에서도 대곡댐 건설을 안타까워했다. 아버지와 함께 찾은 사연댐은 일반 방문객이 접근할 수 없었다. 가슴이 찌르르 했다. 산으로 향해 있는 마을길을 따라 올라가 능선에서 사연댐을 바라보다가 돌아왔다. 스치는 겨울바람보다 이렇게 문을 굳게 닫고 댐을 지켜야 하는 현실이 더 추웠다. 물에 잠겨 있는 대곡리암각화는 숫제 얼음이다. 결국은 암각화는 선사인이 현대인에게 말을 걸고 있는 것이라 했다. 선사인이 애타게 문을 두드리는데 현대인은 냉담하기만 하다.

천전리암각화를 누군가 곧 짊어지고 사라지기라도 하는 듯 급하게 발걸음을 옮겼다. 보호줄, 그 줄로 천전리암각화를 보호할 수 있을까.

– 암각화는 중요한 우리 조상들의 선사시대 문화인데 왜 현대 문명에게 그렇게 따돌림을 받아야 합니까? 세계 최고의 유적을 가지고 있으면서도 제대로 보존 대책을 마련하지 못하는 우리나라 정부도, 제가 살고 있는 울산시도 부끄럽습니다.

– 예하야, 왜 그렇게 격해졌니? 감정을 앞세우는 것은 좋은 방법이 아니다. 소통이 우선이야. 문화재와 물 문제, 소통이 되면 지방자치권과 중앙정부 모두에게 최선의 정책이 나올 수 있지 않겠니. 나는 이미 반구대 지역이 국립공원이 되어야 한다고 주장했다. 귀신고래 회유해면인 울산만 고래바다까지 포함해서 말이다.

예하는 거의 뛰다시피 산길을 걸었다. 대곡리암각화는 물의 위협을 받고, 천전리암각화는 사람에게 지나치게 노출되어 있다. 물의 위협이라지만 그것도 역시 사람의 일이다. 결국 사람이 문제다.

달리던 발걸음을 천천히 하면서 군자(君子)는 족중(足重)이라는 말을 다시 생각했다. 가볍게 움직이지 말라는 뜻이 아닌가. 큰 강물은 급하게 달리기보다 느리게 움직인다. 그러고 보니 요즘 예하가 쓰는 어휘가 무척 예스러워졌다. ㅎㅎ, 이렇게 웃었고, zz, 이렇게 졸리느냐고 물었다. '짱'이니 '헐'이니 '베프'니 '찐따'니 하는 말로 충분히 의사소통이 되었다. 찐따? 은따? 전따? 왕따? 학급 아이들 모두가 예하를 따돌려서 예하는 전따였고, 왕따였다. 못난 놈들의 아우성이라 생각하여 예하도 모두를 따돌려 버렸다. 그랬었다. 학교를 따돌리고 학교 밖을 떠돌고 있을 때, 태균이가 외로우냐고 물을 때까지 외로운지도 몰랐다. 그 은근한 감정이 외로움이란 걸 몰랐다.

외로움?

집에서처럼 대곡천 물소리가 들렸다. 천전리암각화가 보이기 시작하자 물소리는 더욱 세졌다. 천전리암각화를 정면으로 바라보는 위치에 다다랐다. 발아래는 절벽이었다. 이층 집 높이 정도밖에 되지 않는다고 추락을 가볍게 볼 수는 없다. 아무리 유연하게 착지한다고 해도 저 아래 공룡발자국 위로 곤두박질할 것이다. 천전리암각화가 자리 잡은 곳을 건너편에서 바라보면 물도리동의 지형이 눈에 들어온다.

바로 눈앞에 있는 천전리암각화지만 가까이 가려면 다리를 건너야 한다. 비가 많이 온 날은 건널 수 없는, 너무 낮아서 징검다리를 슬쩍 이어놓은 것 같은 모습이다. 하도 어설퍼서 임시로 놓았나 싶을 정도이다. 다리를 건너도 어설프다는 생각을 떨치기 어렵다. 암각화 뒤편 30미터 지점에 임시로 지은 집에서 흘러나오는 유행가가 천전리암각화 주변을 휘어 감기 일쑤다. 문화 선진국의 모습과는 거리가 멀다.

하기는 국도에서 울산암각화박물관, 반구대암각화로 굽어 들어오는 반구대안길 입구도 어설프기는 마찬가지다. 세계적인 문화유산으로 가는 길인데 길이 좁아서 반대 방향으로 가는 차가 있으면 지나갈 때까지 기다려야 한다. 도무지 세계적인 문화유산을 대하는 태도가 아니다. 반구대암각화는 따돌림을 당하고 있는 것이다. 반구대암각화는 그래서 외롭다.

관광객이 빠뜨리지 않고 찾는다는 캐나다 밴쿠버의 유명한 공원이 떠오른다. 우리의 관광지 입구와는 사뭇 다른 모습이었다. 우리나라처럼 식당이 있기는 했다. 멋진 건물에 넓은 잔디밭을 가진. 우리나라의 관광지 입구라면 으레 보이는 식당 줄이 없어 의아했다. 유명한 관광지 입구라고 하기엔 빈 공간이 퍽 많아서 어른들 말을 빌리자면 '이 금싸라기 같은 요지를 이렇게 방치하다니.' 하며 애석해해야 할 지경이다.

예하는 천천히 계단을 내려가 천전리 바위에 새겨진 겹마름모와 동심원 문양을 바라보았다. 워낙 자주 본 그림이라 눈을 감아도 그려진다. 고래 떼를 형상화한 것이 겹마름모의 연속된 모습이고, 고래가 일으키는 물무늬를 형상화한 것이 동심원이라 했다.

암각화 아래쪽에 새겨진 신라의 이야기.

신라시대에도 고래를 잡았을까?

– 신라는 고래가 죽으면 왕으로 태어나고, 왕이 죽으면 고래가 된다고 믿은 나라가 아닙니까!

– 고래사냥은 고래숭배와 함께 이루어졌다고 하지 않았더냐. 원시부터 오늘날까지 고래잡이들은 부족의 조상으로 여기는 특정 고래는 잡지 않아. 때로는 모든 고래를 하나도 잡지 않기도 해. 베트남이 고래를 잡지 않는 대표적인 나라야. 신라인들도 다르지 않았을 것이다. 반구대 대곡리암각화는 일부 고래사냥처럼 보이는 장면이 있지만 그 가운데는 고래사냥이 아니라 고래숭배 그림으로 해석되어야 할 부분도 있다.

신라인들이 어떻게 고래를 잡을 수 있었겠는가. 오늘날의 베트남 사람들처럼 그들의 조상이면서, 어려움에서 구해주는 그들의 신인데. 물론 좌초된 고래를 거두기는 했을 것이다. 의도적이 아니라 잡아놓고 보니 고래이기도 했을 것이다. 고래라는 이름을 붙이지는 않았지만 뿔이 달린 큰 고기를 잡았느니, 수레에 실을 만큼 큰 고기라느니 하는 『삼국사기』의 기록을 보면 말이다.

천전리암각화의 고래 떼 겹마름모와 고래가 일으키는 물무늬 동심원과 나선형 문양을 바라보며 선사시대와 신라시대라는 수천 년의 시간차를 넘어 같은 고래토템으로 이어져 있음을 본다. 숨이 가쁘다. 예하는 길게 심호흡을 했다.

대곡천을 사이에 두고 천전리암각화와 짝을 이루는 거대한 바위벽이 대곡천 건너편에 우뚝 서 있다. 천전리암각화 암반과 비슷한 각도로 기울어져 있고, 크기조차 크게 다르지 않다. 계곡물을 사이에 두고 천전리암각화 바위와 함께 양쪽으로 벌어진 맞배지붕의 모습이다. 이끼를 잘 걷어내면 천전리암각화와 어울리는 또 다른 암각화라도 숨어 있을지도 모른다.

이곳 바위에는 다섯 개의 구멍이 있다. 수로를 내기 위해 할아버지가 만든 것이다. 그 흔적을 보고 어느 방송사에서 일제 강점기 때 조선의 민족정기를 끊으려던 만행의 흔적이라고 잘못 보도한 적이 있었다. 보도 내용은 참으로 그럴 듯했지만 사실이 아니다.

예하는 반구대에 대한 각기 다른 해석들의 바다에서 혼돈이 생길 때도 많다. 천전리암각화나 대곡리암각화를 보면서 주장하는 많은 학설이나 대곡리암각화 보존방법을 두고 용수문제와 문화재보호 입장이 대립하는 것도 혼란을 준다. 그렇더라도 반구대암각화에 대한 탐구는 계속되어야 한다. 남이 알아주든 알아주지 않든 자신의 길을 가는 것이 공부하는 사람들이 가져야 할 태도임을 요즘에 들어 절실하게 깨닫는다. 어쩌면 논어 학이편에서 말하는 '인

부지불온(人不知而不溫)이면 불역군자호(不亦君子好)아'라고 한 구절은 그래서 남의 눈을 넘어서서 스스로의 길을 지키라는 의미가 아닐까. 예하는 많은 날들을 남이 나를 몰라준다고 분노하며 군자의 길과 어긋나게 살았다. 남이 나를 몰라줄 때 그 남들의 무지와 인색을 탓하며 마음껏 비웃었다.

암각화는 의연히 자리를 지키고 있다. 암각화를 보존할 지혜가 절실히 필요한 때다. 일부러 공룡발자국으로 다가가 발 크기를 확인도 해보고, 어린 시절의 아버지처럼 엉덩이를 대어보기도 했다.

천전리에서 집으로 돌아오는 길은 호젓했다.

서두르지 않았다. 낙엽이 져서 나뭇가지를 선명히 드러낸 나무를 보고, 능선이 아름다운 산과 대곡천 계곡을 내려다보는 하늘도 보았다. 노거수에 관한 책을 읽다가 나선 걸음이었다. 노거수는 오래되고 큰 나무다. 혹은 그 마을을, 혹은 그 나라의 희로애락을 함께 하는 신령스러운 나무라고 했을 때 무척이나 경건했었다. 미국의 소나무 중에는 5천 년 가까이 살아온 노거수가 있다 했다. 네바다주에 있는 브리스톨파인 침엽수들은 지금도 살아있는 4천 년을 넘긴 나무들이다. 지구상에서 가장 오래 사는 생물이 나무다. 살아 천년 죽어 천년이라고 하지만, 거대한 나무는 습지대에 묻히면 죽어서도 광물질을 빨아들여서 목화석(木化石)이 된 상태로 수

백만 년을 나무 모습으로 버틴다.

노거수는 주로 시골 마을이 배경이었다. 가족 여행을 다니면서 보면 오래된 마을 입구에는 커다란 느티나무가 있기 마련이었다. 마을 사람들은 마을을 지키는 나무, 그러니까 동수(洞守)나무, 혹은 줄여서 그냥 수나무라고 불렀다. 마을이라고 하면 으레 수나무 아래에 몇 노인이 장기를 두고, 아이들 몇 명이 놀이를 하는 모습이 떠오른다.

오래된 나무가 하필 그 마을에 있을 때, 그 나라에 있을 때 그것은 그 지역에서 살아온 사람과, 살아가는 사람과, 살아갈 사람과 깊은 삶의 교감을 나눈다. 반구대암각화는 어쩌면 대한민국 아니 인류 전체에게 지난 1만 년 역사에 관한 교감을 나누는 하나의 '느티바위' 같은 의미를 지니고 있지 않을까. 느티바위라 불러놓고 보니 무척 매력적이다.

느티바위? 하긴 느티바위뿐이겠는가. 나무 이름, 바위 이름, 땅 이름은 우연히 생기지 않았다. 설악산에 있는 울산바위가 그렇다. 강원도 설악산에 어쩐 일로 울산바위가 있을까. 설악산 울산바위는 울산지역과 동해안 고래잡이들의 신화적인 교류에서 비롯된 것이라 했다. 인도네시아 라말레라 마을 고래잡이 부족들은 고래를 잡다가 재난이 있거나 어려움을 당할 때에 산에 있는 바위에 올라가 제사를 지낸다고 한다. 울산바위에 올라가 제사를 지내면 태평양 동안(東岸)으로만 겨우살이를 떠나는 귀신고래가 울산 앞바다를 다시 찾아올까. 멕시코 바하칼리포르니아 반도 막달레나 만(灣)에서 겨울을 보내고 다시 베링 해로 돌아가는 귀신고래는 한국계 귀신고래가 찾아간 곳이기도 했다. 몇 년 전 실험을 위해 귀신고래 등에 장치한 GPS가 확인해 주었다.

귀신고래가 다시 울산 앞바다로 돌아오게 만드는 방법은 간단하다. 귀신고래가 위험을 느끼지 않도록 환경을 만들어주면 된다. 일본에서 고래 사냥을 중단하고, 한국에서 혼획(混獲)이라는 미명하에 짐짓 그물에 고래가 걸리기를 기다리는 불법 고래 포획을 뿌리 뽑으면 된다. 고래박물관 앞길에 즐비하게 늘어선 고래 고기 식당이 자취를 감추면 된다.

환경단체 보고에는 우리나라 해안에서 하루 평균 5.5마리의 고래가 불법으로 잡힐 것이라고 했다. 현재 150개를 넘어서는 대한민국의 고래 고기 식당이 경영되려면 그만한 숫자의 고래가 잡혀야 가능할 것이다. 대구지방검찰청 포항지청의 어느 검사가 오랜 세월 고래를 불법으로 사냥하여 은닉 판매해 온 무리를 붙잡았다는 소식은 무척 고무적이었다. 정의의 이름으로 뽑은 칼의 힘은 실로 대단했다. 그런 얼마 뒤에 바다를 벗어난 내륙 깊숙한 경주

안강 지역 시골 창고에서 고래를 해체하던 일당을 붙잡은 포항해양경찰의 소식이 이어졌을 땐 놀랍다 못해 서러움이 북받쳤다. 불법 포획이라는 낱말의 끈질김에 몸서리가 쳐졌다.

집에 도착하니 누군가와 통화중이던 아버지가 손을 흔들었다. 표정이 편안하지 않았다. 다가가려니 아버지가 방으로 들어가라는 손짓을 했다.

홍매방으로 들어갔다. 펼쳐놓은 노거수 책이 방을 지키고 있었다. 아버지가 통화하는 소리가 조금씩 들렸다. 자꾸만 그쪽으로 신경이 쓰였다.

예하는 노거수 편을 덮고 다시 '고래'를 들었다. 책장이 빳빳했다. 종이 질이 좋아서이기도 하겠지만 사람들이 별로 읽지 않았다는 뜻도 된다. 다큐멘터리에서 보았던 장면도 보인다. 예준이와 함께 보았던 거다. 예준이 감기가 제법 오래 간다. 하긴 감기는 낫는 것 같다가도 뿌리가 뽑히지 않은 채 질질 시간을 끌기 일쑤다. 감기를 앓는 예준이를 볼 때 여러 가지 감정이 복잡하게 일었던 것처럼 다큐멘터리는 때로는 아기자기하고, 때로는 신비로웠고, 때로는 잔인했고, 때로는 처참했고, 때로는 감동이었고, 때로는 슬펐고, 때로는……, 때로는…….

"사정 좀 봐 주십시오, 사장님. …… 저 개인의 욕심이 아니지 않습니까?"

아버지의 목소리가 커졌다. 뭔가 심각한 일이 벌어지고 있다.

"우리 가족 모두의 목숨이 달렸단 말입니다."

순간 예하는 벌떡 일어나 방문을 열고 마당으로 나갔다. 아버지는 통화에 매달려 있었다.

"제발 다시 한 번 생각해 주십시오. …… 기다리겠습니다. …… 고맙습니다, 사장님."

"아버지, 이 사장 그 사람이죠?"

"듣고 있었니?"

"어찌 된 건데요?"

"이 집을 내놓지 않을 생각이다. 그런데 일이 만만찮다."

"……."

"순전히 내 쪽에서 계약을 파기하는 거니까. …… 위약금도 감당하기 쉽지 않고. …… 울산 가게 주인과도 순조롭지 않고……. 편법으로 이 사장을 막았더니 길길이 뛰는구나."

"돈이…… 많이 필요한 거지요, 아버지?"

아버지가 쓸쓸히 웃었다.

"울산 집을 팔 수는 없어요, 아버지?"

아버지가 깜짝 놀랐다. 불쑥 말을 하긴 했지만 예하 자신도 깜짝 놀랐다. 울산에 집이 없으면 학교는 어떻게 다니나 하는 생각은 말을 하고 나서야 떠올랐다.

아버지도 예하도 말을 잇지 못하고 서 있었다.

"오랜만이다."

아버지와 예하가 동시에 소리 나는 곳으로 고개를 돌렸다.

"태균아."

예하는 태균이를 멍하게 바라보았다. 태균이가 아버지에게 허리를 굽혀 인사를 했다.

"야 방구, 너네 별장 크다. 휴대폰도 없이 짱 박혀서 뭐하냐?"

아무런 연락도 없었는데. 아차, 싶었다. 일부러 휴대폰을 울산 집에 두고 왔다. '반구(盤龜)'를 '구반(龜盤)'으로 읽듯이 움직일 때 스마트폰을 챙기는 것도 버릇이었다. 모처럼 그 버릇에서 벗어나 있다. 불편함보다 자유로움을 느껴서 좋긴 했다.

찰나에 가까운 시간 동안 많은 생각이 오고갔다.

태균이 입에서 아버지 세대는 익숙하지 않은 말들이 나오기 시작했다. 장소를 옮기는 것이 좋겠다. 태균이가 무슨 일로 여기까지 왔는지 짐작하기 어려웠지만 우선은 방으로 안내하는 것이 맞다. 추운 날 손님을 밖에 오래 세워두는 것은 예가 아니다.

"별장은 무슨 별장. 울산으로 이사 가기 전에는 여기서 살았어. 들어가자."

아버지와 눈이 마주쳤다. 보일 듯 말 듯 아버지가 머리를 끄덕였다. 아버지의 뜻을 짐작하기 어려웠다.

아버지는 오랜만에 '방구'라는 말을 들었을 거다. 아버지도 친구들에게서 같은 별명으로 불렸노라 한 적이 있었기 때문이다. 반구대에 자주 오는 예하에게 아이들이 일찌감치 '방구'라는 별명을 붙였다. 반구가 방구가 된 것이다. 하필 방구인가 싶었다. 요즘은 그 별명조차 반구대암각화 보존 싸움에 빗댄다. 반구대암각화가 사연댐 물에 수장될 지경이니 얼마나 악취가 나겠는가. 천심은 민심이고, 아이들은 어른보다 거짓을 말하지 않는다는 걸 반구대암각화가 여실히 보여 준다.

"어쩐 일이야?"

"가출했냐고?"

"어으, 뭐 그렇다기보다……."

예하가 당황하는 걸 보고 태균이가 어깨를 으쓱했다.

"야, 출출한데, 먹을 거 없냐?"

"응? 알았어. 가지고 올게. 기다려."

허둥거리며 일어섰다. 예하가 곶감과 음료수를 가지고 왔을 때 태균이가 말했다.

"너네 집은 부자면서 먹을 게 이런 거밖에 없어?"

예하가 또 당황했다. 부자인가? 부자인지 아닌지 생각해 본 적이 없었다. 부자인지 어떤지 모르겠다는 말이 입에서만 맴돌았다. 태균이가 무슨 일로 이곳까지 왔는지 짐작할 길이 없었다. 여전히 무슨 말을 해야 할지 몰라 끙끙거렸다. 예하는 묵묵히 곶감을 씹고 있었다. 달콤한지 어쩐지 맛도 몰랐다. 태균이도 예하를 따라서 말없이 곶감을 먹었다.

태균이가 가정형편이 어렵다는 걸 알게 된 것은 순전히 우연이었다. 엄밀히 말하면 우연이라고 표현하기보다 비로소 관심이 생긴 것이라 해야 한다.

태균이의 문자를 받고 등교했을 때였다. 화장실에서 태균이가 같이 다니는 재영이, 진태와 어울려 심각한 표정으로 대화를 나누고 있었다. 틀림없이 셋은 어울려 담배를 피우고 있을 것이었다. 담배 연기가 화장실 문을 통해 밖으로 나오고 있었다. 생활지도부 교사들이 그 전 시간 쉬는 시간에 순회를 했기 때문에 이번 쉬는 시간은 안심하고 담배를 피우는 것이었다. 복도 벽에 기대고 서 있는 순기는 지도 교사들이 나타나는지 망을 보고 있었다. 순기는 재영이가 담배를 피울 때면 스스로 알아서 그렇게 망을 보는 역할을 맡았다.

–울 할매, 또 입원했다.

태균이 무리가 화장실에 있으면 아이들은 아예 화장실에 들어가지 않았다. 급하더라도 다른 층 화장실을 이용하곤 했다. 그런데 태균이의 목소리 때문에 자신도 모르게 화장실에 발을 들여놓았다. 태균이는 누가 들어오는지에 대해선 관심이 없었고, 재영이만 예하를 힐끗 보았을 뿐이었다.

–안 그래도 빚쟁이라면서, 어쩌냐, 너?

–졸라 알바해 봤자지, 뭐…….

–이러다 전기도 끊기는……….

태균이의 대화는 거기까지밖에 들을 수 없었다. 볼일을 다 마쳤는지 태균이 무리가 화장실을 나가버렸기 때문이다. 그 다음에 전기 공급이 끊어졌는지 어쨌는지는 물어볼 수가 없었다. 태균이에게 일부러 말을 걸기도 어색하고, 외면하기는 더욱 힘들어서 아예 가까이 가지를 않았기 때문이다. 복도에서 마주치는 상황이 벌어지기라도 할까 봐 얼마나 조심했는지 모른다.

배가 고픈 것인가.

"방구, 이 집에서 뭐하냐?"

"응?"

"옛날 집인데?"

"민박집인 셈이지, 뭐. 근처에 학교가 없어서 울산으로 이사한 거야."

이즈음에서 학교 얘기가 나와도 되는지 모르겠다. 태균이는 전문계 고교로 진학하려다 성적이 워낙 낮아서 하는 수 없이 인문계 고교에 올 수밖에 없는 경우였다. 중학교에서 성적이 중간 이상이 되는 아이들은 대체로 인문계 고교로 진학했다. 성적이 좋은 아이들 중에는 뜻한 바가 있어 마이스터 고교로 진학하는 아이들도 있었지만, 거의 대부분의 아이들은 성적이 낮았기 때문에 전문계 고교로 진학했던 것이다. 그러니 처음부터 인문계로 진학했던 아이들과 전문계에 진학할 수 없어서 인문계로 온 아이들의 성적 격차가 매우 심했다. 이런 아이들이 인문계 고교 일과를 견디는 것 자체가 기적에 가까웠다. 상급학교 진학이 목표인 아이들에게도 쉽지 않은 학교생활이니까. 태균이는 정규수업 외의 학교활동에는 참가하지 않았다. 아르바이트 한다고 방과후학교 수업에도 들어오지 않는 태균이를 예하는 도저히 이해할 수 없었다.

"집은 큰데 뭐 삐까뻔쩍한 물건은 없네."

이건 또 어떻게 받아들여야 하는 말인가. 같은 교실에서 한 해를 같이 살았는데 이렇게 대화하기가 힘들다니. 예하는 일단 부딪

쳐 보기로 했다.

"검소하게 사는 게 집안 가훈이야."

"야, 쩐다. 개념이 안 통하잖아."

"교훈, 급훈 같은 거 있잖아. 집이니까 가훈이 된 거야."

태균이가 얼굴을 찡그렸다.

"남이나 나에게 이익이 되지 않는 일에 돈을 쓰지 말자. 그런 거지, 뭐."

참으로 재미없게도 말했다는 생각이 들어서 예하가 한 번 더 말했다. 그러고 나서도 찜찜한 기분은 마찬가지였다.

"그건 됐고. 뭐 하며 시간 죽이냐?"

태균이가 화제를 바꾸었다. 태균이가 화제를 바꿀 때마다 다행스럽게 생각하는 자신이 못마땅했다. 어떤 식으로 대답을 해야 하나, 끙끙 앓으며 대화를 하는 건 할 짓이 아니었다. 태균이가 방바닥에 펼쳐진 책을 들었다.

"고래, 본 적 있냐?"

태균이와 예하 사이에 고래가 끼어드니 견디기가 좀 나아졌다. 고래를, 귀신고래를 보았노라고 말해도 되는 것일까. 얼마 전에 멕시코에 다녀왔다는 말을 차마 할 수 없었다. 전기가 끊어질지도 모른다고 걱정하던 태균이 앞이다.

"응."

짧게 대답했다.

"이 고래에 붙은 게 뭐냐? 고래도 여드름 나냐?"

"와하하."

예하는 자신도 모르게 커다랗게 웃었다.

"태균이 너, 말솜씨가 대단하다."

태균이는 귀신고래 몸에 붙은 따개비를 여드름이라 했다. 귀신고래가 청소년 같다. 워낙 거대한 몸짓이고 보니 따개비가 바위인 줄 알고 터를 잡고 살아간다는 말을 듣고 청소년인 태균이가 재미있어 한다.

태균이가 고래 사진을 보며 연신 감탄이다. 태균이는 고래가 바다 위로 뛰어오르는 모습을 가장 좋아했다. 장대높이뛰기 선수가 얼굴을 하늘로 향한 채 곡선을 그리며 장대를 넘는 것처럼 고래의 몸은 유연하게 젖혀졌다. 페던클아치(Peduncle Arch) 동작이다. 지느러미 아래로 떨어지는 물방울은 옅은 색 커튼이 하늘하늘 드리워진 것처럼 아름다웠다. 사진작가의 작품은 역시 예술이었다. 어떤 분야의 전문가가 되는 건 다른 사람까지 축복하는 일임에 틀림없다.

태균이가 연필과 종이를 찾았다. 태균이가 물 밖으로 뛰어오르는 귀신고래를 그리기 시작했다. 예하는 물끄러미 태균이의 그림을 내려다보았다. 태균이 자세가 불편해 보여서 가끔 식구끼리 밥을 먹을 때 사용하는 두리반을 가지고 왔다. 태균이가 픽 웃었다. 예하도 빙그레 웃었다.

"태균이 너, 그림 되는데?"

태균이가 힐끗 봤다. 얼굴에 살짝 웃음기가 돌았다.

"이 귀신고래, 왜 이렇게 기분이 좋은 거냐?"

"대박?"

"그래, 그래 보여."

태균이가 수줍게 웃었다.

"몰라, 나도. …… 고래가. …… 이 고래가 춤을 추는 거 같아."

태균이가 수줍어 할 때가 있다는 게 신기했다.

"그래? 바로 귀신고래의 이런 모습을 보고 우리 민족이 한삼춤을 추게 되었다고 말하는 학자가 있어."

"한 뭐라고?"

"한삼춤이라고 하는데, 이렇게 손에 흰 헝겊을 끼우고 추는 춤이야."

예하가 어설프게 춤사위를 보여 주었다. 흰 헝겊은 고래의 앞지느러미에서 폭포처럼 떨어지는 물방울을 상징한다더라는 예하

말을 듣는지 마는지 태균이가 배를 잡고 웃었다.

"얘들아, 밥 먹자."

밖에서 아버지가 불렀다.

"알았어요, 아버지. 나갈게요."

일어서며 고갯짓을 하니 태균이가 따라나섰다. 운동화를 신을 때였다.

"너네 집은 급식소가 따로 있냐?"

"급식소?"

아버지가 하하하 웃었다.

"넌 유머가 풍부하구나. 참, 네 이름이 뭐냐?"

"태균……인데요."

"아, 태균이. 예하가 네 이름 부르는 소릴 듣고서도 깜빡 잊었구나. 그래, 오늘은 우리 집에서 자고 가도 되는 거지? 부모님께 허락 받았어?"

"예? 예."

"우리가 어렸을 땐 친구 집에서 자는 게 별일이 아니었는데. 하루 잔다 하고서는 이틀 사흘을 넘겨도 난리가 날 일도 없었고."

밥상머리에서 아버지는 몹시 유쾌한 모습이었다.

"예하 동생이 아파서 예하 어머니가 여기 안 계시는 바람에 반찬이 시원찮다. 네 입에 맞을지 모르겠다."

"아, 아니, 괜찮아요. 개 맛있어요."

태균이가 조심스럽게 말했다. 처음 태균이를 데리고 방으로 들어갔을 때 예하가 어쩔 줄 몰랐던 것처럼 태균이도 어떻게 말을 해야 할지 모르고 있는 게 분명했다. 별로 말도 하지 않고 밥만 먹던 예하는 슬며시 웃음이 났다. 하긴 태균이도 아버지 말에 웃기만 할 때가 많아서 주로 아버지 혼자 이야기꽃을 피웠다. 아버지가 학창 시절 친구들과 어울린 얘기를 하니 듣기만 해도 되어 다행이었다.

저녁을 먹고 나서 방으로 돌아왔다.

"와, 졸나 뻘쭘했네. 식후땡, 없냐?"

"아버지도 안 피우셔."

"알았어, 알았어. 참아 준다."

마땅히 할 말이 없어 또 책을 펼쳤다.

"야, 너는 공부만 하는 줄 알았는데, 이런 책도 보냐?"

"내 동생이 아직 초등학생인데 그 녀석과 얘기 좀 하려고. 동물을 좋아하거든."

"방구 넌, 싫어?"

"뭐가? 동물?"

"응."

"아니, 좋아. 난 고래에 관심이 많아."

그러고 보니 별로 애를 쓰지 않고 태균이와 대화를 하고 있었다. 대화는 잘해 보려고 용을 쓰면서 하는 건 아닌가 보다.

"고래 중에서도 네가 그렸던 귀신고래가 내 주 관심사야."

"왜 귀신고래냐?"

태균이가 무얼 궁금해 하는지 모르겠다. 왜 귀신고래라는 이름이 붙었는지, 아니면 예하가 왜 귀신고래에 관심이 많은지. 귀신고래라는 이름이 붙은 이유부터 말했다. 고고학자 앤드류스와 영화 인디아나 존스를 살짝 언급했다.

"고래박물관? 장생포 그거?"

"응, 그거."

예하가 손바닥을 치켜들었다. 태균이가 하이파이브를 했다.

예하가 일어나서 외투 주머니를 뒤적였다. 접은 부분이 닳은 종이를 펼쳤다.

"태균아, 귀신고래가 얼마나 먼 길을 다니는지 얘기해 줄게."

접힌 부분이 닳아서 떨어진 것을 정성스럽게 붙여서 가지고 다니는 에케르트 도법의 세계 지도 위에 그려진 '웨일로드(Whale Road)' 지도를 태균이에게 보여주었다.

"태균아, 이게 태평양이잖아. 그러니까 우리 동해가 태평양 서쪽이 되는데, 이 바다가 아메리카 대륙과 이렇게 이어지고 있어."

목이 메었다. 멕시코의 바하칼리포르니아 반도 태평양 연안 해안에서 본 귀신고래가 눈앞에서 물을 뿜었다. 귀신고래가 물을 뿜는 찰나 무지개가 나타났다. 숨이 막히도록 아름다운 광경이었다. 사진작가의 작품도 예술이었지만, 고래는 인간의 작품보다 한 차원 높은 예술을 만들어냈다.

"베링 해에 사는 귀신고래는 추운 겨울에는 따뜻한 남쪽 바다로 이동해야 해."

"바다가 얼어버리면 숨을 못 쉬니까?"

"바로 그거야."

예하의 맞장구에 태균이가 웃었다. 천진난만한 웃음이었다.

"북극에 가까우니까 베링 해가 얼어버린대. 그러니까 귀신고래가 태평양 서쪽으로는 우리 울산 앞바다까지 내려오고, 동쪽으로는 멕시코의 산카를로스 앞바다로 가는 거야."

그렇게 겨우내 지내다가 귀신고래는 울산 앞바다를, 산카를로스 앞바다를 떠나 베링 해로 돌아간다. 예하는 대한민국의 한반도에서부터 멕시코의 바하칼리포르니아 반도까지 죽 이어서 손가락 길을 그려 보였다.

“귀신고래 고래길이야. 수천 년 전 우리 조상들이 귀신고래의 고래길을 따라 아메리카로 건너갔다고 주장하는 학자가 계셔. 작은 가죽배 카약을 타고.”

“웨일로드가 뭐냐?”

“해안을 따라 고래가 오고가는 길이라는 뜻이야. 대륙에는 실크로드가 있어. 실크는 비단이고, 로드는 길. 바다에도 길이 있지 않겠냐. 동해안에서 베링 해 바하칼리포르니아 반도까지 이어지는 해안선의 귀신고래길이 웨일로드야. 웨일은 고래고, 로드는 길이랬잖아.”

태균이의 질문이 반갑다. 답이 저절로 길어졌다. 다른 아이들이 자신에게 질문을 하는 것도 시간이 아깝다고 여긴 적이 있었다.

“베링 해로 다시 돌아간다고 울산 앞바다를 회유 해면이라고 불렀어. 멕시코에도 우리 울산 앞바다와 꼭 같은 바다가 있고.”

“방구, 울산에서 귀신고래 봤냐?”

“아니.”

“왜 못 보냐?”

“일제강점기 때 일본 어부들이 동해안에서 고래를 마구 잡았거든. 앤드류스가 우리나라에 왔을 때만 해도 물 반 고래 반이라고 했대. 지금도 일본은 고래를 마구 잡는다고 국제 사회에서 비난을 받잖아. 학술 연구를 한다고 하면서 피바다를 만들고 있어. 일본 포경선이 고래를 못 잡게 하려는 환경 단체 배를 들이받아 위험에 빠뜨리기도 했고. 한꺼번에 돌고래 250마리를 잡아서 엄청 비난을 받았어. 국제 여론이 떠들썩했거든."

예하는 제풀에 열을 내다가 말없이 예하를 바라보는 태균이 눈과 마주쳤다. 말이 너무 길었다.

"고래? 그렇지, 고래. …… 네가 짱 박혀 있고……."

"태균아, 무슨 뜻이야? 이해가 안 된다."

이해가 되지 않는다는 말도 예하의 입에서 쉽게 나왔다.

"어제가 아버지 제삿날이었거든. 할머니가 없어서 밥상 앞에서 절만 하고 끝냈다. 우리 아버지가 젊었을 때 포경선을 탔었대. 고래 잡는 배, 맞지?"

"……."

태균이는 사진으로만 아버지 얼굴을 보았다고 했다. 태균이는 유복자로 태어났다. 어머니는 태균이를 낳자마자 집을 나가버렸고. 줄곧 할머니와 생활한 것이다. 밥만 떠놓고 아버지 제사를 지내고 나니 기분이 더러웠단다. 문득 예하 생각이 나서 전화를 하니 예하 동생이 전화를 받았다. 예하가 며칠째 반구대에서 지낸다는 말을 듣게 된 것이다. 무척 허전했다. 아르바이트를 하루 쉬겠다고 연락을 했다. 갑자기 한 연락이지만 주인아주머니가 별말 없이 허락해 주었다. 전날도 아버지 제삿날이라고 조금 일찍 나왔는데. '잘리면 다른 데 갈 생각'이라 했다. 주머니에 약간의 돈이 들어 있었다. 발길 닿는 대로 가 보자 했는데, 어느덧 반구대행 버스를 타고 있었다.

"방구, 내가 여기 왜 왔는지 나도 모르겠다."

예하는 태균이의 말이 퍽 정겹게 느껴졌다. 밥을 같이 먹는 건 확실히 좋은 거다. 아버지가 가끔 어른들끼리 하는 말끝에 '밥 한 번 먹읍시다.' 하더니만 이런 이유였던 모양이다.

"아까 밥 먹을 때 너 아버지가 종손, 종손 하던데, 그거 뭐하는 거냐?"

"친척들이 모였을 때, 나이와 관계없이 짱이 되는 사람. 맏이의 맏이로 이어져."

"그럼 너도 나중에, …… 짱?"

예하가 고개를 끄덕였다.

"재수 없……, 짜증 나……, 개 부럽다. 대박, 대애박."

태균이가 길게 대박이라고 하며 예하를 보고 웃었다. 예하는 살짝 미소를 머금었다.

"부모 잘 만나 땡 잡았네. …… 거저먹는 짱도 있고."

태균이가 방바닥에 누웠다.

"어, 방이 열나 뜨겁다. 왜 이러냐?"

"아버지가 또 군불을 때셨나 봐."

"군불? 그건 또 뭐냐?"

"구들고래 아궁이에 나무를 넣고 불을 붙이는 거야. 우리가 캠프파이어할 때 나무에 불을 붙이는 것처럼. 그러면 그 열로 방이 따뜻하게 돼. 온돌이거든."

"어으응, 온돌. …… 이게 따뜻한 거냐. 엉덩이 굽히겠다, 새꺄!"

"처음엔 그런데 점점 식거든. 괜찮아질 거다, 새꺄!"

태균이를 따라서 예하도 웃었다. 태균이가 깍지 낀 손을 베개 삼아 천장을 바라보았다. 앉아서 태균이를 내려다보고 있는 게 어색해서 예하도 태균이 곁에 누웠다. 한 손으로 조각조각 붙인 세계 지도를 만지작거렸다. 알류샨 열도 아막낙 섬에서 3천 년 된 온돌 터가 발견되었다는 얘기를 해도 될까 어떨까.

– 부모 잘 만나 땡 잡았네.

예하는 태균이의 말을 생각했다. 비웃는 것도 아니고 부러워하는 것도 아니었다. 그 말이 묘하게 가슴을 아프게 했다. 예하가 땡 잡은 건 확실했다. 집에 공급되는 전기가 끊어질까 걱정하는 태균인데, 귀신고래를 보려고 멕시코에 다녀올 수 있었던 예하니까.

태균이가 말을 하기 시작했다.

왜 하필 예하 생각이 났는지 지금도 잘 모르겠다. 경험하지 못한 일이었다. 참으로 이상했다. 느닷없이 울산에서 뚝 떨어진 이곳까지, 그것도 처음으로 찾아왔는데 이름 말고는 아무 것도 묻지 않는 예하 아버지도 이상했다. 드라마에서 본 것처럼 좋은 옷을 입고, 좋은 소파에 앉아서, 뭐 어려운 말을 하고 있는 것도 아닌데, 예하 아버지는 다른 어른들하고 뭔가가 달라 보였다. 어렸을 때 어떻게 놀았고, 학교에서 친구들과 장난을 치다가 어떤 벌을 받았는지, 어른들이 속아 주어서 마련한 돈으로 한 군것질이 얼마나 맛있었는지…… 그런 얘기만 하고 있었는데, 그런 아버지를 둔 예하가 몹시 부러웠다.

매일 빚타령만 하는 할머니. 매일 집을 나간 엄마를 원망하며 팔자 탓을 늘어놓는 할머니. 매일 일찍 죽은 아빠를 들먹이며 아들하고 살던 그때가 좋았노라고 되풀이하고 또 되풀이하는 할머니. 할머니가 매일 되풀이하는 푸념 중에서 태균이 힘으로 해결할 수 있는 일은 아무것도 없었다. 아무리 발버둥을 쳐도 나아지기는 커녕 더 힘들어지는 살림살이…….

예하는 예전에 화장실에서 태균이가 친구들과 나누었던 얘기가 생각났다. 할머니는 어떻게 되셨느냐고 묻고 싶었지만 시간이 너무 많이 흘렀다. 태균이 입에서 살림살이라는 낱말이 너무나 자연스럽게 나오는 바람에 예하는 깜짝 놀랐다. 다 같은 고등학생인데 예하는 살림살이라는 낱말을 사용해 본 적이 없었다. 귓등으로도 듣지 않던 생계형 아르바이트라는 말을 처음으로 진지하게 받아들였다.

"너 같은 범생이가 내 아픈 심정을 아냐?"

태균이가 곁눈질을 했다. 예하는 가슴이 뜨끔했다.

예하 같이 전교에서 1등하는 아이들은 세상에 아무것도 부러울 것이 없고, 걱정거리도 없는 줄 알았다. 모든 선생님의 관심을 한 몸에 받고, 부모님과 함께 사는 예하 같은 인생은 축복 받은 인생인 줄 알았다. 그런데 그런 예하가 무단결석을 하고 가출을 하자 비로소 예하가 인문계 고등학교 2학년 교실에 있는 평범한 한 학생으로 보였다. 교실로 돌아온 예하는 여전히 범생이 모습이었지만 무턱대고 적대감은 들지 않았다. 왜 가출까지 했어야 했는지 궁금하지 않은 것은 아니지만, 그거야 나름대로 가출할 만한 일이 있어서라고 생각하면 그만이었다. 교사들이 꿈이니, 희망이니, 비전이니 온갖 소리를 하지만, 그런 게 자신의 삶과 관계가 있을 거라곤 생각해 본 적이 없었다. 그런 소리의 주인공일 것 같은 예하가 어떻게 사는지 한 번만이라도 보고 싶었다.

태균이 목소리에 잠기운이 휘감기기 시작할 때 예하도 한 마디 했다.

"우리 집도 복잡해. 우리가 여기서 잠잘 수 있는 것도 이번으로 끝일지도 몰라. 이곳을 내놓든지, 아파트를 팔든지 그래야 될 것 같거든. 뭔가 해야 하는데, 태균아, 어떻게 해야 되냐, 나?"

예하가 넋두리를 늘어놓았다. 흥흥거리던 태균이가 조용해지고도 한참 동안 중얼거렸던 것 같다. 태균이의 숨소리가 고르게 들렸다. 예하는 옆으로 몸을 돌려 팔베개를 하고 태균이를 바라보았다. 태균이 얼굴이 몹시 피곤해 보였다. 어디서 무얼 하다가 왔는지 제대로 잠도 못 잔 게 틀림없었다. 베개도 받혀 주고 이불도 덮어주어야 한다는 건 생각뿐, 일어나기가 싫어 그냥 태균이 얼굴만 바라보고 있었다.

'태균아, 네가 내 아픈 심정을 아냐?'

태균이 말을 흉내 내 보았다.

"얘들아, 일어나라. 아침 먹어야지."

아버지가 부르는 소리가 들렸다. 태균이는 곤하게 자고 있었다. 팔베개를 하고 태균이 얼굴을 보며 이런저런 생각을 한 것까지는 기억이 났다. 불이 꺼져 있고, 이불도 덮고 있었다.

"태균아, 일어나자."

예하가 가만히 태균이를 흔들자 태균이가 벌떡 일어났다. 예하도 따라 일어났다. 태균이가 두리번거렸다.

"우리 집이야, 태균아."

태균이가 예하를 뚫어지게 봤다.

"맞다. 밥맛이지."

태균이가 중얼거렸다.

"밥맛?"

태균이가 급하게 고개를 흔들었다. 두 손으로 얼굴을 마구 비볐다.

"아니다. 미안하다."

버릇은 쉬이 드러난다. 태균이에게 예하는 그냥 방구고, 범생이이고, 밥맛 떨어지는 존재였다.

"예하야, 안 일어났니? 태균이 배고프지 않겠어?"

"알았어요, 아버지. 지금 일어나는 중이에요. 곧 갈게요."

"국 끓기 전에 오너라. 자꾸 덥히면 맛이 덜하다."

"태균아, 급식소 가자."

태균이가 머리를 긁적이며 멋쩍게 웃었다. 예하가 이불을 개자 태균이가 같이 거들었다.

"몸이 이상하다?"

"왜? 뭐 잘못됐어?"

"몰라, 꼭 운동을 신나게 한 것처럼 몸이 가뿐하다. 이 방에 뭐 약 쓰냐?"

"어른들이 그런 말을 하긴 해. 이 방이 좋다면서 제일 빨리 예약이 돼. 겨울엔 절절 끓는 이 방에서 자고 나면 몸이 개운하다나 어쨌다나."

기껏 물어 놓고는 예하의 설명에 태균이는 아무런 반응도 보이지 않았다. 태균이를 보니 표정이 예사롭지 않았다. 기분 상할 말이라도 했나 싶어 했던 말을 되짚어 보았다.

"안 씻냐?"

태균이가 물었다.

"괜찮아. 영양도 보건도 없어."

"짜아식."

태균이가 툭 쳤다.

밥상머리에서 아버지가 말했다.

"늦게 잠든 것 같아 안 깨우려다가 태균이가 배고플까 봐 깨웠다. 손님인데 끼니를 거르게 할 수야 있나?"

태균이가 어리둥절해 했다.

"네가 귀한 손님인데 아점을 먹게 할 수는 없잖아. 당근 아침이지."

아버지가 허허허 웃었다.

"여긴 놀 거리가 없어서 태균이가 심심하겠다."

"태균아, 밥 먹고 나서 반구대암각화 보러 갈래?"

"응."

태균이가 기다렸다는 듯이 대답했다. 태균이가 암각화에 관심이 있는 줄은 몰랐다. 아침상을 물리자 태균이가 설거지를 하겠다고 나섰다. 태균이 심정을 알 것도 같아서 함께 설거지를 하려 했다.

"이건, 내가 도사다."

태균이가 예하를 살짝 밀어냈다. 아버지는 화장실에 다녀오겠다고 밖으로 나갔다. 태균이를 기다린다고 밥을 먹던 자리로 돌아오니 아버지 휴대폰이 식탁에 놓여 있었다. 예하는 재빨리 휴대폰을 들고 '연락처'를 실행했다. 검색어를 무엇이라 하나 난감했는데 제일 앞 기억에 '가게'가 있었다. 다른 부가 설명이 없어서 '가게'를 눌러보았다. 052로 시작되는 유선 전화번호였다. 일단 전화번호를 외웠다. 맞다면 의외로 쉽게 찾은 셈이라 전화번호를 중얼거렸다. 태균이가 힐끗 보더니 자신의 휴대폰에 저장을 했다.

아버지가 챙겨준 과일까지 먹고 길을 나섰다.

"야, 방구. 암컷, …… 암컷 뭐라 했냐?"

"……?"

"암컷이면 뭐, 동물원에 가자고? 초딩도 아닌데, 싱겁잖아?"

그제야 예하가 태균이 말을 알아들었다. 태균인 암각화를 모르고 있었다. 울산에 산다고 해서 누구나 암각화를 알고 있는 건 아니었다. 태균이가 암각화 얘기를 처음 들은 건 아닐 것이다. 관심이 없으면 보아도 보이지 않고, 들어도 들리지 않는다고 했다. 태균이에겐 다른 무엇보다 하루하루 무사히 넘기는 게 심각한 과제였을 것이다.

"선사시대 때 바위에 그림을 새겼는데, 거기 고래 그림이 많아."

"방구, 선사는 또 뭐냐?"

"응? 어응. 선사시대는 기록으로는 남아 있지 않고 고고학 유물들만 존재하던 시대를 말해. 기록으로 남은 시대는 역사시대라 하고."

"그런 말도 있구나!"

혼잣말처럼 태균이가 말했다. 알 수 없는 표정을 짓고 있는 태균이를 바라보았다.

"고래? 고래박물관? 산골짜기 고래박물관. 장생포 새끼냐?"

태균이가 눈을 반짝였다. 태균이 아버지가 포경선 선원이었다고 했었다. 태균이가 장생포의 고래박물관을 알고 있는 건 당연한 일이었다. 낮게 가라앉은 태균이의 목소리를 들으며 예하는 자신에게 되물었다. 태균이가 고래박물관을 모르고 있어야 마땅하다고 생각한 건 아닌지. 예하는 자신의 태도를 많이 되돌아보았지만 여전히 다른 아이들을 지나치게 무시하고 있었다. 버릇은 무서운 것이었다. 오죽했으면 세 살 버릇 여든까지 간다고 했을까. 울산 사람인데 그 정도야 상식인 것을.

"고래박물관이 아니고 몇 천 년 전에 바위에 새긴 그림이야."

"바위에 그림을 새겼다고? 가 보자."

태균이가 서둘렀다. 태균이는 대곡천이 대한민국 아름다운 하천에 속한다는 안내판은 눈여겨보지 않았다. 벼룻길을 고쳤노라고 바위에 새긴 글자는 흥미를 갖지 않았지만, 맞은편 가장자리 바위의 공룡발자국은 무척 흥미로워했다. 대나무밭을 지나 공룡발자국 안내판 앞에서는 걸음을 멈추고 태균이가 내용을 자세히 읽었다.

"이곳에 공룡도 왔다는 말이지."

"응. 네가 올 줄 알고 공룡이 미리 답사했을 거야."

태균이가 피식 웃으며 예하 어깨를 툭 쳤다.

"야, 이 냇가…… 굉장하다. …… 신비의 세계…… 오지 탐험이다, 이거는."

태균이가 띄엄띄엄 말했다. 비록 툭툭 던지듯이 말하기는 했지만 태균이 나름대로는 평소에 사용하던 말투를 버리느라고 무척 애를 쓰고 있었다. 그런 태균이가 귀여웠다. 체격이 레슬링 선수인 태균이에게 그런 말을 해도 어색하지 않았다. 신비의 세계라고? 그러고 보니 대곡천이 유구한 지구 역사의 보존지 같다. 유구하다고 말해 놓고 보니 반구대 주변이 몹시 고리타분해지는 것 같다. 수업 시간에 '유구하다'는 말로 시작하면 뭔가 재미없는 얘기가 이어지곤 했다. 같은 뜻인데 용어를 어떻게 선택하느냐에 따라 느낌이 확연히 다르다. '유구한'이 아니라 '아득하게 오래된'이라고 하면 은근히 친근감이 드니 말이다.

공룡발자국을 확인하고 나서 태균이는 좀 더 조용해졌다. 예하가 대곡리암각화 방향을 가리키며 손짓을 하자 태균이가 고개를 끄덕였다. 태균이는 다시 한 번 공룡발자국 바위를 휘 둘러보고 나서 발을 옮겼다.

농부의 손길이 별로 닿지 않은 차밭이 나오고, 차밭 언저리에 지어놓은 쉼터가 나타났다. 태균이가 쉼터에 흥미를 가졌다. 봄가을에는 쉼터가 톡톡히 제 구실을 하지만, 추운 겨울에는 곧장 지나치는 곳이다. 태균이가 쉼터를 보며 무슨 생각을 하는지 짐작이 갔다.

대곡리암각화 앞에 도착하니 아무도 없었다. 태균이에게 몇 시냐고 물었다. 아직 방문객이 있기에는 이른 시각이었다. 아침밥을 제법 일찍 먹은 모양이다. 문화해설사도 출근 전이다. 아무도 없어서 다행이라는 생각이 들었다. 해설사가 있으면 태균이가 어색해할지 몰라서다.

태균이는 대곡리암각화를 축소한 게시판 앞에만 오래오래 서 있었다. 심각한 표정으로 뚫어져라 보고 있는 태균이를 방해하지 않으려고 예하는 발자국 소리도 내지 않았다.

"이거 보러 온 거냐?"

이윽고 태균이가 입을 열었다.

"그건 아냐. …… 그건 직접 눈으로 볼 수 없기 때문에 저쪽 바위에 새겨진 그림을 그대로 만들어서 세워둔 거야."

예하가 남쪽으로 방향을 돌려 바위 절벽을 가리켰다.

"짝퉁이라고?"

바위 절벽을 바라볼 수 있도록 설치된 망원경을 툭 건드리며 태균이가 말했다.

"저길 이걸로 보라고? 다리 놔야지, 이런 거 왜 만들어. 좋은 머리는 뒀다 뭐 하게?"

"좋은 방법이야. 하지만 그렇게 간단한 일은 아냐. 세계문화유산 등재를 하려면 자연 그대로 보존해야 하는 문제도 있고, 사연댐 때문에 물높이가 높아질 때는 방문객이 위험해질 수도 있거든."

"깊다고?"

"지금은 겨울이니까 물이 가장 적을 때야. 비가 많이 오는 여름을 전후해서 여러 달 동안은 물이 많아. 저 암각화가 고래에 관한 것으로서는 세계 최대야. 가장 오래되기도 했고. 그런데 저 암각화가 사연댐 물 때문에 잠겨 있을 때가 많아서 훼손이 아주 심해. 많은 사람들이 걱정하고 있어."

"가장 오래 됐다고?"

"응. 주로 신석기시대부터 청동기시대에 새겨졌거든."

예하가 게시판 아래 기록되어 있는 안내문을 가리키며 신석기와 청동기 시대가 언제를 말하는지 설명해 주었다. 반구대암각화가 왜 세계문화유산에 등재가 되어야 할 만큼 가치가 있는지도 함께. 고래며 거북이며 고래잡이배며…….

"예하야, 네가 여기서 해설하면 더 낫겠다."

언제 출근했는지 문화해설사가 예하 얘기를 함께 듣고 있었나 보다. 예하가 해설사에게 인사를 하자 태균이도 덩달아 꾸벅 머리를 숙였다. 해설사가 태균이에게 무슨 말을 할 듯하자 태균이가 얼른 몸을 돌려 망원경 앞으로 갔다.

"잘 안 보여."

예하가 말했다. 햇빛 조명이 적절할 때면 새겨진 바위그림이 보이지만, 그렇지 않은 때는 어림도 없었다.

"예하, 가자."

이리저리 방향을 바꾸어 가면서 열심히 망원경으로 들여다보던 태균이가 시무룩하게 말했다. 예하도 더 머물고 싶지 않던 터라 해설사에게 인사를 하고 집으로 향했다.

"우리 민족 가운데 저 고래들의 종손이 있을 수가 있어."

예하가 짓궂게 말했다.

"예하 너, 또 어려운 소리!"

태균이도 과장스럽게 겁이 나는 표정을 지었다. 그 표정이 재미있어서 하하하 웃으며 예하가 태균이 어깨를 툭 쳤다.

"최치원은 돼지 후손이고 견훤은 지렁이의 화신이래. 왕건은 호랑이 후손이고, 단군은 곰에게서 난 것처럼 고래암각화를 그린 사람들이 자신들을 고래의 후손이라 여겼다면 그 사람들의 후손은 고래의 후손이 된다는 거야."

예하는 장황하게 말을 늘어놓았다. 이런 동물토템 민족문화사에 대한 이야기를 하면서 자연스레 오두님 카페 얘기가 나왔다.

"카페? 그런 건 취미 없다, 난."

태균이가 풀이 죽어 말했다. 취미가 없다면서 풀이 죽는 태균이가 동생처럼 여겨지는 건 무슨 또 뜬금없는 생각인가.

"그러니까 오두 선생님 말씀은 고려 중기에 신라시조신화의 영향을 없애려고 인위적으로 만든 단군신화에서의 곰의 위치가 고래의 위로서 우리의 조상이라는 말이 성립된다는 거야. 사람과 고래가 호환환생(互換還生)한다고 믿은 사람들의 후손이 지금의 우리 민족이라면, 문화적 상징으로는 우리들 중에는 저 암각화에 있는 고래들의 종손이 있을 수 있지 않을까 하는 말씀이지."

예하는 아차 싶어서, 강조하듯이 호환환생을 풀어서 다시 한 번 말했다.

"전생엔 고래였다는 말이냐?"

"맞아, 태균아, 그렇게 생각하면 쉬워. 두뇌 회전이 장난이 아니다, 너."

태균이가 계면쩍게 웃었다.

"예하 넌 꼭 선생 같다."

그러고 보니 태균이가 공룡발자국 화석 얘기를 할 때부터 예하를 방구라고 부르지 않았던 것 같다.

"왜?"

"네 얘기 알아듣기 힘들어. 그 어려운 걸 어떻게 다 외우고 있냐?"

태균이가 해설사를 피해 얼른 망원경 앞으로 이동했듯이 예하도 얼른 태균이 질문으로부터 도망을 쳤다.

"대한민국은 세계에서 가장 오래된 고래암각화, 가장 큰 고래암각화가 있는 나라야."

멕시코에서 암각화를 보러 비포장도로를 달려간 오지 마을에서도 대한민국은 통했다.

"쏘이 꼬레아나(나는 한국인이다)."

꼬레아나라는 말을 하는 순간, 사람을 겨우 알아볼까 말까 한 희미한 조명 아래 있던 멕시코 사람들이 반가운 몸짓을 했다. 뿌듯했다. 코리안은 황량한 사막 오지에서도 아무런 설명도 필요 없는 민족이었다.

"우리나라가 세계적으로 고래가 많은 나라였다 했잖아? 코리안은 세계에서 가장 확실한 고래 종손의 나라야, 그렇지?"

"호호 종손, 그거 좋은 거다. 너를 보면."

태균이가 결론을 내려 주었다. 예하가 웃었다. 기분이 좋아졌다.

"우리 아버지가 고래잡이였대."

태균이가 혼잣말처럼 낮게 중얼거렸다. 예하가 뭐라고 답을 하기도 전에 태균이가 얼른 말했다.

"예하야, 망원경으로 봐도 안 보이는 바위그림을 보러 사람들이 오긴 오냐?"

"응. 주 5일 근무제에다가 학교도 주 5일 수업을 하니 주말에는 가족들이 많이 와. 요즘은 체험학습한다고도 많이 몰려오고. 유치원생들까지 오니까."

주 6일 등교에, 고3이면 주 7일 등교하기도 하는 인문계 고교생에게는 꿈같은 말이다.

"안 보이는 바위그림 보려고 그렇게 몰려온다고? 컴퓨터로 동영상을 보는 게 낫겠다."

"그렇게도 생각할 수 있어. 사람들이 많이 와서 보고 느끼는 것도 좋고."

"울산짱도 아니고 지구짱이라니 그렇긴 하지만, …… 실망할 텐데."

태균이는 지구짱은커녕 한국짱도 아닌 것들을 얼마나 잘 꾸며 놓았는지 열변을 토한다고 옆걸음을 걷고 있었다. 태균이가 열변을 토하니 고래가 우는 것 같다. 종소리 같은 고래 울음소리가 들리는 것 같다. 태균이가 울어 주니 고래가 반가워하지 않을까. 태균이는 세계 최고라는 대곡리암각화 주변이 한국짱도 아닌 것보다 못하게 되어 있지 않느냐고 주먹을 쥐고 부르르 떨었다.

"그래도 세계적인 문화유산이라고 사람들이 일부러 많이 보러와. 멀리 제주도에서도 오는 걸."

"제주도 ……제주도? ……지구짱이라며?"

태균이가 의문스러워했다. 예하는 태균이가 무슨 말을 하고 싶은지 알 것 같았다.

"외국인도 오긴 온대."

외국인들이 왔다는 얘기를 어머니가 했었다. 아무 것도 없는 절벽 앞으로 왜 데리고 왔냐며 의아해 하더라고 했다. 외국인들이 왜 그런 반응을 하는지를 간단히 설명했다. 암각화가 왜 물속에 잠겨 있고, 그것 때문에 어떤 주장들이 맞서고 있는지 말해 주었다.

"복잡하기는. 댐을 폭파하면 되지."

"폭파? …… 태균아."

예하가 놀라 입이 딱 벌어졌다.

"저 고래바위가 지구짱 먹었다며? 울산짱도 아니고 지구짱인데. …… 그 정도는 해야 되는 거 아니냐?"

예하는 또 깜짝 놀랐다. 그러면서 댐 건설을 하지 못하도록 1년 동안 시위를 한 포르투갈의 포즈코아 시민 얘기며, 유적을 보존하기 위해 애를 쓰는 문화재청이며 환경단체 얘기를 했다.

“태균아, 아까도 말했지만 넌 두뇌회전이 무척 빨라. 댐을 해체한 미국처럼 주장도 명쾌하고.”

“칭찬? …… 기분이다.”

태균이가 예하 머리를 헝클어뜨렸다.

태균이와 반구대 언덕에 서 있는 포은대 이야기를 하면서 집으로 돌아왔다.

“저 이상하게 생긴 집은 또 뭐냐?”

태균이가 손가락으로 가리키는 집은 선사시대 체험용 움집이었다. 태균이와 함께 움집으로 갔다. 아버지가 암각화박물관 행사 때 방문한 사람들을 위해 마련한 집이었다. 움집 옆에는 고인돌을 옮겨볼 수 있도록 바위가 밧줄에 묶여 통나무 위에 놓여 있었다. 태균이가 고인돌을 옮겨 보겠다고 밧줄을 당기니 바위가 약간 움직이는 것 같았다. 인문계 고교생이 체험학습 흉내를 내는 셈이다. 태균이의 힘은 괴력이었다. 저런 괴력의 소유자가 어떻게 섬세한 그림을 그릴 수 있는지 놀라웠다. 태균이가 밧줄을 놓고, 움집으로 들어갔다. 움집 지붕 사이사이로 하늘이 얼핏 보였지만 폭우가 쏟아지지 않는 한 신기하게도 비가 줄줄 새지는 않았다. 태균이는 감탄이 입에 뱄다. 부싯돌로 불을 붙여서 고기도 구워먹을 수 있다고 하니 눈을 반짝였다. 타고 남은 재가 쌓여 있어 예하의 말을 뒷받침했다.

"라이터가 아니고 돌로?"

태균이는 곧 불을 붙여볼 작정이다. 곧 부싯돌로 시작을 하는가 했는데 태균이는 재를 내려다보며 가만히 말했다.

"예하야, 어젯밤에 지글지글 끓는 방에서 잤잖아?"

"그게 왜?"

"난 할머니가 환잔 줄 알았다."

"뭔 소리야?"

할머니가 끙끙 앓는 소리를 낼 때 '절절 끓는 방에서 몸을 지지면 개운해질 거'라고 했다는 거다. 지글지글 끓는 방에서 몸을 지지다니. 그건 불 고문이다, 할머니는 그런 걸 소원으로 가지고 있었다. 자신의 몸에는 그런 나쁜 피가 흘러 세상이 삐딱해 보이는 모양이라고 생각하곤 했다. 아침에 잠에서 깼을 때 할머니 말이 무슨 뜻인지 비로소 알았다. 친구들과 어울려 가끔 찜질방에 갔었다. 사우나를 한다기에 따라 들어갔다. 사우나와 지글지글 끓는 방은 비슷한 것 같으면서도 달랐다. 반구대 방은 숨이 막히지도 않았고, 땀이 비 오듯 흐르지도 않았다. 하지만 자고 일어났을 때 찜질방에서는 느끼지 못했던 산뜻함이 느껴졌다. 이런 걸 개운하다고 하는 모양이라고 생각했다.

“예하야, 할머니가 또 입원했거든. 혼자 아버지 제사지냈다. …… 내가 안 나타나서 할머니가 걱정할 거다. 갈게.”

“점심은?”

“할머니하고 먹지, 뭐. 지글지글 끓는 방 얘기도 하고.”

태균이가 빙긋 웃었다.

태균이에게는 절절 끓는 방이 줄곧 지글지글 끓는 방이 되었다. 지글지글 끓는 방이라고 하니 확실히 느낌이 다르다.

태균이가 반구대를 떠나려 할 때 예하도 울산에 나갈 준비를 했다. 아버지가 반구대로까지 차를 태워 주었다.

“동생 땜에?”

“아니, 우리 집도 좀 복잡해.”

“감 잡았다. 아파트…… 팔아야 되냐?”

“모르겠어, 아직. 나도 살림살이 신경 좀 쓰려고.”

간밤에 태균이가 예하의 넋두리를 들었던 모양이다. 예하는 짐짓 웃어 보였다.

“아까 전화번호, 할래?”

예하가 고개를 끄덕였다. 태균이가 휴대폰을 주었다. 저쪽의 목소리 주인공은 여자였다. 차분했다. 예하는 자신이 누구인지 설명했다. 마침 근처에 있노라며 가게 구경을 와도 좋다고 허락했다.

태균이는 꼬치꼬치 캐묻지 않았다. 태균이와 헤어져 아버지가 공방, 공방 하던 가게를 찾기 시작했다. 승용차에 실려서 가 본 곳이라 찾기가 만만치 않았다. 어렵사리 가게를 찾아 넓은 주차장에서 있을 때까지도 어떤 말부터 해야 할지 고민하고 있었다. 넓은 주차장만큼이나 휑한 가슴으로 바람이 불었다. 지나간 일들이 떠올랐다.

끝없는 사막이 펼쳐져 있는 곳, 멕시코.

멕시코의 황량한 사막을 보기 전에는 사막은 무조건 모래가 있어야 되는 줄 알았다. 강수량이 연평균 250밀리미터 이하이면 사막 지역이라 한다. 남극 대륙도 시베리아도 사막에 속한다.

고래암각화를 보러 가는 탐험의 길. 탐험이라 이름을 붙일 만큼 정보도 빈약했고, 비포장 산길로도 들어가야 했다. 바깥쪽은 그야말로 천길만길 낭떠러지였다.

겨우겨우 도착하니 칠흑처럼 어두운 밤만이 우리를 맞아주었다. 짐승 울음소리 하나 들리지 않았다. 설상가상으로 출입문이 굳게 잠겨 있었다. 혹시 필요할지 몰라 챙겨둔 플래시를 가져와 자물쇠를 비추었다. 카알이 자물쇠를 이리저리 살폈다.

"예하, 여기까지 와서 그냥 돌아갈 수는 없잖아?"

카알이 나의 동의를 구했다. 아니 동의를 구하는 게 아니라 반드시 들어가겠다는 의지를 표현했다. 카알은 오두님의 캐나다인 친구다. 오두님을 보면 카알이 어떤 어른인지 짐작이 갔다. 카알은 미국 캘리포니아주 샌디에이고에 파견 근무 중이었다. 카알은 휴가를 멕시코에서 보내려고 승용차를 몰고 국경을 넘었다. 바하칼리포르니아 반도 남쪽에 위치한 라파스에 도착하니 카알이 공항에 마중 나와 있었다.

차로 돌아가 연장을 가져왔다. 카알이 연장으로 자물쇠가 엮인 쇠사슬을 푸는 동안 나는 플래시를 최대한 가까이 가져가 불을 비췄다. 가슴이 두근거렸다. 수학여행을 와서 천전리암각화에 낙서를 했던 고등학생은 어떤 심정이었을까.

드디어 쇠사슬의 이어진 부분을 넓혀 출입문을 열었다. 안으로 발을 들여놓는 순간 가슴이 뭉클해지는 것은 또 뭐란 말인가. 불법침입을 했다는 죄책감은 잠시 잊어버렸다.

동굴 벽에는 채색이 되어 있는 벽화가 보였다. 천전리암각화가 새겨진 바위처럼 거대했다. 바하칼리포르니아 반도는 강수량이 아주 적은 지역이긴 하지만 어쩌다 내리는 비도 피할 수 있는 지형이었다.

그러나 아무리 세밀하게 살펴보아도 고래를 찾을 수가 없었다. 슬슬 불안해지기 시작했다. 주변을 살폈다. 칠흑 같은 어둠이라 먼 곳에서도 플래시 불빛을 알아볼 수 있을 것 같았다. 건너편에 불빛이 보였다. 그곳에서 나는 소리인지 아기 울음소리가 들렸다. 생각보다 건너편은 더 가까이 있는지도 몰랐다. 건너편에서 비치는 불빛이 저토록 선명하다면 반대로 저쪽에서 보이는 이곳의 플래시 불빛도 뚜렷할 것이다. 자물쇠까지 채워놓은 지역이라면 그만큼 아끼는 유적이 아니겠는가. 벌써 세 번째 오르내리고 있는데도 여전히 고래는 꼭꼭 숨어 있었다. 내가 제의했다. 한국에서는 이럴 때 산신에게 제사를 지낸다고.

"어떻게?"

카알이 물었다.

혼자 재빠르게 계단을 내려가 차에 둔 식빵을 가져왔다.

"고시레, 고시레."

식빵을 조금씩 떼어 여기저기 뿌렸다.

카알이 엄지손가락을 치켜세우며 껄껄 웃었다.

"고, 시, 레."

효과는 엉뚱하게 나타났다.

자동차 불빛이 보이는가 했더니 자동차가 입구에 멈추었다. 자동차는 한 대가 아니었다. 입구에서 사람들의 어지러운 외침이 들려왔다. 여러 명이다. 카알이 소리쳤다. 지금 내려가는 중이라고.

입구로 내려가니 건장한 체격의 사나이들이 일고여덟 명이 있었다. 그런데 그들 중에서 영어를 할 수 있는 사람이 아무도 없었다. 서툰 스페인어로 몇 마디 했지만 우리가 왜 그 시간에, 그 현장에 있는지 설명할 수가 없었다. 다행하게도 그들은 총이나 칼 같은 무기를 들고 있지는 않았다. 이곳으로 올 때 도로에서 군인들의 검문을 두 번이나 받았다. 군인들은 총을 가지고 있었다. 그들의 몸짓으로 보아 어디론가 같이 가자는 뜻인 듯했다. 카알이 오우케이라고 소리쳤다. 어딘지 알 수는 없지만 같이 갈 수밖에 없었다. 우리가 유적을 훼손한 것도 아니니 큰일은 일어나지 않을 것이라고 카알이 나를 안심시켰다. 앞에 선도 차량이 가고, 우리가 탄 차 뒤에도 두 대의 차량이 따랐다.

"한국의 산신 제사는 역시 굉장하다. 제사를 지내자마자 이렇게 대단한 인원이 나타나 우리를 호위하고 있지 않느냐."

카알이 우스갯소리를 했다.

"예하, 저들도 우리만큼 불안했을 거다. 우리가 얼마나 많은 인원인지, 무기를 가졌는지 어떤지 전혀 모르는 상황이잖아. 그래서 내가 소리친 거야. 우리를 경계하여 더 나쁜 상황이 벌어지지 않도록 하려고."

잠금장치를 망가뜨렸으니 벌금 정도는 각오해야 할 것이라 했다. 오두님과 같이 종종 겪은 일이라고 카알이 덧붙였다.

산길을 따라 우리가 도착한 곳은 여느 가정집도 관공서도 아니었다. 만약 산적 소굴이 있다면 이런 분위기일 것이다. 어둠 속에 희미한 전등불이 있었다. 스무 명 가까운 사람들이 우리를 향해 적의를 뿜고 있었다. 남녀노소, 예외가 없었다. 어디선가 본 듯한 표정이었다.

그랬다. 고호의 그림에서 본 '감자 먹는 사람들'의 분위기였다. 우리가 자물쇠를 부수고 들어가야 했던 절박함이 쉽게 전해질 것 같지 않았다.

촌장인 듯한 노인이 뭐라고 다그쳤다. 노인의 스페인어를 알아들을 수는 없었지만 무엇 때문에 질책을 하는지는 짐작했다. 노인 맞은편에 선 건장한 중년의 사나이가 격렬한 몸짓으로 망가진 잠금장치를 흔들었다.

카알이 부드럽고 온화한 표정을 지으며 될 수 있으면 쉬운 영어로 열심히 상황을 설명했다. 포장도로가 끝나고 거친 비포장도로가 시작되는 곳에 몇 시 이후 암각화동굴을 폐쇄한다든지, 문의할 전화번호라든지를 안내하는 표지판이 없었다는 것, 칠흑 같은

밤에 산길 비포장도로를 달려 그곳까지 갔는데 암각화를 보지도 못하고 되돌아가기가 쉽지 않았다는 것, 암각화를 훼손할 의사는 전혀 없고 단지 고래를 보고 싶었다는 것……. 그러나 그들은 카알의 영어 설명을 알아듣지 못했다. 중년의 사나이는 거칠게 따졌다. 몸짓으로 보아 벽화를 훼손하려고 침입한 게 아니냐는 뜻으로 짐작되었다. 절대 아니라고 강렬한 몸짓 언어로 우리의 의사를 표현했지만 적의에 찬 그들의 표정은 바뀌지 않았다. 그들이 더더욱 이해할 수 없었던 것은 백인 어른과 동양인 소년이 함께 나타난 이유일 것이다.

온힘을 다해 상황을 되풀이해서 설명하는 카알에게 돌아온 대답은 싸늘한 비웃음이었다. 어둠속에서 그들 모두가 웃어대는 소리만 크게 들렸다.

카알이 무릎을 꿇었다.

"쏘리. 베리 쏘리."

카알이 사과하자 누가 먼저랄 것도 없이 그들이 마구 큰소리로 외쳤다. 우리의 사과는 받아들여지지 않았다. 무릎을 꿇은 카알을 보며 나도 뭔가 하지 않을 수가 없었다.

"요 쏘이 꼬레아노(나는 한국인이다). 노! 노쎄 아블로 에스빠뇰(나는 스페인어를 말하지 못한다). 베모쓰 삔뚜라쓰 데 라 바예나(우리는 고래 그림을 본다)."

웃음소리가 딱 그쳤다.

"꼬레아노?"

누군가 되물었다.

"꼬레아노. 쏘이 데 꼬레아(나는 한국에서 왔다)."

어둠속의 얼굴들이 눈에 띄게 환해졌다. 여기저기서 꼬레아노라며 웅성거렸다. 이 산골 오지의 멕시코 사람들에게 꼬레아노는 반갑게 맞이하고픈 사람임에 틀림없었다. 뿌듯했다.

나는 짧은 스페인어와 온갖 몸짓을 동원하여 그들 중 한 명과 함께 우리 차로 갔다. 가방에 반구대암각화 사진이 들어있었다. 버릇처럼 주머니에 넣어두던 것을 멕시코 여행을 계획하면서 여러 장 출력해 두었다. 휴대용 스페인어 여행회화 책도 가지고 나왔다. 다시 돌아갔을 때 촌장 노인은 온화한 표정을 짓고 있었다. 노인 앞에 반구대암각화 사진을 내려놓았다.

꼬레아 델 쑤르, 울산, 삔뚜라스 바에나.

굳이 '쑤르'라는 말에 힘을 주었다. '꼬레아 델 노르떼'는 북한을 가리켰다.

반구대암각화에서 고래를 가리켜 보였다.

문득 낮에 본 산이그나시오의 귀신고래가 떠올랐다. 뱃전에서 바라본 귀신고래의 콧구멍이 눈앞에 어른거렸다. 장생포고래박물관 앞에 빼곡하게 들어서 있는 고래 고기 식당이 물을 뿜는 귀신고래 위로 겹쳐졌다.

"바하 깔리포르니아 쑤르(남쪽 바하칼리포르니아). 라구나 싼 이그나씨오(산이그나시오 석호). 바이아 막달레나(막달레나 만). 바예나 그리스(귀신고래)."

노인을 비롯한 사람들이 바예나, 바예나 하며 웃었다.

"꼬레아 델 쑤르, 울산, 삔뚜라스 바예나 이즈 씨밀라 싼 프란시스코 델 씨에르 락페인팅(대한민국 울산의 고래 그림은 시에르 데 산 프란시스코의 암각화와 비슷하다). 위 워너 씨 삔뚜라스 바예나(우리는 고래 그림을 보고 싶다). 무이 무이(매우 매우)."

영어와 스페인어가 마구 섞였다. 울산, 한국어도 있었다. 반구대암각화 그림을 가리키며 설명하고 있는 예하의 눈에서 눈물이 주르르 흘러내렸다. 고개를 숙였다. 눈물을 보이고 싶지 않았다. 진정이 되자 고개를 들었다. 나를 바라보고 있던 아주머니와 눈이 마주쳤다.

"삔뚜라스 바예나(고래 그림). 디스 꿀 빼(제발). 디스 꿀 빼(제발)."

내 목소리가 젖어 있었다. 아주머니가 미소를 지으며 손을 내

밀어 내 손을 잡았다. 카알은 여전히 노인과 대화를 시도하고 있었다. 가장 격렬하게 우리를 다그치던 사나이가 한국어로 설명된 스페인어 회화 책을 뒤적거리며 뭐라고 빠르게 말했다. 빨리 찾으려고 접어놓은 부분들을 펼쳤다.

안녕하십니까, 미안합니다, 한국에서 왔습니다, 스페인어를 못 합니다, …….

회화 책을 놓고서 안으로 들어갔다가 나온 사나이에게는 스페인 · 영어 사전이 들려 있었다. 사전을 가지고 온 사나이는 자신을 호세라고 소개했다. 카알이 반기며 스페인어와 영어를 섞어 가며 노인과 대화를 시도했다. 호세가 조금씩 중간 역할을 했다. 노인의 어조가 몹시 부드러워졌다. 아주머니가 나에게 망가진 잠금장치를 가리키며 또 웃었다.

"예하의 눈물어린 호소가 통한 것 같다. 잘했다."

카알이 말했다. 그건 아니었다. 일부러 그들의 동정심을 불러일으키기 위해서 연기를 한 건 아니었다. 대곡리암각화를 멕시코 사람들에게 보여주는 순간 낮에 본 산이그나시오의 귀신고래 모습이며, 울산의 반구대암각화며, 집이며 부모님이며, …… 한꺼번에 떠오른 모습들 때문에 가슴이 울컥했다.

얼마나 자유로웠던가. 뱃전에 기웃거리던 고래의 모습. 귀신고래의 천국을 이룩한 멕시코. 암각화를 지키기 위해서 한밤중에 몰려든 사람들. 과연 반구대암각화에 누군가 배를 타고 침입해 왔다면 대곡리 사람들이 힘을 합해 경찰이나 문화원에 신고를 하고 떼를 지어 몰려가 침입자에게 그 책임을 묻고자 했을 것인가. 천전리암각화에 어느 고등학생이 들어가 낙서를 했을 때도 금방 알아차리지 못했지 않은가.

카알은 캐나다인이고, 예하는 한국인이지만 함께 오게 된 이유는 결국 설명하지 못했다. 너무 힘들었다.

“노스 꾸스따 무초 라 바예나.(우리는 고래를 무척 좋아한다.)”

이 말로 멕시코 사람들에게 우리의 관계가 다 이해되었을지도 모른다. 바하칼리포르니아 앞바다에 귀신고래가 많다고, 그게 아주 멋지다고 되풀이했다.

“부에노(좋다). 무이 부에노(매우 좋다).”

사람들 얼굴에 웃음이 가득했다. 비웃음은 사라지고 없었다. 노인이 공책을 펼치며 서명을 하라고 손짓을 했다. 벌금을 내기 때문인가 했더니 방명록 같은 것이었다. 카알이 먼저 서명을 했다. 나는 방명록에 한글로 이름과 나이와 주소를 적었다. 주소는 굵고 짧게 썼다.

대한민국 울산.

한참 동안이나 내 손을 잡고 있던 아주머니가 가만히 손을 놓고, 어깨를 토닥토닥 두드렸다. 참으로 익숙한 느낌이었다. 아주머니가 안으로 들어가더니 책 한 권을 들고 나왔다. 멕시코의 암각화 사진을 모은 책이었다. 책에서 고래암각화가 그려진 부분을 찾아 가리켰다.

암각화 책을 통해 알게 된 사실이 우리를 실망시켰다. 잠금장치를 망가뜨리고 들어간 그곳에는 고래 그림이 없었다. 처음 이곳에 도착했을 때 우리가 고래 그림을 보려 했노라고 아무리 설명해도 그들이 알 수 없었던 것이 이런 이유도 있었을 것이다.

암각화는 여러 군데 있지만 고래가 그려진 암각화를 보려면 가장 가까운 곳도 그곳에서 4시간은 걸린다고 했다. 그것도 자동차가 아닌 말을 타고서. 우리는 서로 얼굴을 마주 보았다. 그러려면 하루가 더 필요했다. 카알이 고개를 저었다. 우리는 다음날 비행기를 타고 멕시코 동쪽인 유카탄 반도로 가야 했다. 이곳에서 비행장까지 600킬로미터가 넘는 거리다. 부산에서 평양까지 거리라 할만하다. 서쪽 라파스에서 동쪽 깐꾼까지는 비행시간만 4시간이 걸린다. 깐꾼에서는 마야 유적을 보기 위해 치첸이짜며 우쉬말에 가기로 되어 있다. 거리가 퍽 멀었지만 한국으로 돌아가는 비행기를 타기 위해서는 아에로푸에르토 인터나셔날 데 깐꾼(깐꾼 국제공항)을 이용하는 게 편리했다. 카알은 깐꾼에서 라파스 공항으로 되돌아가야 했다.

암각화를 보러 갈 수가 없었다. 하는 수 없이 사진을 촬영하기 시작했다. 불빛이 너무나 어두워 어떤 그림인지 선명하게 드러나지 않았다. 호세가 플래시 불빛을 바싹 비추었다. 지금까지는 스페인어만 말하던 호세가 영어를 말하려고 애를 쓰기 시작했다.

그들은 무척 친절해졌지만 잠금장치를 망가뜨리고 불법으로 침입한 행동을 용서하지는 않았다. 벌금을 물어야 한다는 것이다. 각오는 이미 되어 있었다.

긴장이 풀리자 온몸에 힘이 쑥 빠졌다. 쓰러질 것 같았다. 그때 어두운 한쪽 모퉁이에서 한 아이가 의자를 가지고 왔다.

"마리오."

자신을 가리키며 말했다. 마리오의 손가락이 나를 향했다.

"미 놈브레 에쓰 예하(내 이름은 예하다)."

차분해진 덕분인지 외워둔 스페인어가 자연스럽게 나왔다.

"예하! 예하?"

웃음을 띤 마리오가 의자에 앉으라는 시늉을 했다.

멕시코 오지에서도 언어가 통하지 않는 사람들끼리 마음을 열

수 있었다. 여기는 영어나 스페인어를 사용하는 외국이 아니라 한국 땅이 아닌가. 용기를 냈다.

"사장님, 부탁드립니다."

마땅한 호칭이 없어서 이런 상황일 때 아버지가 종종 사용하던 '사장님'을 선택했다. 아줌마라 부르라고 말하는 주인의 수줍은 웃음이 인자했다. 어른들 세계에 아이가 뛰어들었다고 탓하지도 않았다. 마음이 평안했다. 제법 긴 시간을 헤매며 가게를 찾아갈 때 퍽 답답했다. 가게 주인에게 어떻게 말해야 할까 하는 난감함이 발걸음을 더디게 하기도 했다. 예하는 반구대암각화를 어떻게 지키고 싶은지 진지하게 설명했다. 암각화로 인해 갖게 된 자부심을 전달했다.

가게 주인을 만나면서부터 평안해진 마음이 돌아오는 발걸음도 가볍게 했다. 하지만 집이 가까워지자 새로운 각오로 긴장이 되었다. 울산 가게 주인을 만나는 일은 부모님에게 상의도 하지 않고 혼자 결행한 것이다. 이렇게 하는 것이야말로 아버지, 어머니를 위하는 길이라는 결론을 어렵사리 얻었다. 멕시코 오지에서 한국인이라 말하며 어려움을 헤쳐 나갈 때처럼, 한 집안의 종손이며 울산 시민이며 대한민국 국민으로서 마땅히 그래야 하는 일이라 여겼다. 예하가 할 수 있는 일은 여기까지였다.

울산까지 와 놓고 아픈 예준이를 안 보고 갈 수는 없었다. 아파트에 들어서니 시골집에 있어야 할 아버지가 소파에 앉아 있었다. 아버지가 현관으로 와서 예하를 부둥켜안았다.

"애썼다, 예하야. 우리 종손!"

아버지 어깨 너머로 어머니가 보였다. 어머니가 눈가를 훔치며 말했다.

"가게 주인이 전화했더라. 네가 다녀갔다고. …… 훌륭한 아들을 두어 좋겠다고. …… 같은 울산 시민으로서 자랑스러웠다고."

예하가 소파에 앉을 때까지 어머니의 말은 띄엄띄엄 이어졌다. 예하는 말없이 곁에 바싹 붙어 앉아 있는 예준이 머리를 쓰다듬었다. 예준이는 간간히 기침을 했다.

"예하야, 어머니랑 의논했는데 이 아파트 내놓기로 했다."

깜짝 놀라 아버지와 어머니를 번갈아 보았다. 어머니가 고개를 끄덕였다.

"일은 천천히 추진하기로 했다. 수천 년 된 암각화를 보며 사는 사람이 몇 달을 못 참고 촐랑거릴 수는 없잖아."

종부다운 어머니 말씀.

"이렇게 되면 이 사장과 한 판 싸움을 해볼 만하다, 예하야."

종손다운 아버지 말씀.

"집청정을 지키게 되면 작은 평수의 양옥집으로 옮겨가야 할 것 같다."

"괜찮아요, 어머니. 준이랑 나는 반구대에서 단련이 되었잖아요. 그렇지, 준아?"

"뭐가, 형아?"

"아니다, 준아. 아직 결정된 일은 아니니까 엄마가 천천히 설명해 줄게. 괜찮지?"

예준이는 영문도 모르고 식구들의 웃는 얼굴을 따라 활짝 웃었다.

"아버지, 이제 반구대 살이 접고 울산으로 들어올래요."

"좋은 생각이다. 이 사장도 아파트에서 만날 작정이다. 그 자에게 반구대를 보여주는 것도 아까워."

"언제 만나기로 하셨어요?"

"내일 3시다."

아버지가 결연한 표정으로 말했다.

울산에서는 늦은 시각에 출발했다. 아버지가 집청정에 군불을 지폈다고 하는 바람에 또 정자에서 잠을 자기로 했다. 당분간은 반구대에 못 올 수도 있다는 생각이 들자 집 구석구석에 애착이 갔다. 가지고 온 휴대폰으로 어둠에 둘러싸여 있는 반구대 시골집을 정성스럽게 사진에 담았다. 어쩌면 마음 편히 반구대 시골집에 머무는 마지막 날이 될지도 몰랐다.

예전에 할아버지, 할머니가 자주 정자에서 잠을 잤다는 말이 생각났다. 불현듯 할아버지, 할머니가 사무치게 그립다. 누군들 손자가 귀하지 않으랴만 예하에 대한 할머니의 사랑은 참으로 극진했다. 예하가 아들을 낳을 때까지 살 수 있을까 하면서, 그때까지 살기를 간절히 바랬던 할머니가 할아버지보다 더 일찍 세상을 떠났다. 할아버지, 할머니가 이 세상 어딘가 어떤 동물로 다시 태어나 살고 있다고 믿는다는 것은 참으로 차원이 다른 세상인 것 같다. 할머니는 정자 마루에서 건너편 거북바위 절벽을 바라보는 걸 유난히 좋아했단다. 뭐가 그리도 좋으냐고 어머니가 할머니에게 물으면 항상 대답이 같았단다.

"옥천(玉泉)도 좋고 선동(仙洞)도 좋아. 이런 고향을 물려주신 우리 조상 어르신들께 늘 고맙고."

조상들이 후손들을 위해 이렇게 아름다운 곳에 자리를 잡았으리라 여긴 할머니다.

고향이라고? 잘 모르겠다. 왜 어른들은 고향이라는 말을 좋아하는지.

– 바닷물이 태화강을 따라 대곡천 가까이 선바위까지 올라왔

었고, 반구대는 대곡천을 따라 카약과 같은, 작은 배를 타면 쉽게 다다를 수가 있는 곳이었다. 절벽은 물이 있어서 쉽게 접근을 할 수도 있지만, 또 뱃길이 없으면 물이 있어서 오히려 접근할 수 없는 곳이기도 하잖아.

선사인의 눈에 암각화를 새길만한 장소이면서 오랜 세월을 견딜 수 있는 곳이 절실하게 필요했을 것이다. 그곳이 신성하고 아름다운 비경에 숨어 있으면 금상첨화였을 테고.

20세기에 만들어진 사연댐의 물이 수천 년 전 바위에 새겨진 새끼를 밴 고래를 비롯한 쉰아홉 마리의 고래와 마흔한 마리의 사슴을 물고문하고 있다. 대곡리암각화 식구들이 제 고향으로 돌아가지 못할 것 같다. 울산만 장생포를 극경회유해면이라고 하고, 라구나 산이그나시오를 세계자연유산으로 등재했다. 베링 해를 중심으로 울산만과 막달레나 만을 오르내리는 귀신고래의 고향은 베링 해일까, 한반도 울산 앞바다일까, 아니면 산카를로스 앞바다일까.

반구대암각화에 새겨진 고래들은 북쪽 베링 해로 올라가는 꿈을 꾸겠지. 지도를 펼치면 베링 해는 해안선을 따라 반구대암각화와 이어져 있다. 동해안을 따라 연해주로, 사할린으로 올라가서 오호츠크 해와 북태평양을 경계 짓는 쿠릴 열도를 지나 캄차카 반도 해안에 다다르면, 이번에는 베링 해와 북태평양을 가르는 알류샨 열도가 알래스카로 이어진다. 아메리카 신대륙에 닿는 것이다. 그곳 베링 해에서 다시 한반도 동해로 회유하지만 때로는 아메리카 태평양 연안을 따라 멕시코 바하칼리포르니아 반도 해안까지 내려간다.

오두님 연구에서는 이 고래길을 카약, 아니 가락을 타고 우리 조상들이 오르내렸다 한다. 이 고래길, 웨일로드를 따라 코리안들이 아메리카 신대륙을 발견했다는 오두님의 주장을 KBS 다큐 프로그램에서 영상으로 확인할 때의 감동이 물결쳤다. 그 프로그램을 제작하기 위해 오두님에게 30여 차례나 자문을 구했다 한다.

– 베링 해의 겨울 추위를 피해 동해안 울산 앞바다까지 내려오는 귀신고래에게 고향이라는 말을 하는 자체가 어울리지 않을지도 모른다. 회유하는 고래들은 고향을 두고 오는 것이 아니라 고향은 순환하는 것이다.

– 고향이라는 말이 농경시대에 생긴 개념이라 하셨습니까?

– 수렵시대는 고향이 없이 이상향만 있었어. 수십만 년 인류역사 가운데 농경시대는 겨우 2천 년 조금 넘을 정도다. 선사시대 사람들은 수렵을 했기 때문에 이동하면서 살아서 고향이 없었다. 동물 떼를 찾아가야 하는 새로운 타향은 이상향이야. 고향보다 이상

향을 찾아 떠난 것이지. 가나안이나 무릉도원, 샹그릴라, 엘도라도, 유토피아, 율도국…… 이런 곳이 모두 수렵시대 개념에서 비롯된 이상향이야. 그러니까 반구대암각화가 있는 울산 앞바다는 고래가 많은, 아니 고래들의 이상향이었던 거야.

– 코리안 온돌이 나왔다는 알류샨 열도 아막낙 섬에 맞닿은 베링 해도 세계적으로 고래들이 많이 서식하는 곳이라 하지 않으셨습니까!

– 그렇지. 아막낙 섬 인근 베링 해와 반구대 인근 동해는 귀신고래와 선사시대 고래잡이들에게 이상향이었을 것이다. 신라 초기에 석탈해가 왔다는 곳이 왜국 동북 1천 리 용성국이라 했다. 용이 많은 나라 즉 고래가 많은 곳이라는 뜻인 셈이다. 고래들이 울산 앞바다며, 아막낙 섬 앞바다를 헤엄치고 다녔으니 고래잡이들도 고래를 따라 한반도에서 아메리카 대륙으로 이동했던 거야. 아막낙 섬에서 온돌 집터가 발견되고 그 온돌 집이 고래 뼈로 대들보와 서까래를 했다는 점과 그곳에서 고래 뼈로 된 탈이 나왔던 것은 결코 우연이 아니야. 동해안 연안을 따라 유적들이 이어지고 있거든. 연해주 해안가에서 2천5백 년 된 온돌 터가 발굴되고, 함경도 서포항에서 3천 년 전 고래 뼈로 된 노가 발굴되었던 것도 울산 반구대 고래잡이들이 해안선을 따라 가며 남긴 증거들이지.

예하의 눈앞에 카페에서 본 적이 있는 커다란 사진이 펼쳐진다. 아막낙 섬이 속해 있는 유날라스카 시장의 초청으로 오두님이 강연을 하고 나서 시장과 같이 찍은 사진이다. 아막낙 섬, 아메리카와 한반도가 이미 수천 년 전부터 교류해 온 현장과 만나는 것 같아 감동적이었다.

코리안을 닮은 아메리카 인디언 부족들에게 친근감이 가는 것도 같은 이유일지 모르겠다. 오호츠크 해에 이어진 캄차카 반도에는 코리약 부족이 살고 있다. 직계 가족을 가리키는 그들의 말이 우리말과 비슷하다 한다. 우리말의 '에미'를 코리약 부족은 '에무(emu)'로, '누나'를 '나누(nanu)'로, '아들'을 '아즛(azut)'으로, '딸'을 '딴(tan)'으로, 그리고 '아우'를 '아수(asu)'로 부른다니 그게 우연일까.

빙하시대 때에 베링 해의 바다 수면이 낮아져 바다 밑이 드러나는 바람에 시베리아와 알래스카가 땅으로 이어졌다. 버린지아(Beringia), 연육교다. 이 연육교를 통해 사람들이 아시아에서 아메리카 대륙으로 건너갔다는 게 연육교 이론이고, 이 이론이 1990년대 한동안 지배적이었다. 그랬던 것이 2002년 이래 지금까지는 동해안에서 연해주 해안, 오호츠크 해, 쿠릴 열도, 알류샨 열도의 해안선을 따라 신대륙 아메리카로 건너간 '해안선 루트 이론(Beach to Beach Theory)'이 더 주목을 받고 있다. 육지의 순록 떼가 움직이면 유목민이 따라서 이동했듯이, 고래 떼가 움직이는 길을 따라 해안선에서 해안선으로 선사시대 코리안 고래잡이들이 이동했다는 것이다.

귀신고래에게 울산 앞바다는 고향이면서 타향이고, 베링 해 역시 타향이자 고향 같은 곳이었을 게다. 반구대암각화를 사연댐 물로부터 구해내는 것은 귀신고래를 울산 앞바다로 돌아오게 하는 의미가 되지 않겠는가. 고래를 보려고 울산 앞바다를 헤매고 다녔다는 얘기를 얼마나 많이 들었던가. 어쩌다가 고래를 본다고 해도 돌고래이기가 쉽고. 이제는 고래란 동물은 공룡처럼 화석으로나 볼 수 있게 될 날이 머지않은 것도 같다.

고향이 따로 없는 고래의 이상향 찾기가 한 해의 수확을 기다려야 하는 농경 시대에 접어들면서 고정박이 고향이 생기게 되었으리라. 고향(故鄕)이라는 한자어 자체가 풀이하면 옛 마을이다. 이미 떠나온 곳이라는 뜻이다. 그래서 할아버지도 할머니도 고향이다.

먼 바다로 풍랑을 헤치고 나아가는 어부들의 일이 대개가 그렇듯이 고래잡이들은 남자들로 이루어졌다. 어머니나 아내는 바닷가 육지에 남아서 해조류를 채취하는 역할을 했다. 그래서 바다로 나간 남자들이 돌아온다는 의미는 어머니에게 돌아온다는 것이 된다. 먼 바다에서는 육지에 남아 있는 어머니가 그리운 법. 고향은 어머니를 의미했다. 태어난 곳으로 돌아가고자 하는 것이 이상향 시대에도 지워지지 않은 고향으로 존재했다고 할 수 있다. 그것이야말로 뱃사람들이 거북에게 부여한 상징일 것이다. 태어나자마자 바다로 갔다가 다시 태어난 곳으로 돌아가는 거북을 우리 민족이 무덤 앞에 비석 받이로 선택한 이유도 바로 여기에 있을 것이다.

거북만이 아니라 연어 떼도 태어난 곳으로 돌아간다. 돌아가고 싶은 태어난 곳, 그곳이 사람에게는 어머니의 땅 모국이 되는 것이다. 해외동포들에게 태생지는 곧 모국, 어머니 나라인 것이다. 베링 해에서 귀신고래를 따라 다시 울산 앞바다로 돌아온 고래잡이가 태화강을 따라 반구대로 오는 것은 태어난 곳으로 되돌아오는 거북과 같은 것이리라. 탈 없이 머나먼 바다를 돌아온 감사의 마음을 담아 넓은 바위벽에 고래암각화를 그린 사람들은 그곳 반구대가 그들의 어머니 땅임을 느꼈을 것이다. 그 어머니는 고래일 수도 있고 사람일 수도 있다.

–고향이 바로 어머니야. 어머니를 부를 때의 느낌과 고향이 꼭 닮았거든.

고향이 어머니를 그리워하도록 만들었다. 늘 보는 어머니인데 그리워지다니. 그리움이 이럴 수도 있었다. 어머니가 그리워지니 어머니가 우려내곤 하는 차 맛도 그립다. 좀처럼 마시지도 않고 좋아하지도 않는데도. 어머니가 그리워지니 어머니가 쓰는 글씨도 그립고, 어머니의 그림도 그립다.

예하는 뜨거워진 가슴을 안고 중얼거렸다.

오두 선생님, 고맙습니다.

어머니는 험한 꼴을 보이고 싶지 않다면서 예준이를 데리고 외출을 했다. 아버지는 이 사장을 기다렸다. 예하가 옆에 앉으니 아버지가 예하를 뚫어지게 보았다. 아버지의 입술은 굳게 닫혀 있었지만 눈은 수많은 말을 하고 있었다. 결국 아버지는 예하에게 곁에 있으라고도, 일어나 방으로 들어가라고도 하지 않았다. 말없이 꼬박 30분은 그렇게 있었을 것이다. 예하는 스마트폰을 만지작거렸다.

이 사장은 중도금을 지불할 날짜가 남아있는데도 굳이 중도금을 주겠다고 했다.

“이 사장님, 집청정은 저희가 지키기로 했습니다.”

이 사장이 나타나자 아버지는 뜸도 들이지 않고 직격탄을 날렸다.

“최 사장, 지금 농담하는 겁니까?”

"그럴 리가요. 조상 대대로 지킨 땅입니다. 우리가 지킵니다."

아버지는 예하를 바라보았다.

"이거 보소, 최 사장, 지금 영화 찍는 줄 아쇼?"

이 사장이 돈다발을 탁자에 탁 놓으며 소리쳤다.

"통장을 없애면 뜻대로 될 거라고 생각하쇼?"

예하는 잽싸게 아버지를 보았다. 아버지는 굳은 표정으로 이 사장을 바라보고 있었다.

"이 사장님, 저만 탓할 일이 아니지요. 중도금을 지불할 날짜도 되지 않았는데 왜 이러십니까? 계약은 해지할 수 있는 겁니다."

이 사장은 지난번 아버지를 만났을 때 아버지가 계약을 해지할지도 모른다고 생각한 모양이다. 이 사장이 알고 있는 계좌번호가 없어진 것을 확인하자마자 현금을 들고 찾아온 것이다.

"사장님, 집청정을 지방문화재로 등재하려고 합니다. 국보가 둘씩이나 있는 아름다운 대곡천 일대를 국립공원으로 만들기 위해서 환경단체가 움직이고 있습니다. 사장님이 원하시는 대로 개발하기는 어려우실 겁니다."

"무슨 개 같은 소리야. 애새끼가 어른들 일에 끼어들어 함부로 지껄이고 있어."

예하는 이글이글 타는 눈으로 이 사장을 노려보았다. 예하는 처음 만난 카알과 멕시코 바하칼리포르니아 남쪽 반도를 종단했다. 말도 통하지 않는 멕시코 오지에서 친구를 사귄 경험도 있다. 마리오 덕분에 한밤중에 숙소를 찾았고, 저녁밥과 다음날 아침밥을 해결했다. 비록 밀가루로 구운 토르티야에 빈약하기 짝이 없는 두어 가지 음식을 넣어 돌돌 만 타코만 먹었지만. 중요한 것은 무엇이 옳은지 알고 있고, 옳은 일을 위해서는 기꺼이 행동으로 실천해야 함을 배웠다는 거다. 반구대암각화의 가치도 모르는 이 사장 따위에게 대곡천 일대를 넘기는 일이야말로 매국노나 할 짓이다.

"이 사장님, 듣고 계십니까? 지방문화재, 국립공원이라 했습니다."

아버지가 힘주어 말했다. 예하가 이런저런 말을 할 것이라 아버지에게 미리 귀띔을 한 적도 없건만 마치 각본이라도 짜 놓은 것 같다. 이 사장이 코웃음을 쳤다.

"이봐, 최 사장. 지금 이렇게 나오면 내가 건넨 돈의 배를 물어야 하는 걸 모르는 거 아냐?"

"그럴 리가요. 당연히 그렇게 해 드려야지요."

"이것들이."

갑자기 이 사장이 벌떡 일어나더니 가지고 온 돈다발을 탁자 위에 거칠게 내리쳤다. 탁자 위에 얹혀 있던 유리에 금이 갔다. 아버지와 예하는 약속이나 한 듯이 흔들림 없이 앉아 있었다.

"좋다. 네들 뜻대로 해 주마. 하지만 조건이 있다."

쉬운 조건은 아닐 것이다.

"그래 듣던 대로 최 사장 아들놈이 똑똑하구만. …… 이놈이 대학 졸업하면……."

이 사장이 입술을 일그러뜨리며 웃었다. 아버지도 예하만큼 긴장했을 것 같다.

"내 회사에서 3년간 내 뒤를 봐주는 걸로 하지."

이 사장이 본색을 드러냈다. 아버지가 주먹을 부르르 떨었다. 절대로 있을 수 없는 일이었다. 그때까지 침착하게 대응하던 아버지가 흥분하기 시작했다. 목소리도 이 사장과 꼭 같이 높아졌다. 예하는 삿대질까지 하며 싸우는 어른들을 두고 자리에서 일어나 방으로 들어갔다. 컴퓨터 모니터를 켰다. 예하가 다시 거실로 나갔을 땐 거실에는 돈이 여기저기 흩어져 있었고, 아버지와 이 사장은 몸싸움 직전에 있었다.

"아버지, 사장님, 자리에 앉아 주십시오."

어른들이 예하를 내려다보았다. 예하는 그렇게 소리친 후 흩어진 돈을 주워 모아 탁자에 올려놓았다. 컵에 물을 담아 두 어른 앞에 놓았다. 두 어른에게 아래아 한글로 작성한 문서를 나누어 주었다.

“제가 작성한 것입니다. 한번 읽어봐 주십시오.”

예하는 스마트폰을 탁자 위에 올려놓았다.

“조금 전까지 이 거실에서 나눈 대화는 모두 녹음이 되어 있습니다. 사장님이 이 스마트폰을 부수고 싶으시겠지만 녹음 파일은 이미 컴퓨터에 저장해 두었습니다.”

어머니가 예준이를 데리고 외출에서 돌아왔을 때는 이 사장이 다녀간 흔적이라곤 금이 간 탁자 유리밖에 없었다. 이 사장이 집 청정을 포기하기로 했다는 말을 어머니는 쉽사리 믿으려 하지 않았다.

“예하가 해냈어요.”

아버지가 모든 공을 예하에게 돌렸다.

“아니에요, 아버지. 저는 그냥 있었던 일을 정리했을 뿐이에요.”

“어떻게 문화재청과 환경단체에 그 문서를 넘기겠다는 생각을 다 했니? 난 그게 꿈인가 생시인가 싶다.”

“저 혼자 그런 생각을 해낼 리가 있겠어요?”

“……?”

“코리안신대륙발견 시원지, 울산반구대의 국립공원화를 위하여!”

"그건 또 무슨 소리야?"

한동안 듣기만 하던 어머니가 말했다.

"오두 선생님이 지난해 울산고래축제학술세미나에 발표한 제목이에요."

"도움을 청했어?"

아버지가 성급하게 물었다.

"그런 셈이에요."

오두님은 예하의 어려움에 귀를 기울였다. 가장 중요한 것이 무엇인지 곰곰이 생각해 보라고 했다. 사적인 분노는 자제해야 하지만 공적인 분노는 공익을 위해 터뜨려야 한다고 조언했다. 중요한 일일수록 절대로 꼼수나 잔꾀를 쓰거나 성급하게 달려들어서는 안 된다고 당부했다. 그 뜻을 새기니 길이 보였다.

간밤 집청정 방바닥에 엎드려 오두님의 조언을 생각하고 또 생각했다. 온갖 경우를 상상해 보기도 했다. 그 경우의 수에는 졸업 후에 예하가 이 사장 회사에 들어간다는 건 없었다. 하지만 이 사장이 그런 말을 한 덕분에 문화재청과 환경단체에 보내겠다는 문서는 더욱 힘을 발휘할 수 있었다. 공갈 협박까지 해 주었으니 말이다. 이 사장은 국보를 이용해서 떼돈을 벌겠다는 야심을 접어야 했다.

"아버지, 사실 이 사장이 굉장히 무서웠어요. 아버지가 계셔서 겨우 입을 뗄 수 있었어요."

"예하 너만 그랬겠냐. 나도 떨려서 혼났다, 이놈아."

아버지가 허허 웃었다.

"이 사장이 탁자 유리를 깼을 때 공포로 온몸이 얼어붙는 것 같았다. 네가 있어서 안 그런 척했다."

"저도요, 아버지. 그 사람이 우리를 죽일지도 모른다는 생각까지 들었어요. 아버지를 걱정시키고 싶지 않아 안 그런 척했어요."

"이 사장은 우리 배포가 대단하다고 착각했을 게다."

아버지가 또 허허 웃었다.

"그런데 예하야, 대곡천 일대를 국립공원으로 만들어야 한다는 게 무슨 말이냐?"

아버지가 퍽 계면쩍어하는 것 같다. 그런 기분이기는 예하도 마찬가지였다. 아버지의 관심사는 우미악과 카약에 집중되어 있었다.

반구대가 국립공원이 되어야 한다!

오두님의 주장은 폭발적이고 장쾌하다.

미국의 경우, 경치가 그리 빼어나지는 않았어도 인디언 문화를 보존할 목적으로 국립공원이 된 메사벌디(Mesa Verdi)는 이미

1978년에 세계문화유산이 되었다. 메사벌디 국립공원은 국립공원이 되고 나서 그 가치를 인정받아 세계문화유산이 된 경우다. 푸에블로 인디언의 7백 년 전 조상들의 주거 유적이 집단으로 몰려 있기 때문이다. 그러니까 역사적 가치가 높은 선사시대 유적만으로 국립공원이 되었다.

반구대암각화 지역은 세계적인 고래암각화가 위치하고 있다는 그 사실 하나만으로도 국립공원으로서 자격을 갖추고 있다. 게다가 반구대암각화에 카약암각화도 존재한다는 오두님의 새로운 사실 발표는 고래문화 학술세미나를 빛나게 만들었다. 반구대의 경우 물 문제를 해결하고 반구대암각화 보존에 노력을 기울이더라도 그 지역 전체를 보존하지 않고서는 근본적으로 국보를 보호하기 어렵다. 반구대국립공원은 그래서 암각화와 그 일대를 보존하는 가장 적절한 방법이 될 것이다. 국립공원 관광타운을 조성하여 반구대국립공원 안의 주민들에게 입주 우선권을 주는 방안도 꼭 필요하다.

울산 앞바다와 함께 반구대가 국립공원으로 지정된다면 세계문화유산으로서도 의미를 가지게 될 것이다. 국제적으로도 외국인들이 한국의 국립공원을 검색할 때 'Ulsan Bangudae National Park(울산 반구대 국립공원)'가 결과로 나타나 많은 외국 관광객들도 찾아오게 될 것이다. 울산은 국가적인 국립공원 배경도시가 되어 더욱 고래도시로 각광을 받지 않겠는가. 그렇게 되면 반구대로에서 반구대암각화로 굽어드는 반구대안길 길목도 그렇게 험악하게 급회전하여 들어오게 할 수는 없게 된다. 굽어들자마자 한 차선으로 되어 있는 좁은 다리도 넓혀질 것이고.

모든 일은 원래대로 돌아갔다.

아니 이 사장 덕분에 가족애가 더욱 돈독해졌다. 게다가 집안을 지키겠다는 개인적 간절함에서 벗어나 국보인 반구대암각화와 이곳의 대자연을 지키겠다는 사명감도 생긴 것이다. 그야말로 자랑스러운 대한민국의 국보로서 또 하나의 세계문화유산으로 등재되어야 할 역사물이기 때문이다.

겨울방학이 끝나가고 있다. 개학을 코앞에 두고 반구대 시골집 일이 해결되었다.

"아버지, 태균이 그림, 액자에 넣으니 대가의 작품 분위기던데요."

"네 친구 작품이잖아. 전시해야지."

아버지가 어머니에게 태균이 얘기를 할 때 방으로 들어왔었다. 방안은 훈훈했지만 침대로 들어가자 이불속은 싸늘했다. 시골집에서 자고 일어난 태균이 표정이 떠올랐다. 따뜻한 기운이 온몸을 훑는다.

반구대에 봄이 오고 있었다.

개학을 하자 장난기가 많은 국어 선생님 덕분에 방학 경험담을 늘어놓아야 했다. 선생님은 입시를 내세우면서도 느긋하고 엉뚱했다. 논술, 논하되 술술 말해야 한다는 단서가 붙었다. 주제가 선명하게 드러나야 하고, 자신의 경험담이 다른 사람에게 의미 있는 경험으로 공유할 가치가 있어야 한다고 선생님이 강조했다. 방과후학교 수업 때문에 며칠 되지 않는 겨울방학이었다. 국어 선생님이 제시한 조건을 충족하기가 쉽지 않았다. 방과후학교 수업을 대부분 빼먹은 예하에게 시선이 집중되었다.

"해외여행이나 다녀옵시다."

누군가 소리치자 아이들이 웅성거렸다.

"그래, 최예하, 너부터 해 보자."

선생님이 아이들의 요구를 받아들였다. 아이들이 듣고 싶어 한다면 호응하고 싶다. 그것도 시청각자료를 준비해서 최선을 다하고 싶다.

"자료를 준비해서 다음 시간에 하겠습니다."

아이들이 또 아우성이었다. 해외여행이나 다녀오자고 소리칠 때부터 아우성엔 비아냥이 섞여 있었다. 이번엔 아이들이 노골적으로 비아냥거렸다.

아이들이 고마웠다.

부정적인 관심도 관심이었다.

"그 참, 다음 시간에 한다잖아."

아이들의 시끌벅적한 아우성을 뚫고 드센 소리가 튀어나왔다. 태균이었다. 아이들의 아우성은 순식간에 잦아들었다. 긴장감이 돌았다. 선생님이 어색한 긴장감을 수습했다.

"그러면 자료를 준비 안 해도 되는 사람들이 먼저 해 보자. 준비 시간으로 5분을 주겠다."

앉아 있는 순서대로 발표하기로 했다. 막상 발표가 시작되자 아이들은 논술이니 주제니 유의미한 경험 공유니 하던 거창한 조건은 깡그리 무시했다. 비슷비슷한 경험이었지만 그래서 웃음을 터뜨릴 수 있는지도 몰랐다. 태균이 차례가 되었다. 웃음꽃을 피우던 아이들이 조용해졌다. 태균이는 가만히 앉아 있었다. 다음 차례 아이가 일어섰다 앉았다, 어쩔 줄을 몰랐다. 태균이를 건너뛰고 발표해야 할지, 기다려야 할지. 어느 쪽을 택하는 것이 태균이 심기를 건드리지 않는 건지, 그런 거였다.

태균이가 벌떡 일어나 앞으로 나갔다. 아이들이 동시에 탄성을 질렀다. 태균이가 아이들을 둘러보았다. 아이들이 급히 입을 다물었다. 태균이가 씨익 웃었다. 따라서 웃는 아이들도 있었다.

"난 우리 할매하고 '내 팔자도 상팔자' 본 거 말하겠습다."

순간 어리둥절했다. 무슨 말을 하려는지 몰라서다. 누군가 "아, 아침드라마, 울 엄마도 광팬인데." 하는 바람에 거기까지는 이해가 되었다. 숨을 죽여 조심스럽게 웃는 소리도 들렸다.

할머니가 시청하는 바람에 같이 볼 때가 있었다는 둥, 내용은 어떻다는 둥, 왜 어른들은 그렇게 복잡하게 사는지 모르겠다는 둥, 태균이가 횡설수설했다. 태균이 말에 어떤 반응을 보여야 할지 아이들은 아이들대로 난감해하는 눈치였다.

"우리 할매가 내 손을 잡고 울대요. 티비에 눈물 짤 화면이 나오는 것도 아닌데. 와, 그게 사람 잡아요, 씨바."

'씨바'를 말하는 태균이 목소리가 예사스럽지 않았다. 태균이가 말을 멈추고 교실 천장을 올려다보며 눈을 끔벅였다.

"아이 씨, 더 못해 먹겠네."

태균이가 자리로 들어갔다.

태균이가 자리에 앉자 예하가 박수를 치기 시작했다. 태균이가 무슨 말을 전하고 싶은지 예하는 충분히 짐작할 수 있었다.

다음 국어 시간엔 첫 순서가 예하였다. 유에스비를 컴퓨터 본체에 꽂았다. 클릭을 하자 폴더 두 개가 떴다. 여행 폴더와 신화 폴

더. 예하는 신화 폴더를 더블클릭했다. 파워포인트로 제작한 첫 슬라이드 화면의 주인공은 뻐꾹새였다.

"여행에 관해서는 한 마디면 됩니다. 어디를 가나 코리안이라면 환영을 했다는 겁니다. 제가 오늘 발표할 내용은 박혁거세 신화입니다."

아이들이 박혁거세가 알에서 태어난 이야기쯤은 알고 있다고 심드렁했다.

"미리 말씀드릴 것은 저의 발표는 코리안신대륙발견 웹사이트에서 인용한 것입니다. 그곳에서 '박혁거세'의 소리음은 뻐꾹새에서 음차한 것이라고 주장하는 글을 읽었습니다. 뻐꾹새를 한자로 옮겼다는 겁니다. 박혁거세가 알에서 태어났다는 난생신화는 알을 낳는 새 토템과 연관 지을 수 있습니다. 박혁거세의 '세'라는 말 자체가 새를 의미하고, 같은 날 태어나서 같은 날 죽은 박혁거세와 알영부인은 한 마리의 뻐꾹새 신선이 되었다는 것입니다."

박혁거세가 뻐꾹새로 달라져도 흥미롭지 않기는 마찬가지라는 태도를 아이들이 보였다. 여행 얘기는 왜 안 하는데, 하는 불만이 아직도 이따금씩 나오고 있었다.

뻐꾹새는 태생부터가 남을 밀어내고 자신이 혼자 살아남는 힘센 새다. 어미 뻐꾹새는 알을 낳을 때에 자기 둥지를 만드는 법이 없다. 뱁새 같은 작은 새 둥지를 찾아다니다가 대여섯 개의 알이 있는 작은 새의 둥지에 뻐꾹새 어미가 한 개의 뻐꾹새 알을 낳고 떠나가 버린다. 탁란(托卵)이다. 어떤 새가 다른 종류의 새의 집에 알을 낳아 대신 품어 기르도록 하는 것이 탁란이다.

어미 뱁새가 뻐꾹새 알도 자신의 알처럼 품는다. 문제는 뻐꾹새 알이 먼저 깨어 나오면 미처 털도 나오지 않은 뻐꾹새 새끼가 뱁새 알들을 하나씩 등에 업고는 둥지 밖으로 떨어뜨린다는 거다. 하나, 둘, 셋…… 모두. 뻐꾹새 새끼가 뱁새 새끼보다 나중에 깨어 났을 때도 다르지 않다. 먼저 깨어 나온 뱁새 새끼를 서슴지 않고 둥지 밖으로 밀어서 떨어뜨리는 뻐꾹새 새끼.

예하가 여기까지 전달했을 때 아이들의 반응은 요란했다. 소설 쓰지 말라는 것이다. 그러나 사이트에 올라와 있는 동영상을 클릭하자 야유는 금방 감탄으로 변했다.

하지만 아이들은 여전히 의문이 가득한 표정을 지었다. 뻐꾹새의 생태와 박혁거세가 무슨 관계가 있다는 말인가. 예하가 박혁거세를 발표 주제로 선택한 건 지금까지 지녀온 자신의 삶의 태도를 반성하는 의미에서였다.

박혁거세는 한반도라는 둥지에서 다른 작은 알들인 여러 나라들을 밀어낸 것이다. 박혁거세는 처음부터 생부모 밑에서 자라지 않았다. 알에서 나온 아기를 키운 사람은 육촌장들이었다. 육촌장들은 바로 대여섯 개의 뱁새 알들과 같은 존재들이 아니겠는가. 박혁거세보다는 힘이 약한 촌장들이었다는 것과 그 속에서 자랐다는 것이 뻐꾹새와 대여섯 개의 뱁새 알의 모습과 비슷하다.

그리하여 뻐꾹새는 뻐꾹새와 유사하게 발음되도록 박혁거세(朴赫居世)라는 한자로 표현되었고 뻐꾹새 새끼처럼 역사적으로 신라(新羅)가 한반도에서 다른 나라들보다 먼저 건국되어 마치 뱁새들과 같은 한반도의 다른 육국을 밀어내 버리고 통일한 셈이다. 육촌장과 같은 대여섯 뱁새 알들을 뻐꾹새인 박혁거세가 밀어낸 것이다. 삼국이 아닌 육국이다. 신라, 백제, 고구려에 가야, 탐라국, 우산국을 합치면 육국이 된다.

예하가 말을 멈추었을 때 아이들의 야유도 더 이상 들리지 않았다.

"이러한 신라시조 신화의 뻐꾹새 탁란 신화가 후대 왕조에 영향을 미쳤다고 생각하니?"

침묵을 깬 사람은 아이들이 아니라 국어 선생님이었다.

"제가 생각하는 것이 아니라 방금 동영상을 본 이 카페의 주인인 오두 선생님이 그렇게 생각하실 겁니다."

예하는 출처를 분명히 밝혔다. 평소에 배운 대로 어디에서 인용한 것인지 확실히 보여주었다. 예하는 국어 선생님을 바라보며 미소를 지었다. 선생님이 가장 흥미로워할 것 같았기 때문이다. 선생님 덕분에 자연스럽게 흥부전 얘기를 할 수 있게 되었다.

"신라시조 박혁거세 신화의 뻐꾹새 탁란 후속편이 있습니다. 흥부전이죠. 이 사이트에서는 흥부전의 제비다리 고쳐주기도 새로운 시각으로 해석하고 있습니다. 둥지에서 떨어진 제비다리 고쳐주기가 바로 뻐꾹새 탁란 얘기라 합니다."

"끼어들어서 미안한데, 왜 흥부전을 통해 신라 문화의 부활을 보여 주려 했을까?"

역시 선생님의 관심을 모으고 있다. 선생님이 직접 읽어 보는 게 어떻겠느냐고 답하고 싶을 정도다. 코리안신대륙발견 웹사이트에는 문학과 관련된 글도 쏟아져 나올 테니까.

흥부전 탄생은 정묘호란과 병자호란 직후였다. 후금이 조선에 쳐들어와서 '형제 외교'를 맺자고 강요한 것과 깊은 관련이 있다. 후금은 금(金)나라 후예이고, 금나라는 신라가 멸망되고 나서 신라 왕실의 김(金) 씨 왕조의 후예가 세웠다고 금(金)나라 역사는 전하고 있다. 그래서 금나라 사신들이 고려에 왔을 때 '부모(父母)의 나라'라 하기도 했던 것이다. 그런 금나라의 후예가 세운 나라가 17세기 후금(後金)이었다. 후금을 세운 누루하치의 성(姓)은 애신각라(愛新覺羅)였다. 나중에 후금이라는 국명을 바꾼 청(淸)나라 황제들의 성이 신라를 생각하는 애신각라라는 성(姓)이었다는 것은 아주 흥미로운 신라(新羅)의 부활인 것이다. 이러한 시대적 배경에서 신라시조와 연관한 박흥부전이 나온 것이라 할 수 있다.

흥부전? 후금은 놀부, 조선은 흥부다. 같은 신라에서 나온 후예로서 후금은 심보 나쁜 형인 놀부이고 조선은 착한 흥부다. 후금의 침략을 받은 조선사회에서 흥부전의 핵심은 둥지에서 떨어진 새끼들을 살려주는 이야기로 전체 민족이 하나 되어 민족의 힘을 부흥시켜서 놀부인 후금을 몰아내자는 것이다. 흥부전은 흥부가 놀부를 혼내주는 이야기다. 조선이 침략자 후금을 혼내주자는 것이다.

예하는 기꺼이 놀부가 될 각오가 되어 있었다. 하지만 예하와 아이들의 후금(後金)은 바깥 세계가 아니라 자기 자신일지도 몰랐다. 이 세상에서 가장 힘든 싸움이 자기 자신과의 싸움이니까.

“또 끼어들어서 미안한데, 그 카페 주소 좀 알려줘.”

국어 선생님이라면 충분히 흥미를 가질 것이다. 스크린에 이미 주소는 나타나 있다. 코리안신대륙이라는 검색어만 입력해도 쉽게 찾을 수가 있기도 하다. 선생님이 예하에게 물었지만 아이들이 눈여겨보았으면 하는 선생님의 바람일 것이다.

“뻐꾹도사, 뻐꾹새 탁란 이야기가 신라에만 있었습니까?”

아이들이 목소리 주인공을 향해서 함성을 질렀다. 그 소리의 주인공이 태균이었기 때문이다. 태균이가 이런 일에 관심을 가지고 있다니. 게다가 정중한 태도로 그럴싸한 질문까지. 예하가 태균이에게 친근한 미소를 보냈다.

"고구려의 시조 신화도 신라시조 신화의 탁란 신화와 유사한 데가 있습니다. 고구려 시조 주몽도 박혁거세처럼 알에서 깨어 나왔다고 했지 않습니까!"

예하도 태균이처럼 정중하게 말했다.

"알에서 태어난 고구려 시조 고주몽은 혹시 삼족오와 관련이 있었습니까?"

태균이의 질문에 힘입었는지 평소 역사에 관심이 많은 진희가 말했다. 이번에는 아이들이 야유도 함성도 지르지 않았다. 분위기가 진지해진 것이다.

"다시 말씀드리지만 제 생각이 아니라 오두 선생님의 해석입니다. 직접적으로 삼족오의 알이라고 할 수 없을지는 몰라도, 적어도 고구려의 삼족오, 세 발 달린 까마귀는 고구려의 시조 신화와 관련이 있었을 것이라 추측합니다. 고려를 까오리로 발음하기도 하는데, '까오리'란 까마귀 울음소리를 음차한 것으로 볼 수 있다는 것입니다. 이야기가 많이 길어졌습니다. 혹 더 궁금한 점이 있으면 직접 카페에 들어가 보기를 권하고 싶습니다."

"삼족오는 왜 발이 세 개입니까?"

질문을 하는 철민이의 표정이 야릇했다. 고개는 한쪽으로 살짝 기울어졌고, 목소리가 가벼우면서 성실하지 않았다. 예하는 이런 고약한 질문에도 답할 수 있냐는 의미로 받아들였다. 그래서 카페에서 읽어보라는 말 대신에 직접 대답을 했다.

"신라시대에는 사랑하는 부부가 죽으면 한 마리의 새, 비익조(比翼鳥)가 된다고 믿었습니다. 삼족오(三足烏)도 두 마리의 암수 까마귀 토템 부족의 남녀가 신선이 되어 한 마리 까마귀가 된 모습이 됩니다. 신라의 연오랑(延烏郞)과 세오녀(細烏女)는 부부인데 둘 다 까마귀입니다. 이들 부부는 한 마리 까마귀가 되고 발은 세발 달린 삼족오 모습이 될 수 있습니다. 그 시대에는 비익조뿐 아니라 비익총이라는 무덤도 있었습니다. 체육대회 때 우리 경기 종목이었던 '이인삼각(二人三脚)'의 일종이 삼족오인 것이지요."

갑자기 누군가 짝, 짝, 짝 박수를 쳤다. 태균이었다. 태균이의 박수를 시작으로 박수가 쏟아졌다. 지난 시간에 태균이를 향해 친 박수를 되돌려 받는다는 생각은 들지 않았다. 콧등이 매웠다. 박수가 학급의 아이들이 예하를 향해 마음을 열어주는 신호처럼 여겨졌다. 예하는 진심을 다해 새로운 눈으로 바라본 박혁거세 신화를 들려주었다. 조금 먼저 알게 되었다고 잘난 척하지도 않았고, 미처 알지 못한다고 무시하지도 않았다. 예하의 눈앞에 계룡인 알영부인과 뻐꾹새인 박혁거세가 보여주는 토템폴이 나타났다. 천둥새 박혁거세 아래의 고래 알영부인. 예하가 토템폴을 세워놓고 주술행위라도 했다는 말인가.

"도사답다. 뻐꾹도사, 홧팅!"

태균이가 소리쳤다. 예하는 자신도 모르게 공손하게 허리를 숙여 답례를 했다.

"비익총이라 했습니까? 그런 새모양 무덤들은 왜 사라졌다고 생각합니까?"

이번에는 철민이도 진지하게 물었다. 철민이가 화해의 악수를 청하고 있는 것이다. 예하는 기꺼이 철민이의 손을 잡았다.

"여러 번 말하고 있지만 이건 모두 오두 선생님의 해석입니다. 저는 그저 전달자에 불과합니다."

예하가 겸손하게 말했다.

"난 척하지 마라. 뻐꾹도사, 맞잖아."

태균이가 소리치는 바람에 아이들이 폭소를 터뜨렸다. 예하도 편안하게 웃었다.

"불교가 강조된 고려를 무너뜨린 조선시대는 불교를 배척한 시대입니다. 고려가 신라 천년을 극복하기 위해 몸부림친 것처럼 조선도 고려를 극복해야 했습니다. 그 결과 조선은 신라의 사상을 이으면서 그 방법을 찾았지요. 조선시대 선비들이 울산시 언양면 대곡리의 반구대에 학을 새긴 것과 신라시대 고래토템은 서로 같은 배경의 동물토템숭배입니다. 그런데 신라시대 새 닮은 비익총 무덤은 흔적도 없이 사라져 버렸을까요?"

예하는 천천히 숨을 쉬었다.

"오두 선생님이 새를 닮은 조선시대의 무덤을 찾아냈습니다."

예하는 다시 말을 멈추고 마음을 진정시켰다.

"유네스코 세계문화유산으로 등재되어 있는 곳입니다."

예하는 마치 스무고개라도 하는 듯이 천천히 다가가고 있었다. 그건 아이들의 궁금증을 유발할 목적에서가 아니었다. 예하가 처음 오두님의 주장과 마주쳤을 때 느낀 기분을 아이들에게 전달하고 싶었기 때문이다.

"그것은 조선시대 왕릉 중에 있습니다. 조선시대 왕릉이 모두 비익총은 아니나, 여러 왕릉에 새 닮은 비익총이 남아 있습니다. 『조선왕조실록』의 동원이강릉(同原異岡陵)은 신라 때의 비익총을 계승했다는 것이 오두 선생님의 주장입니다. 왕과 왕비의 무덤을 함께 쓰고 새 날개처럼 왕릉을 조성했습니다. 세조와 정희왕후 무덤인

광릉은 조선시대 최초의 동원이강릉이자 조선왕조 왕릉의 모델이라고 합니다. 문종과 현덕왕후의 현릉, 선조와 의인왕후의 목릉, 그리고 성종과 정현왕후의 선릉이 대표적인 동원이강릉입니다."

스크린 화면이 광릉의 동원이강릉(同原異岡陵)으로 꽉 채워졌다.

동원이강릉(同原異岡陵)은 왕릉 조성에서 제사를 올리는 하나의 정자각 뒤에 왕과 왕비를 묻은 능이 각기 다른 언덕 위에 두 날개처럼 뻗어 있는 곳에 봉분을 배치하는 것을 말한다.

새삼스럽게 동원이강릉이라는 낱말이 가슴을 뭉클하게 만들었다. 아버지, 어머니가 비익총의 주인공이 되는 머릿그림을 그렸다. 아버지가 어머니에게 청혼할 때 어머니는 아버지의 진정성에 마음이 움직였다고 했다. 가족들과 친구들, 어머니를 걱정하는 많은 사람들이 종부로 살아가는 고달픔을 조목조목 손꼽으며 아버지와 하는 혼인을 다시 생각해 보라고 말리고 또 말렸다. 종부로 살아보지도 않은 사람들이 종부의 고단한 삶을 끝도 없이 내세울 때, 막연한 두려움이 없었던 것은 아니지만 어머니를 흔들리지 않게 한 힘은 아버지의 진정성이라 했다. 아이들의 굳게 닫힌 마음을 여는 열쇠도 진정성이었으리라.

반구대암각화를 사랑하는 사람들에게 사연댐은 무엇보다 먼저 무너뜨려야 할 대상이다. 울산시민들의 물 문제를 걱정하는 사람들에게는 반구대암각화가 불편하게 보일지도 모른다. 그렇다 할지라도 세계문화유산으로 지정되어야 할 암각화를 수십 년 동안 물속에 가둬두는 것은 잘못이다. 댐은 다른 지역에 새로 건설할 수 있지만, 인류의 유산을 물에 잠기게 할 수는 없노라던 포르투갈의 포즈코아 시장 같은 힘이 울산에는, 대한민국에는 왜 없는가 말이다.

대한민국 고3 수험생이 모의고사 성적과 내신 성적에 모든 힘을 기울이지 않고 다른 문제에 관심을 가지는 것은 애초에 있을 수 없는 일이었다. 그러나 예하는 두 가지 모두를 끌어안고 싶었다. 현재 자신의 힘이 턱없이 모자라는 걸 인정하기 때문에 대학 진학에 있는 힘을 다 기울이리라 각오를 다지면서도, 조상 대대로 반구대를 지켜온 후손으로서, 세계문화유산을 지킨다는 사명감을 가져야 하는 한 사람으로서의 의무도 외면하지 않으리라는 다짐도 단단히 했다.

고3 수험생 생활은 순조로웠다. 마음이 편하니 모든 것이 여유로워진 것이다. 반구대 지역을 국립공원으로 만들어야 한다는 발상에 생각이 모아지는 것은 학교 공부에 매달려 지친 심신을 재충전할 수 있는 기회를 만들어 주었다. 뭔가 뜻있는 일에 작은 힘이지만 보태고 있다는 생각이 들기 때문이다. 다만 태균이가 다른 반이 된 게 아쉬웠다.

오두님은 울산(Ulsan)과 유날라스카시티(Unalaska City), 산카를로스(San Carlos), 이 세 곳이 고래 이동로에서 서로 자매 도시로 맺어져야 한다고 강조했다.

– 세계적으로 가장 유구한 고래 역사를 보여주는 것은 반구대암각화다. 고래가 모이는 울산 앞바다는 선사시대의 세계적인 '도읍'이라 할 만하다. 3천 년 전 코리안 온돌이 발굴된 알류샨 열도 아막낙 섬이 소속된 유날라스카시티이고, 반구대 고래암각화가 있는 울산이다. 막달레나 만이 있는 산카를로스는 울산의 맞은편에 있다. 말하자면 귀신고래의 '피안(彼岸)과 차안(此岸)'으로서 두 도시가 자매 도시가 되고, 귀신고래가 교차하는 유날라스카시티까지, 이 세 곳은 귀신고래의 왕래라는 웨일로드(Whale Road)의 역사적 당위성을 가지게 된다. 그리고 현재도 귀신고래의 낙원인 막달레나 만이 역사의 현장이 될 것이다. 선사 시대 코리안들이 고래를 따라간 고래길, 웨일로드라는 내 주장이 KBS 다큐 프로그램으로 만들어진 것은 이런 의미에서 분야별 학계에서 평가가 뒤따라야 할 것이다. 알류샨 열도 아막낙 섬에서 발굴된 온돌은 한반도의 코리안들이 고래를 따라가서 그곳에 남긴 온돌문화라 한

내 주장에, 이제는 그 온돌을 발굴한 릭 크넥 교수도 동의했다는 사실을 KBS 다큐 프로그램에서 보여주었으니까.

예하가 주말을 기다리는 이유 중의 하나는 반구대에 갈 수 있는 여유가 있기 때문이다. 주말이라고 무조건 반구대에 갈 수 있는 것은 아니지만, 다른 일보다 우선으로 하려고 애를 쓰는 예하였다.

대곡리암각화에 다녀오는 것이 반구대에 도착하면 가장 먼저 하는 일이 되었다. 대나무밭을 지나 차밭 언저리 쉼터에 이르렀을 때 벤치에 신문 몇 장이 놓여 있는 게 눈에 띄었다. 주변을 보아도 누군가 다시 보기 위해서 보관한 것은 아닌 것 같아 신문을 치울 작정으로 쉼터로 들어갔다. 신문을 드는 순간 예하는 깜짝 놀랐다. 신문에 실린 사진은 틀림없이 태균이었다. 태균이는 장대에 매달아 길게 늘어뜨린 깃발을 들고 있었다. 뒤따르는 풍물패를 선도하는 깃발 부대처럼. 어찌 보면 고래토템폴인 것도 같고.

– 대곡댐 해체하여 백련구곡 복원하라!

기사 내용은 태균이가 울산시청 앞에서 하루 종일 불법 1인 시위를 했기 때문이라고 했다. 예하가 놀란 것은 불법 시위 때문이 아니었다. 대곡댐을 해체하라고 요구하는 것은 사연댐 해체를 전제하는 것이었다. 반구대 대곡리암각화와 천전리암각화 지역이 국립공원이 되기 위해서는 사연댐은 말할 것도 없고 대곡댐도 그대로 두어서는 안 되는 일이다. 대곡댐 건설로 1,100기의 선사시대 고분군이 수몰되었다. 선사시대의 거대한 '도시'가 물에 잠겨 버린 것이다. 이런 문제를 정확하게 짚고, 그것을 한 문장으로 만들어 만인에게 알리고자 한 태균이의 행동은 놀라움을 넘어 충격이었다. 이건 태균이를 무시해서가 절대 아니다. 암각화라는 낱말 자체에도 관심이 없던 태균이가 언제 이토록 반구대의 국립공원화에 열의를 가지게 되었을까 하는 의문이 들었기 때문이다. 그것도 예민한 암각화를 숨기고 '백련구곡'을 내세워 은근히 둘러 가는 수법으로.

예하는 태균이가 자랑스러워지기 시작했다. 예하 자신의 작은 힘으로 무엇을 할 수 있을 것인지 고민만 했지 아무런 행동도 하지 못했는데, 태균이의 행동이 예하의 머리와 가슴을 마구 휘저어 놓았다. 다시 한 번 신문 기사를 읽었다. 자세히 보니 깃발에는 글자만 있는 것이 아니었다. 사진이 선명하지는 않았지만 '대곡댐' 글자 위에 분명히 그림이 들어 있다. 스마트폰으로 신문 기사를 검색했다. 틀림없는 고래였다. '대'자(字)를 향해 머리를 두고 꼬리는 하늘을 향해 있었다. 춤을 추는 듯한, 노여움을 토하는 듯한, 슬퍼하는 듯한 고래. 선명하지 않아서 오히려 더 많은 생각을 하게 만드는 고래 그림이었다. 아니, 태균이가 만든 고래토템폴이었다.

태균이를 만나야겠다고 생각했다. 태균이에게 전화를 걸었다.

"태균아, 어떻게 된 거냐?"

"빼꾹도사 너, 신문 봤구나. 뭐, 그렇게 됐어."

경찰에게 붙들려 1인 시위 경위를 쓰고 곧 풀려났다는 것이다. 전화로 상세한 얘기를 듣고 싶지는 않았다. 그만큼 태균이의 행동은 큰 의미가 있었다. 다른 반이어서 자주 얼굴을 볼 수 없는 것이 다시 불편함으로 다가왔다. 예하는 태균이도 오두님의 카페 회원이 된 것이 틀림없다는 생각이 들었다. 그렇더라도 태균이가 내용을 꼼꼼히 살핀 것은 아니었을 것이다. 태균이는 빽빽하게 박혀 있는 글자 숲을 보면 숨이 막힌다고 했다. 태균이에게 글자가 인쇄된 책은 모두가 한 종류였다. 교과서다.

"나도 할 일이 생겼어!"

며칠 후에 함께 만나자는 약속을 하면서 전화를 끊을 때 태균이가 한 말이다.

예하는 태균이의 1인 시위 행동을 보면서 자신의 할 일을 찾았다. 태균이가 행동으로 옮기는 강점이 있다면 예하는 내용을 파악하고 정리할 수 있는 장점이 있다. 국립공원화를 위한 여론을 조성하는 일에 힘을 보탤 수 있을 것 같다. 태균이의 지원이 필요하다. 태균이를 만나기 전에 준비를 해 둘 생각으로 반구대 지역 국립공원화를 위한 자료를 정리하기 시작했다. 오두님의 카페에서 배웠던 내용이며, 언론에 실려 있는 내용이며, 주변 사람들이 주고받는 내용이 뒤죽박죽이었다.

예하의 활동이 반구대국립공원화를 위한 설득력을 얻기 위해서는 강력한 이론이 필요했다. 걱정하지 않았다. 오두님이 지원할 테니까. 온라인과 오프라인이 상호 교감이 되어 오프라인이 온라인이 되고, 온라인이 오프라인이 되는 새로운 경지에서 삶의 영역이 가슴이 벅차도록 확대되었다. 새로운 세계로 흔들림 없이 나가게 한 오두님의 웹사이트는 예하에게 반구대를 입체적으로 느끼게 한 감동 그 자체다. 온몸이 오싹해진다. 그야말로 '오우~섬(awesome)'이다.

> 연중 8개월이나 대곡천 물을 막은 사연댐 물속에서 반구대암각화는 훼손 마모되고 있다. 중앙정부인 문화재청은 사연댐 수위를 낮추라고 하고, 울산시는 생태제방을 쌓는 게 낫다고 주장한다. 이 모두가 눈감고 아웅 하는 꼴이다. 사연댐은 물론 대곡댐이 해체되는 길이야말로 반구대 지역 전체가 명승지로서도 문화재 지역으로서도 주목을 받을 것이고, 선사시대 고래 문화와 고래 회유바다가 있는 울산이 원래의 위치를 완벽하게 회복하는 길이 될 것이다. 대곡천의 백련구곡과 반계구곡도 반구대가 국

립공원이 되고 세계문화유산에 등재되면서 모두 회복되어야 한다. 정몽주 추모 비각이 서 있는 포은대며 물도리동 흘러내려간 흔적이 남은 향로봉 대곡리 마을까지 문화적, 풍치적 의미에서도 국립공원이 되는 데에 조금도 손색이 없다. 인근의 고래샘마을과 작괘천 지역 및 영남알프스 올레길은 반구대국립공원과 함께 울산지역 관광 클러스트를 이룰 것이다. 울산 앞바다 고래관광선 투어는 반구대국립공원에 속한 프로그램으로 엄청난 각광을 받을 것이다.

대곡리와 천전리 암각화 바위만 '국보'로 지정하여 보호하려는 현재의 방책은 현명한 방법이 아니다. 나무만 보호하고 산은 황폐화시키겠다는 것이 아닌가. 엄청난 문화유산이 발견되어 중단되었지만 설사 가능하다 하더라도 투명유리 방제댐으로 대곡리 암각화를 보호한다는 것은 임시 봉합에 불과하다. 사연댐이 존재하는 한에는 고래암각화 훼손 방지는 미봉책밖에 되지 않는다.

우리의 선사시대 고래잡이 문화는 신대륙 아메리카를 발견한 반구대 고래잡이 문화의 세계화를 보다 분명히 하는 바탕이 될 것이다. 울산반구대 지역이 제대로 우리 국민들에게도 홍보되지 않은 것은 물에 수장되었기 때문이 아니라 단지 바위 자체만을 보호하겠다는 국보 보호 정도에 머물러 왔기 때문이다.

현재 대한민국에는 21개의 국립공원이 있다. 그 최초의 국립공원이 지리산국립공원이다. 그러나 경주국립공원을 제외하면 모두가 산을 중심으로 한 자연 풍치에만 국한되어 있다. 한려해상국립공원도 바다가 아니라 바다에 있는 섬의 경치를 내세우고 있다. 대한민국에는 미국의 메사벌디 국립공원처럼 선사시대 역사 유적지가 포함된 국립공원이 없다는 점을 크게 부각시킬 필요가 있다.

여기까지 정리한 예하는 울산반구대국립공원화의 당위성에 대한 국제적인 시각을 정리하기 위해 증빙 자료를 정리하여 덧붙였다. 이미 예전에 더할 수 없이 감격하고 감탄을 했음에도 정리를 하는 동안 처음 보는 것처럼 오두님의 방대한 자료에 놀라고 감동했다. 최근 자료 중에는 바로 예하가 살고 있는 울산고래축제 학술세미나 발표 자료가 있어 감동은 끝을 모를 정도로 깊었다. 한국고래문화연구소 학술지에 실린 오두님의 코리안신대륙발견 논문은 선사시대 코리안이 태평양을 넘고 대서양을 건너고 있는 듯해 한국인으로서, 세계인으로서 뿌듯하고 자랑스러웠다.

지난 20세기에 생겨난 댐들의 폐해에 대한 반성은 세계 각국에서 일어나고 있다. 자연생태 파괴는 물론 문화유적지 및 주민생활 공간의 파괴에 대한 문제들이 전 세계를 통틀어 약 4억 7천만 사람들에게 직접 관련이 있기 때문이다. 이디오피아 오모 강(Omo River) 지역 50만 명의 원주민들의 생활을 파괴시킨 투르카나 호수(Lake Turkana)는 대표적인 경우다.

미국 남부 캘리포니아의 마틸리자 댐(Matilija Dam)도 수심 70미터급인데 2013년에 해체가 완료되었다. 요세미티 국립공원의 헤치헤치벨리(Hetch Hetchy Valley)에 있는 댐은 샌프란시스코의 용수 댐이지만 해체하자는 여론이 들끓고 있다. 캘리포니아의 경우 아놀드 슈와제네거 전

주지사 때에 두 개의 댐을 해체하는 데 40억 달러의 예산을 지원했다고 한다.

오래곤에서 태평양까지 길이가 400킬로미터가 넘는 클라매스 강(Klamath River)을 따라 네 개의 수력발전용 댐들이 있다. 이 댐들은 북부 캘리포니아주와 남부 오래곤주의 약 7만 가정에 전력을 공급한다. 그러나 생태복원과 어류의 귀환을 위하여 그 댐들은 파괴되어야 한다고 반대자들은 목소리를 높이고 있다. 사연댐과 대곡댐 해체는 국제적인 시각에서도 타당성이 있는 것이다.

5백만 마리 연어 떼가 오르내리던 그곳이 댐으로 인하여 겨우 1만 7천여 마리만 돌아온다고 캘리포니아 하원의원은 '댐 해체는 연어회귀에만 국한한 것이 아니다. 이것은 대자연이 인위적인 공사로 고통 받는 것으로부터 자유를 부여하는 일이며 선사시대 상태를 그대로 회복시키는 것'이라고 강조했다.

반구대 대곡천은 백련구곡과 반계구곡의 아홉 구비 아름다운 명승들이 회복되어야 한다. 대곡천은 한 지점이 아니라 굽이굽이 연결된 유상곡수의 유기적인 모습을 되찾아야 본래의 문화유산이자 자연유산을 회복하는 것이 된다.

미국의 댐은 1900년대 초기부터 1960년대까지 붐을 일으켰다. 그러한 댐들은 수력발전, 용수확보, 홍수조절, 휴양지, 발전소 냉각 및 지역환경 정리 등의 명분으로 진행되었으나 지금은 상당수의 댐들이 그들의 본래의 목적이 상실된 채 지역에 해를 끼치고 있는 것으로 밝혀졌다. 그에 따른 댐 해체 분위기가 대세를 이루고 있는 것이다.

1960년대 세워진 사연댐은 그 수명 자체에서도 이미 해체 대상이다.

1998년에 설립된 세계 댐 커미션(The World Commission on Dams, WCD)은 댐 기능의 효력을 재점검하고 다른 방법으로 수자원을 확보할 수 있는지를 재검토하는 가이드라인과 기준을 세우는 국제적인 기구이다. 현재 세계은행에 연대하는 각국의 정부들이 수행하려는 댐 건설 프로젝트는 주변 환경파괴와 문화유산에 대한 파괴가 없도록 국제적으로 WCD의 의견을 받도록 되어 있다고 한다. 예를 들어 스페인의 멜로나레스 댐(Melonares Dam)과 호주의 버네트 댐(Burnett Dam)도 생태계 파괴에 대하여 지적을 받았다.

지난번 약속대로 태균이와 만났다. 예하를 만나러 태균이가 움직였다. 공부해야 하는 예하는 시간을 아껴야 한다고 태균이가 배려한 것이다. 태균이는 시간이 남아돌고, 예하는 공부할 게 끝이 없다는 게 태균이 주장이다.

"태균아, 난 신문에 실리는 친구가 있다."

"빼꾹도사, 그냥 넘어가자."

태균이가 머리를 긁적이며 말했다. 태균이가 무얼 함께 할 수 있는지 물었다. 태균이가 그냥 넘어가는 방법으로 택한 질문인 모양이다. 태균이는 1등짜리 예하가 멋있는 말로 사람들을 설득해 줄 것이라 믿었다. 예하는 태균이에게 정리한 자료를 보여주었다.

"또 교과서지. 그건 도사 네 몫이다. 난 그림이나 하나 보탤게."

"울산 반구대 지역이 국립공원이 되기 위해서는 대곡천에 있는 사연댐과 대곡댐에 대한 근본적인 재고려는 필수적이야."

"야, 삐꾹도사, 복잡할 것 없어. 국립공원에 웬 쓸데없는 댐이야. 그게 더 먹혀."

예하가 빙그레 웃었다.

"태균아, 네가 이렇게 적극적으로 나설 줄 몰랐다."

태균이가 물끄러미 예하를 바라보았다.

"우리 아버지가 고래잡이였다 했잖아. 고래를 잡고 싶어서 잡았겠냐. 그때도 지금도 우리는 없는 집이다. 고래도 이해할 거다, 우리 사정. …… 고래 살리는 거라며?"

태균이는 고래를 잡으면서도 고래를 숭상한 선사시대의 고래잡이들과 통해 있었다. 스포츠라는 이름을 붙여 낚시를 하고 사냥을 하는 게 아니라, 생계를 위해 어쩔 수 없이 다른 동물을 잡을 수밖에 없었던 얘기를 하고 있다. 가끔은 먹이사슬을 유지하여 생태계를 보존하기 위해 동물의 개체를 인위적으로 조절하기도 한다. 동물을 살리기 위해 동물을 죽이는 것이다.

"너, 대단했어. 대곡댐 얘기로 사연댐도 해체되어야 한다는 당위성도 시사하고."

"도사는 네 몫이라 했잖아. 내가 뭘 알고 그런 말을 그 대단한 시청 앞에서 했겠냐."

예하는 어리둥절했다. 태균이가 예하 어깨를 툭 쳤다.

"난 간단해. 고래도, 고래 그림도 살려야 해."

그래서 댐을 폭파해야 한다는 거다. 아는 형한테 물으니 뭘 들고 '뻘쭘하게' 서 있으면 사람들이 아는 척 할 거라 했단다. 오두님의 카페 회원이 되기는 했지만, 읽어야 할 내용이 얼마나 많은지 그만 질려 버렸다고 태균이가 고백했다. 사진과 동영상만 보다가 나오는데도 기가 막히게 재미있고, 뭔가 손에 잡히는 게 있다고 했다. 예하처럼 똑똑하게 전달할 재주는 없어도 어떤 행동이 필요한지 정도는 알 수 있다고, 그리고 누구에게 어떤 도움이 필요한지도 알고 있고. 오랜 세월 아르바이트로 단련된 몸이라 거기서 배운 게 많다고 목소리에 힘을 주었다. 과연 태균이다웠다.

"태균아, 천전리암각화 보호를 위해서도 백련구곡 복원은 국립공원 조성 분위기에 필수적이야. 복원을 위한 백련구곡의 위치도 기본적으로는 확인이 되어 있는 상태더라고."

"내가 말하잖냐. 그건 도사 네 몫이라고. 어렵고 복잡한 건 네가 해라. 시청 앞에서 외치는 그런 건 이 형님이 한다."

태균이 말이 든든하게 가슴에 와 닿았다. 태균이도 대충이라도 알아두는 게 좋을 듯해 예하가 백련구곡을 설명했다. 태균이가 선생님 말을 잘 듣는 유치원생처럼 차분하게 예하의 목소리에 귀를 기울였다.

천전리암각화 위쪽 대곡천 굽이굽이에 백련구곡(白蓮九曲)을 명명한 최남복(崔南復)은 백련서사를 지어 살았다. 신라 때부터 있었던 백련사 터였다. 그 백련구곡을 19세기 후반 즈음에 그림으로 그린 백련구곡도가 발견되었다. 지금은 대곡댐으로 수몰된 자리에 백련암이 있었다. 백련구곡 아래쪽 대곡천에 집청정을 중심으로 또 다른 구곡을 정했으니 송찬규의 반계구곡(磻溪九曲)이 그것이다.

"내가 말하고 싶은 것은 백련구곡의 자세한 위치가 아니야. 지금도 아름다운데, 댐으로 파괴되기 전에는 대곡천 전체가 어땠겠어. 물론 우리가 움직인다고 바로 대단한 변화가 일어나는 것은 아닐 거야. 하지만 아직 마음을 정하지 못했거나, 뒤에서 구경만 하는 사람의 마음을 움직일 수는 있을 것 같아."

예하가 태균이에게 말하고 싶은 것은 이곳 울산 반구대암각화 지역 전체가 국민 아니 세계인의 공원이자 문화유산으로 보호되어야 한다는 역사적 의미이다. 그 역사적 의미를 세우는 일에 태균이와 힘을 합하고 있다는 것이다. 예하가 겨우내 끙끙 가슴앓이를 하며 얻은 게 있다면 그건 분명 태균이었다.

"태균아, 이런 말하면 재미없겠지만…… 내가 비행기를 탔을 때 말이야."

"재미없기는. 제주도 수학여행 때 비행기 타 봤거든요."

"맞다, 그러네. 그러니까 내가 말이다……."

"뭔 말인데?"

"구름 위로 날고 있으니까 손오공 같더라고."

"……?"

"……!"

"짜식, 싱겁긴."

"우리, 뭐 좀 마시자. 이왕이면 짠 걸로!"

태균이가 유쾌하게 웃었다. 참으로 선해 보였다.

귀국길에도 직항을 이용할 수 없었다. 밴쿠버 공항이 가까워지고 있을 때였다. 비행기는 로키 산맥 상공의 운해를 날고 있었다. 날고 있는 게 아니라 구름 위에 달랑 올라앉은 것 같았다. 구름바다에서 뽀글거리며 또 구름이 발생하고 있었다. 마치 막달레나 만과 산이그나시오 석호에서 보았던 귀신고래가 물을 뿜는 것처럼. 비행기 창에서 눈을 뗄 줄 모르고 있을 때였다. 눈앞에 일부러 누군가 애를 써서 그렇게 만든 것처럼 동그란 원이 만들어졌다. 무언지 몰라 한참이나 뚫어지게 본 뒤에야 비로소 한숨처럼 토해냈다.

아, 무지개.

오두님의 웹사이트에서 읽은 적이 있는 바로 그 원형 무지개였다.

우리가 흔히 보는 무지개는 아치형이다. 운해 위에 나타난 무지개는 한 치의 어긋남도 없는 원형이었다. 처음엔 몰라서도 보이지 않던 원형 무지개는 홑으로, 쌍으로 나타나 날 황홀하게 만들었다. 땅에서 바라본 무지개처럼 빛깔이 선명하지는 않았다. 바하칼리포르니아 앞바다에서 바라본 귀신고래가 만들어내던 무지개처럼 순식간에 사라져서 안타깝기도 했다.

원형의 홑무지개는 불상의 광배 같았다. 그런가 하면 쌍무지개는 어릴 적 숙제 검사에서 '참 잘했어요' 도장을 찍어주는 대신에 그려준 선생님의 칭찬 표시 같았고. 홑무지개든 쌍무지개든 햇빛 방향과 수증기의 양이 조화로워야 그토록 숨 막히게 아름다운 그림을 만들어낼 수 있다. 자연이 보내온 위대한 선물이었다.

태균이와 내가 조화를 이루면 우리도 그런 원형의 무지개를 만들 수 있을 거다.

"태균아, 우리도 원형 무지개를 만들어 보자."

"뻐꾹도사, 무지개는 아니다."

"뭐라고?"

"현수막에 무지개 그리자며?"

"내가? …… 무지개를?"

"빼꾹도사, 뭔 일 있냐?"

"아니, 아니야. 그러니까 진짜 무지개를 그리자는 게 아니고 꿈을 그리자는 거야."

"또, 또, 도사 소리."

"우리 어머니가 깃발에 그린 네 고래 그림 보고 감탄하더라. 지난번 시골집에 왔을 때도 네가 그림 그렸잖아. 네가 그림 공부를 했으면 하시던걸."

"야, 빼꾹도사, 그림도 공부해야 되는 거냐."

태균이가 고개를 절래절래 흔들었다.

"빼꾹도사, 내가 간만에 괜찮은 일 하나 했다."

태균이가 시청 앞에서 1인 시위를 할 때 들고 있던 깃발은 태균이의 피 같은 돈으로 만든 것이었다. 아는 형이 그냥 만들어준다는 것을 굳이 제작비를 치른 것이다. 태균이가 아르바이트를 해서 번 돈을 가장 허무하게 썼을 때가 PC방에서 2박 3일간 머물렀을 때라고 했다. 게임하면서 라면이나 샌드위치 따위를 먹으며 버티다가 PC방을 나와 햇빛을 보는 순간 기분이 몹시도 울적했다고 했다. 순간 미치도록 돈이 아까웠다는 것이다. 그런데 시위용 깃발을 만드는 일에 돈을 쓴 날은 기분이 말할 수 없이 상쾌했단다.

"개 같이 벌어서 정승 같이 쓰라는 게 뭔 뜻인지 알았다. 빼꾹도사, 이건 내가 접수한다."

태균이가 접수하고자 한 것은 자연경관의 명승지에서 세계적인 문화유산인 반구대 지역을 '울산반구대국립공원'으로 지정할 것을 촉구하는 현수막을 제작하는 걸 말했다. 고등학생이 움직이면 사회가 움직이게 되어 있다는 게 태균이의 믿음이기도 했다.

어떤 식으로 현수막을 만들어야 할지를 의논하는 동안 예하의 눈앞에는 거대한 귀신고래가 울산 앞바다를 유유히 헤엄치며 물을 뿜는 모습이 보였다. 귀신고래의 환희에 찬 춤을 보는 것이다.

태균이가 여러 친구들과 함께 대곡댐으로 갔을 때 많은 사람들이 이미 와 있었다. 대곡댐 해체 기자회견장이다. 사연댐은 이미 해체 공사를 하고 있지만 대곡댐은 아직 해체파와 유지파의 논쟁 속에 있다. 수백 명 군중들이 붐비는 대곡댐 앞에는 울산문화재복원추진위원회 사람들이 현수막을 들고 서 있었다. 태균이와 친구들도 함께 그쪽으로 갔다.

'대곡댐 해체하여 울산반구대국립공원 완성하자!'

태균이 눈앞으로 해체되는 대곡댐의 물줄기를 거슬러 거대한 귀신고래가 솟아올랐다.

드디어 울산반구대국립공원 지정 선포식 날이 돌아왔다. 이날 행사를 위하여 알류샨 열도 아막낙 섬이 있는 유날라스카시티와 막달레나 만이 있는 산카를로스 대표가 울산에 초청되었다. 더불어 이번 국립공원 선포식에서 울산과 유날라스카시티와 산카를로스가 자매결연을 한다는 소식이다.

반구대암각화에 새겨진 고래잡이들이 울산 앞바다 고래 떼를 따라 동해안, 연해주, 오호츠크 해와 베링 해를 거쳐 아메리카 대륙 태평양 연안길로 내려간다. 고래길이다. 혜초가 걸어간 비단길 실크로드(Silk Road)보다 더 멀고 험한 바닷길을 찾아갔다. 알래스카 연안에서 고래를 따라 아즈텍과 마야 문명을 지나 잉카 문명의 바닷길까지. 울산만의 귀신고래가 웨일로드(Whale Road)를 따라 베링 해를 거쳐 멕시코 바하칼리포르니아 반도 막달레나 만에서 머물다가 다시 울산 앞바다로 돌아온다.

오두님이 고래춤을 추고 있다. 울산 시민이 고래춤을 추고 있다. 대한민국이 고래춤을 추고 있다. 수염고래 춤을, 이빨고래 춤을 추고 있다.

귀신고래, 대왕고래, 밍크고래, 범고래, 향고래, 외뿔고래, 혹등

고래, 보리고래, 브라이드고래, 참고래, 부리고래, 꼬마돌고래, 뱀머리돌고래, 잘록허리돌고래, 핑크돌고래 ……. 고래를 부르는 오두님의 돌피리 소리에 고래가 호응한다. 고래 반 물 반, 고래가 돌아와 울산 앞바다에서 노래를 한다. 고래 풍악대다.

반구대 고래의 꿈이 찬란하게 빛나 동해물이, 태평양이 출렁이며 춤을 추고 있다.

—끝

작가의 말

처음 반구대 암각화 이야기를 듣고 현장으로 달려가던 때의 느낌이 아직도 생생하다.

바위에 새긴 그림에 고래가 있다. 고래가 산에서 헤엄친다고 느껴졌던 첫 만남!

우리나라의 영토가 갑자기 세계로 뻗어가는 듯한 야릇한 마음에 사로잡혔다.

나의 소설 가운데 역사적 사실을 소설로 쓰기는 소설로 읽는 세종실록이라 할 『세종대왕 납시오』 이래 이번이 두 번째다. 세종실록을 인터넷으로 읽는다고 마우스를 얼마나 클릭했던지 손목이며 손가락 인대가 모두 늘어났다. 이번에는 유적을 읽기 위해 울산 반구대암각화를 부지런히 찾아갔다. 반구대암각화를 읽기 위해 현장에 갔을 때 무엇보다 먼저 나를 사로잡은 것은 대곡천 계곡의 아름다운 경치였다.

그리고 그 어떤 수식어도 필요 없는 신비로운 암각화가 있었다.

더 이상 울산만을 찾지 않는 귀신고래를 한꺼번에 만나는 의식이라도 행하듯 반구대를 자주 찾아갔다.

봄, 여름, 가을, 겨울, 새벽, 아침, 낮, 밤, 혼자서, 같이…….

그렇게 반구대 사랑이 깊어갔다.

이 세상에 하나밖에 없는 보석을 바라보는 기쁨을 어떻게 해서든 다른 사람들과 나누고 싶었다. 암각화를 보존해야 한다는 말은 크게든 작게든 많은 사람들이 되뇌는 말이어서 암각화에 다가갈 수 있는 색다른 얘기에 목말라 있을 즈음 우연히, 너무도 우연히 코리안신대륙발견모임의 오두 김성규 회장님을 바로 그곳 반구대에서 운명처럼 만났다.

코리안이 신대륙을 발견했다고?

한편으로는 허무맹랑하기도, 한편으로는 신비롭기도, 한편으로는 가슴이 벅차기도 한 코리안신대륙발견은 반구대 고래암각화와 연관한 김 회장님의 주창에서 시작되었다. 그의 주창이 한미 양국의 언론을 타고, 대학의 학술세미나에서 논문으로 발표도 되었다. 3천 년 전 코리안 온돌이 발굴되었던 알류샨 열도 아막낙 섬이 소속된 유날라스카 시장실에 초청을 받아 김 회장님은 코리안들이 신대륙을 발견했다는 강연을 하게 된다.

하나의 주창이 한 작가에게 열망과 소망으로 바뀌는 데는 많은 시간이 필요하지 않았다. 소망이 확신으로 바뀌기까지는 순간이었다. 나만 그렇게 몰입하는 것이 아니었다. 수많은 증거를 본 많은 사람들의 반응이 나에게 용기를 불어넣었다.

“제가 코리안신대륙발견론을 소설로 써도 되겠습니까?”

『반구대 고래길』은 이렇게 태어났다.

3년 동안 걸어온 길은 쉬운 길은 아니었다. 좌절의 순간도 많았다. 혹 수십 년간 미국에서 활동하며 강한 집념으로 현지답사와 함께 연구에 열정을 바쳐온 김성규 회장님의 코리안신대륙발견론을 훼손시키고 있는 것은 아닐까 하는 생각이 들어 그만두고자 할 때도 많았다. 웹사이트에 올라오는 코리안신대륙발견론에 관한 김 회장님의 귀중한 아이디어들을 일부 지식인들이 표절해 가는 비양심적인 행위를 보면서 분노할 때도 많았고, 또 다른 많은 사람들이 이 주장이 빨리 정설로 인정되어 민족 자부심을 느껴보자고 할 때는 더 많았다.

고래길을 걸으면서 어느덧 나는 가슴에 귀신고래를 키우고 있다.

바다에 살면서 숨을 쉬는 생물학적 지식의 극히 작은 한 부분에 지나지 않았던 고래가 이제는 감동의 연속이다. 그 엄청난 몸집을 하고서도 가까이 있는 작은 배를 공격하지 않는 순하디 순한 귀신고래가 그 거대한 몸집으로 유연하게 페던클아치 점프를 하는 모습은 선사시대 반구대인들의 모습과 겹쳐져 감동으로 다가온다.

바다에서 귀신고래를 보는 것은 수족관에서 훈련된 돌고래를 보는 따위와는 비교도 할 수 없다.

울산만에 귀신고래, 범고래, 대왕고래들이 돌아오는 날을 손꼽아 기다린다.

귀신고래 바바라가 태평양 동안에서 베링 해를 거쳐 태평양 서안까지 왕복을 증명했듯, 동해안과 베링 해를 거쳐 멕시코 바하칼리포르니아까지 뻗어갔던, 선사시대 반구대인들의 바다 영역이 우리나라 젊은이들과 세계인에게 보다 깊이 그리고 널리 알려지기를 기대한다.

아울러 우리나라의 전통 고래문화와 더불어 코리안들이 아메리카 신대륙을 발견했다는 주창의 뿌리가 되는 울산 반구대암각화가 하루빨리 세계문화유산으로 등재되고, 그 가치가 세계적으로 더욱 빛나는 그날이 앞당겨지는 일에 나의 이 소설이 조금이라도 기여하기를 고대한다.